Paradies

Gabriel Barylli

Paradies

Roman

styria premium

Für Sylvia und Marcello

Wo könnten wir sein, wenn wir eine andere Kultur hätten? Wo könnten wir stehen, wenn das höchste Ziel unserer Welt darin bestehen würde, jedem Menschen dabei zu helfen, der zu werden, der er ist? Und nicht so zu tun, als wäre er einer der Anderen – nur um nicht aufzufallen. Wo wären wir, wenn unser schönstes Ziel darin bestehen würde, aufzufallen? Aufzufallen, in unserer Besonderheit? In unserer Unverwechselbarkeit? In unserer Kostbarkeit? Wir wären einen Schritt näher dem Paradies.

Es gibt das Paradies

Ich kenne den Weg dorthin und ich möchte davon erzählen, wie dieser Weg aussieht.

Den ersten Schritt habe ich vor zwei Jahren getan – ohne es zu wissen.

Mein Leben war zu dieser Zeit das Leben einer alleinlebenden Frau. Ich arbeitete in einem Kindergarten und war dabei, in meiner Freizeit Sportmassagen zu erlernen. Nachdem ich diese Ausbildung abgeschlossen hatte, machte ich mich auf die Suche nach einem Arbeitsplatz, an dem ich mein neues Können anwenden durfte.

Ich hatte die Vision, dass ich die eine Hälfte meines Arbeitstages mit meinen Kindern und die zweite Hälfte mit Massagen verbringen konnte. Ich entschied mich für einen unüblichen Weg und besuchte mehrere Wochen lang die besten Hotels der Stadt. Ich wusste, dass diese luxuriösen Häuser einen Spa-Bereich haben, und so stellte ich mich der Reihe nach bei allen Managern vor. Nach drei Wochen hatte ich tatsächlich Glück.

Im größten Hotel der Stadt war ein Job im Saunabereich frei geworden. Dieses Hotel hatte so viel Personal, dass eine ständige Rotation stattfand, und ich war zum richtigen Zeitpunkt am richtigen Ort.

Ich zeigte meine Zeugnisse vor, absolvierte eine Probemassage bei dem Spa-Manager und dann hatte ich den Job. Ich bat darum, hauptsächlich am Wochenende eingeteilt zu werden, und auch dieser Wunsch ging in Erfüllung. Ich hatte mit einem Mal ein Leben, das rund um die Uhr mit Arbeit ausgefüllt war. Das erstaunte mich und ließ meine schon etwas mutlos gewordene Stimmung wieder steigen.

Ich arbeitete so viel und vor allem tat ich Dinge, die mich mit Freude erfüllten, dass ich keine Zeit hatte, an etwas anderes zu denken. Etwas anderes wie in meinem Fall die Tatsache, dass ich 32 Jahre alt geworden war und nach wie vor ohne Mann lebte. Hie und da schoss mir diese Erkenntnis durch den Kopf, wenn sich an einem Samstagabend ein attraktiver Geschäftsmann von mir durchkneten ließ. Dabei blieb es aber dann auch. Ich hatte eine eigenartige Einstellung zu Männern bekommen. Zu ihrer Art, die Welt zu sehen, ihrer Art mit Frauen umzugehen und in der Folge auch zu ihren Körpern.

Es schien mir so, als würden sie durch die unsexuelle Nähe, die ich erlebte, wenn ich sie massierte, zu einer stillen Distanz gebracht. Es war seltsam, Dutzende nackte Männer auf einem schmalen Tisch liegen zu sehen, sie einzuölen und eine Stunde lang anzugreifen. Ich spürte ihre Anspannung und ihren Stress, wenn sie sich vor mich hinlegten und ich ihnen zwischen die Schultern griff. Ich begann sehr sanft und steigerte meinen Griff bis zur Schmerzgrenze. Diese Technik führt dazu, dass der Körper Botenstoffe aktiviert, die den verspannten Muskel entkrampfen. Ich fühlte, wie die Männer versuchten, sich dagegen zu wehren, dann aber nachgeben mussten und weich wurden. Zumindest teilweise. Zumindest für die eine Stunde, in der sie mir ausgeliefert waren. Danach führten sie ihr spannendes Leben weiter und ein paar Tage nach meiner Behandlung waren sie wieder reif, sich entkrampfen zu lassen.

Diese therapeutische Nähe bewirkte, dass ich hie und da erkannte, einen gut aussehenden Körper vor mir liegen zu haben. Diese Erkenntnis verwandelte sich aber nie in ein erotisches Klima. Ich wusste, dass es eine Sache des Arrangements war. Die Nacktheit war pragmatisch und meine Berührungen waren lediglich fürsorglich. Auf diese Weise entwickelte ich im Laufe der Jahre eine eigenartige Ruhe. Das Geheimnis einer guten Massage besteht darin, dass der Masseur an seinen Handgriffen so mitfühlend teilnimmt, dass sich der Effekt der Massage auch auf ihn überträgt. So begann ich, in einem schwebenden, entspannten Zustand zu leben. Meine Kinder führten meine Seele von der Welt des Alltags der Männer und Frauen fort, und das Massieren in den Abendstunden ließ meinen Körper in einen losgelösten, entspannten Dauerzustand gleiten. Dieses Lebensgefühl hatte den Duft einer stillen Zeitlosigkeit, und ich war sehr überrascht, keine Unruhe in mir zu fühlen. Die Unruhe, die sich in früheren Jahren eingestellt hatte, wenn mir bewusst wurde, dass ich ohne Mann lebte, hatte sich verloren.

Umso erstaunter war ich, als mich eines Tages ein Mann mitten in der Massage ansprach: „Wissen Sie, dass es mehr gibt als meinen Körper, den Sie da gerade bearbeiten?“, fragte er und lag still lächelnd auf dem Massagebett. Er lag auf dem Rücken und sein Körper glänzte von dem Sesamöl, mit dem ich ihn eingerieben hatte. Er hatte die Augen geschlossen und lag still, mit einer heiteren Ausstrahlung vor mir. Er war ungefähr 50 Jahre alt und durchaus attraktiv. Es war eigenartig, dass er mich mitten in der Arbeit an seinem Körper ansprach und noch dazu weiterhin seine Augen geschlossen hielt.

„Wie meinen Sie?“, fragte ich und knetete weiterhin seine Oberschenkelmuskeln. Er lachte leise und sagte: „Ich spüre, dass Sie mich und meinen Körper behandeln, aber ich spüre auch, dass Sie mit Ihren Gedanken ganz woanders sind.“

Ich war sprachlos und wusste nicht, was ich sagen sollte. Er hatte Recht. Ich hatte meine Phantasie auf eine Reise nach Indien geschickt. Am Abend davor hatte ich einen Bericht im Fernsehen gesehen über die rituellen Totenverbrennungen am Ganges. Die Menschen ließen vom Ufer zu Ehren der Seele ihrer geliebten Verstorbenen kleine Holzschiffchen mit Kerzen in den Fluss gleiten. In der Nacht trieben diese hunderten von Seelenflammen auf dem Wasser davon und verschwanden in der Dunkelheit …

Daran hatte ich gedacht, während ich die Oberschenkel meines Klienten bearbeitet hatte. Nun war ich überrascht und überrumpelt, von ihm mitten in der Arbeit angesprochen zu werden: „Ja, ich war gerade mit meinen Gedanken weit weg, in Indien“, sagte ich und wunderte mich kurz darüber, dass ich ihm so bereitwillig Auskunft gab.

„So weit weg waren Sie“, lachte er und öffnete die Augen und sah mich an. „Aber ich liege doch hier!“ Ich trat einen Schritt zurück und sagte: „Entschuldigen Sie, wenn meine Behandlung unangenehm für Sie war.“

Er richtete sich langsam auf und setzte sich auf die Kante des Massagebettes. Er schien überhaupt nicht verärgert oder unzufrieden zu sein und beeilte sich sofort, mich das wissen zu lassen. „Machen Sie sich keine Sorgen, Sie massieren ganz ausgezeichnet. Zumindest die Hände behandeln meine Muskeln ganz ausgezeichnet. Ich habe nur das Gefühl, dass noch viel mehr in Ihnen steckt und habe mir erlaubt, Sie darauf aufmerksam zu machen."

„Was steckt denn Ihrer Meinung nach in mir?", fragte ich und wischte mir meine Hände in einem weißen Frotteehandtuch ab. Ich glaubte zu wissen, warum dieser Gast meine Massage unterbrochen hatte. Wahrscheinlich war das seine Art, jemanden anzuflirten, also schaltete ich auf einen kühlen reservierten Ton.

Er lachte kurz und sagte: „Verzeihen Sie, wenn ich Ihnen jetzt zu nahe getreten bin. Ich möchte Sie nicht in konventioneller Weise belästigen, weil Sie eine sehr attraktive Frau sind. Ich sehe nur, dass Sie ein sehr hohes Energiepotential haben und es nicht wirklich nützen."

Ich war verwirrt. So hatte mich in meiner Arbeitskabine noch nie jemand angesprochen. Was meinte er mit Energiepotential und was hatte das mit meiner Gedankenreise nach Indien zu tun? „Ich verstehe Sie nicht ganz", sagte ich.

„Das scheint nur so", antwortete der Mann, der jetzt aufstand und sich seinen Bademantel anzog. „Sie glauben nur, dass Sie mich nicht verstehen, aber in Ihrem Wesen weiß es ganz genau, dass dieses Gespräch, das wir hier führen, für Sie von entscheidender Bedeutung sein kann. Es ist nur die Frage, ob Sie die Lust und die Zeit aufbringen wollen, mit mir noch ein wenig weiter zu plaudern. Wenn ich Sie belästigt habe, bitte ich um Entschuldigung. Wenn es Sie allerdings interessieren sollte, wovon ich rede, würde ich mich sehr freuen, mit Ihnen weiter zu reden."

In der geräumigen Kabine, in der ich massierte, standen außer der Liege noch ein kleiner Couchsessel und zwei Korbstühle. Er setzte sich und füllte eine Tasse mit Jasmintee. Ich hatte immer eine Kanne mit Jasmintee auf dem Tisch stehen, falls einer von den Gästen vor oder nach meiner Behandlung Lust auf einen Moment der Stille hatte.

Ich setzte mich zu ihm und sah ihn an. Er saß entspannt in seinem Stuhl, trank einen Schluck aus seiner Tasse und lächelte mich freundlich an. Ich fühlte keine Notwendigkeit, weiterhin distanziert zu sein und sagte: „Jetzt haben Sie mich neugierig gemacht. Was Sie natürlich wissen. Also sagen Sie mir bitte, warum Sie so mit mir reden." Ich füllte mir ebenfalls eine Tasse und lehnte mich in den Korbstuhl zurück. Er blickte kurz vor sich hin, und ich fühlte, dass er überlegte, wie er beginnen sollte.

„Jeder Mensch", sagte er nach einer kurzen Pause, „hat ein gewisses Maß an Lebensenergie in sich. Diese Lebensenergie bestimmt unser Schicksal. Wir werden erzogen zu glauben, dass unser Schicksal von unseren Gedanken und Entscheidungen abhängt.
Das ist richtig und falsch zugleich. Es stimmt, dass wir darüber nachdenken, ob wir nach links oder nach rechts gehen sollen. Es stimmt, dass wir uns entscheiden und dann

danach handeln. Dieser Vorgang lässt uns glauben, dass am Anfang dieser Kette unsere Gedanken stehen. Das ist richtig und falsch zugleich. Unsere Gedanken sind da und sie machen uns Vorschläge.
Die Wahrheit ist aber, dass alle unsere Gedanken von unserer Art und Weise abhängig sind, wie wir die Welt empfinden. Das heißt, die Grundlagen unserer Gedanken sind nicht Gedanken, sondern Gefühle.

Ein Gefühl ist es, das uns empfinden lässt, ob wir lieber nach links oder nach rechts gehen wollen. Dann erst beginnen unsere Gedanken, diese Gefühle in Worte zu fassen. Wir glauben, dass wir unseren Gedanken folgen und gehen nach links. Die Wahrheit ist, dass wir unserem Gefühl folgen, das uns sagt, wenn du nach links gehst wirst du dich besser fühlen, als wenn du nach rechts gehst. Das ist der erste Schritt.
Wir müssen erkennen und vor allem akzeptieren, dass wir ausschließlich von unseren Gefühlen geleitet werden und nicht von unserem Denken. Selbst wenn es so scheint, ist das nicht so. Selbst wenn wir einmal die Erkenntnis gewonnen haben, dass wir Schmerzen erlebt haben, wenn wir uns von unseren Gefühlen leiten lassen, bleibt es dabei. Wir werden versuchen, das nächste Mal mit kühlem Kopf zu entscheiden. Aber was steht hinter diesem Versuch? Ausschließlich die Hoffnung, weniger Schmerzen zu erleiden, und diese Hoffnung ist wieder nichts anderes als ein Gefühl. Das ist der wichtigste Schritt für einen denkenden Menschen. Er muss akzeptieren, dass seine geliebten, klaren Gedanken nur die Werkzeuge sind für seine tiefsten, namenlosen Gefühle. Wenn wir das einmal akzeptiert haben, sind wir unserer Natur einen bewussten Schritt näher.

Nun wissen wir also, dass unser Leben ausschließlich von unseren Gefühlen bestimmt wird.
Ausschließlich.
Der nächste Schritt ist es zu erkennen, dass unsere Gefühle der Ausdruck unserer Energie sind. Wir alle werden als Individuen geboren. Es scheint nur so, als wären alle Menschen gleich. Das Gegenteil ist der Fall. Das Rätsel besteht darin, dass wir alle aussehen, als wären wir Mitglieder ein und derselben Art.

Wir sind es nicht.

Jeder von uns kommt mit seiner unverwechselbaren Energie auf die Welt. Diese Energie, dieses Potential an Energie, das wir auf diese Welt mitbringen, ist unser Schicksal. Wir können uns auf den Kopf stellen, um daran etwas zu ändern. Es geht nicht. Wir haben blaue Augen oder braune Augen. Ein Leben lang. Genauso ist es mit unserer Energie. Sie ist extrovertiert oder introvertiert. Sie ist ein tiefer Ton oder ein hoher Ton. Sie ist heiß, kühl, unruhig, friedlich, still oder glühend wie ein Vulkan. Sie ist der Fingerabdruck unserer Seelen. Wir können sie ebenso wenig ändern wie die Farbe unserer Augen. Wir können sie eine Zeit lang tarnen. Wie mit Kontaktlinsen. Dahinter aber wirkt unsere Wahrheit.

Dahinter wartet unsere wahre Natur darauf, ob wir sie anerkennen oder nicht. Alles was die Menschen tun, kennt nur zwei Wege. Wir entscheiden uns entweder für unsere Natur oder gegen sie.

Wenn wir uns gegen unsere wahren Antriebe entscheiden, dann tun wir das, weil wir so erzogen worden sind. Wir leben in einer Kultur, die sich nicht zum Ziel gesetzt hat, die Wahrheit in der Seele eines Menschen zu entdecken und zu fördern. Wir leben in einer Welt, in der es unsere oberste Pflicht ist, unsere wahre Natur so gut es geht zu ignorieren und zu unterdrücken. Die Frage ist, warum tun wir das?

Wir haben gelernt, dass die unendlich bunten und vielfältigen Energien all dieser verschiedenen Menschen, mit denen wir leben, ein Chaos nach sich ziehen. Ein Chaos ist nichts Schlechtes. Es ist ein Ausdruck von Freiheit. Eine Freiheit, die sich immer wieder ihre eigene Ordnung sucht. Immer wieder. Das Leben ist ein ewiger Tanz zwischen Ordnung und Chaos. Zwischen Ordnung und der Auflösung dieser Ordnung. Diese immer wieder stattfindende Auflösung bereitet uns Angst. Im Chaos glauben wir, keine Sicherheit zu finden. Mit all den anderen ungeordneten Menschen und ihren ungeordneten Energien. Davor haben wir Angst.

Die Angst sagt uns: Chaos bedeutet, dass wir nicht jeden Tag ein frisches Brot beim Bäcker bekommen. Chaos bedeutet, dass unsere Gefühle uns von Zuhause weglaufen lassen. Chaos bedeutet, dass wir keine Ahnung haben, wie wir morgen leben werden. Um diese Angst zu besiegen, greifen wir zur Ordnung. Wir lassen nur diese Energien zu, die dafür sorgen, dass morgen alles so ist wie es gestern schon war. Das gibt uns ein gutes Gefühl. Das Gefühl der Sicherheit. Daher setzen wir alle unsere Gedanken dafür ein, um das Gefühl der Sicherheit mit allen Mitteln abzusichern. Dies kann auch ganz gut funktionieren. Eine Zeit lang. So lange wie es uns gelingt, Teile unserer Energie dafür zu verwenden, den anderen Teil unseres Wesens zu unterdrücken.

Sie ahnen, worauf ich hinaus will. Früher oder später will die Natur ihr Recht haben und befreit sich von all unseren Versuchen, einen Wildbach in ein betoniertes Bett zu sperren. Es ist wie in der Wildnis. Dort, wo wir Menschen die größten Scheinsicherheiten eingebaut haben, dort geschehen die größten Verwüstungen. Sie geschehen deshalb, weil die Urenergie sich niemals wirklich einsperren lässt. Nicht wirklich. Nun möchte ich Ihnen aber sagen, warum ich Sie angesprochen habe.

Ich bin eine halbe Stunde auf diesem Bett gelegen und habe zugehört. Ich habe zugehört, was Ihre Hände meinem Körper zu sagen haben. Und das waren zwei Dinge. Das Eine ist, dass Sie in Ihrem Wesen eine sehr starke, warme, unerschütterliche Energie tragen. Das Zweite ist, dass Sie diese Energie nicht wahr haben wollen.

Ihre Energie ist wie ein warmer Wind, der aus Ihren Händen heraus kommt. Sie fühlen, dass dieser warme Wind da ist und Sie sind Ihrem Instinkt gefolgt und haben diesen Beruf erlernt, in dem Sie mit dieser Energie Menschen etwas Gutes tun. Gleichzeitig haben Sie aber noch nicht erfahren, dass Ihre Gedanken Ihnen helfen können, mit dieser Energie noch viel mehr zu bewirken. Sie müssen sich vorstellen, dass jeder Gedanke in Ihnen wirkt wie ein Brennglas. Das, worauf Sie sich konzentrieren, erhält eine

Unterstützung. Das, worauf Sie nicht blicken, lassen Sie in sich schlafen.

Bei Ihnen ist es so, dass Sie mit einem großen Geschenk auf diese Welt gekommen sind. Sie haben die Gabe erhalten, dass Ihre Lebensenergie sich verschenken möchte. Das kann anderen Menschen Energie geben und ihnen helfen, ihr Leben zu verbessern. Es gibt Energieräuber in dieser Welt und Energiegeber. Sie gehören zu den Gebenden. Noch ist es allerdings so, dass Ihre Energie in Ihnen herum läuft wie ein junges wildes Pferd auf seiner Wiese. Es springt und läuft, um sich auszutoben. Das ist sehr schön und lebendig. Wenn Sie darauf Lust haben, können Sie allerdings diese Energie mit Ihren Gedanken tanzen lassen und noch viel mehr erreichen. Sie tragen die Möglichkeit in sich, Menschen zu helfen. Von Ihrer Geburt an. Das ist ein großes Geschenk. Sie können sich entscheiden, ob Sie Lust haben, dieses Geschenk weiterzuentwickeln und zum Blühen zu bringen, auf eine Weise, die Sie sich noch niemals haben träumen lassen."

Er sah mich an und nahm einen Schluck aus seiner Tasse. In dem Zimmer, in dem wir saßen, war es still.
Auf dem Tisch neben der Liege brannte eine Kerze. Ich sah ihn an und horchte in mich hinein. Ich hatte das Gefühl, etwas gehört zu haben, auf das ich schon sehr, sehr lange gewartet hatte. Es war offensichtlich, dass er mir als Freund etwas schenken wollte. Ein Freund, den ich schon lange, lange Zeit gekannt hatte und der mich an etwas erinnern wollte.

Ich sah ihn an und fragte: „Und wie mache ich das?"

Er lächelte und nahm einen Stift und ein Blatt Papier, das auf dem Teetisch lag. Er schrieb kurz etwas nieder und gab mir den kleinen weißen Zettel. „Machen Sie eine Reise.“ Ich blickte auf seine Schrift. Es war eine Internet-Adresse. Ich faltete das Blatt und steckte es ein. Er stand auf und bevor er ging, umarmte er mich kurz.
Warm und fest. Wie ein Freund …

Vom Bekannten zum Unbekannten

In dieser Nacht kam ich heim und machte mir einen Kaffee. Ich hatte Lust auf einen starken türkischen Kaffee und nahm eines der beiden Messingkännchen, die ich auf meiner Ägyptenreise gekauft hatte. Ich füllte es mit fein gemahlenem Kaffeepulver, Zucker, etwas Zimt und Kardamom. Dann stellte ich es auf den Herd und wartete, bis das Wasser hoch kochte. Ich wiederholte dieses Hochkochen noch zwei Mal und dann füllte ich den Kaffee in eine kleine Mokkatasse, nahm mir eine Tafel feiner Schokolade und setzte mich an meinen Computer.

Ich faltete den Zettel auseinander und gab die Adresse ein. Das Suchwort lautete „World Angels“, und nach einer kurzen Wartezeit erschien eine Website. Sie trug als Erkennungssymbol eine Erdkugel, von der sich links und rechts zwei Flügel ausbreiteten. Es erinnerte mich auf den ersten Blick an die Sonnenscheibe, die ich auf ägyptischen Tempelreliefs gesehen hatte, und als ich weiter in das Programm hinein ging, sah ich, dass ich dort unzählige Angebote finden konnte, die die Heilung und Gesundheit des Menschen als Ziel hatten.
Es handelte sich nicht um die Möglichkeiten der klassischen Medizin, sondern um Energiearbeit, die den Menschen nicht nur als eine biologische Maschine sieht, sondern als eine Einheit von Körper, Geist und Seele. Ich studierte die unzähligen Varianten, die von den unter-

schiedlichsten Menschen auf dieser Website angeboten wurden. Es lag auf der Hand, dass ich als ein Mensch, der als Masseur arbeitete, mich für mein Fachgebiet am meisten interessierte und nach einigen Klicks entdeckte ich unzählige Varianten. Von japanischem Reiki bis zur hawaiianischen Methode, in der mit heißen Lavasteinen auf dem Körper gearbeitet wird, war alles vertreten.
Ich ging noch einige andere Auswahlmöglichkeiten durch und entdeckte all die Vielfalt, die diese Internetseite anbot. Ich konnte zwischen den unterschiedlichsten Therapeuten wählen, die Seelenarbeit leisteten. Ich konnte herausfinden, wo sich Menschen treffen konnten, die auf der Suche waren nach Heilung und ich konnte mit anderen kommunizieren, die zur selben Zeit wie ich diese Seite besuchten. Nachdem ich mit diesem ersten Durchsuchen der Kontakte eine Stunde verbracht hatte, klickte ich das an, was mir mein unbekannter Freund als Wegweiser auf den Zettel geschrieben hatte. Das Codewort lautete „Paradies“. Es war unter der Rubrik „Spiele“ zu finden gewesen. Ich nahm einen kleinen Schluck von meinem starken, süßen Kaffee und sah zu, wie sich die Seite aufbaute.

Zuerst erschien das Bild einer weiten, menschenleeren Sandwüste. Sie erstreckte sich bis zum Horizont und nach einer Weile erschien dort eine Türe. Sie war wie ein Doppeltor aus Holz gearbeitet und erinnerte mich an uralte Burgen aus der Ritterzeit. Das Tor kam langsam näher, und plötzlich hörte ich eine Stimme.

„Es freut mich, dass du gekommen bist. Dieses Spiel, zu dem du dich entschlossen hast, führt dich aus der Hölle zum Paradies. Wenn du das wirklich willst. Es kostet dich nichts als Genauigkeit, Aufmerksamkeit und deine Bereitschaft, vom Bekannten zum Unbekannten zu gehen … Willst du das?“

Nach dem diese Stimme gesprochen hatte, erschienen zwei kleine Kreise. Unter dem linken Kreis stand „ja“ und unter dem rechten Kreis stand „nein“. Ich musste lachen und führte meinen Pfeil zum Kreis mit dem „ja“ und klickte ihn an.

„Ich freue mich, dass du mit einem Lächeln diese Entscheidung getroffen hast“, sagte die Stimme und das hölzerne Tor begann, sich langsam zu öffnen.

Ich war etwas überrumpelt. Woher wusste diese Stimme, dass ich gelacht hatte? Ich überlegte kurz und kam dann zur Überzeugung, dass es sich um einen Teil des Spiels handeln musste. Die Chancen, dass die Stimme meine Reaktion richtig vorhersagen konnte, lagen bei 50 Prozent. Also handelte es sich in diesem Fall mit großer Wahrscheinlichkeit um einen Zufall.
Das Tor hatte sich während meiner Überlegungen weit geöffnet und ein Weg aus großen, unregelmäßigen Steinplatten war dahinter zu sehen. Ich ging langsam auf das Tor zu und betrat diesen Weg. Ich hörte, wie sich das Tor hinter mir wieder schloss und dann sagte die Stimme: „Es ist kein Zufall, dass du gelacht hast, und es war kein Zufall, dass ich dich darauf aufmerksam gemacht habe. Genauso wenig, wie es ein Zufall war, dass du den Weg hierher gefunden hast.“

Ich saß sprachlos vor meinem Computer und sah auf den

Bildschirm. Das Bild mit dem Weg aus sandfarbenen Steinen zog sich in weichen Kurven durch die Dünen und am Himmel über dem Horizont standen Sterne und die Sonne in einem dunklen Blau.

Das war ein seltsamer Anblick. Der Himmel war wie ein Nachthimmel gestaltet und gleichzeitig strahlte in ihm eine warme, goldene Sonne.
Woher aber kam diese Stimme? Wieso hatte sie von meinem Lachen gewusst und auch davon, dass ich mir über sie Gedanken machte? Ich griff in meine kleine Schale mit der Schokolade und betrachtete dieses eigenartige Bild.

„All deine Gedanken sind das Ergebnis deines bisherigen Lebens. All das, was du bis heute gehört und gesehen hast, bestimmt deine Art zu fühlen, zu denken und zu handeln. Du bist im wahrsten Sinn des Wortes programmiert worden. Es ist also kein großes Wunder, deine Gedanken zu kennen und beim Namen zu nennen …
All deine Gedanken sind dazu da, die Welt so zu bewahren, wie du sie kennst … und nun schau dir unseren Himmel an …
Der Himmel ist sehr interessant, nicht wahr? Die Frage ist: Wie kann es sein, dass die Sterne leuchten wie in der Nacht und gleichzeitig strahlt die Sonne wie am hellsten Tag?“

Ich saß da und blickte auf den Schirm. Unverändert bot sich mir dieses magische Bild. Hoch über dem Horizont stand unmerklich pulsierend die Sonne. Sie war umgeben von unzähligen Sternen. Als ich länger hinsah, erkannte ich einige Sternbilder. Am deutlichsten trat der Gürtel des Orion hervor. Seine drei Sterne glänzten stark und hell wie Diamanten.

„Die Antwort liegt in diesem Bild. Wo immer du dich befindest, existiert auch die andere Seite von dem, was du erkennst. Wenn du glaubst, in dunkler Nacht zu sein, musst du wissen, dass es die Sonne gibt. Auch wenn du sie nicht sehen kannst. Und wenn dich die Strahlen der Sonne durchdringen, gibt es die Kälte der dunkelsten Nacht. Wenn du diesen Gedanken in dir trägst, wirst du erkennen, dass alles, was du siehst und fühlst, in seinem Anblick eine zweite Seite trägt. Selbst, wenn du sie nicht sehen solltest, sie ist da und ist genauso stark wie das Bild der Wirklichkeit, das du vor dir hast …
Wenn dir diese Überlegung gefallen sollte, dann hast du eine Ahnung, auf welche Reise du jetzt gehen könntest. Wenn du dich entscheidest, weiterzugehen, bist du willkommen. Eines musst du wissen. Dein Weg beginnt in deinem freien Willen und deiner Entscheidung. Du kannst jederzeit umkehren und zurückgehen. Es gibt keine Verpflichtung, an diesem Spiel teilzunehmen und es gibt keine Notwendigkeit, den Weg bis zum Ende zu gehen …“

Die Stimme klang wie ein Mensch, der in seinem Sprechen eine Pause macht. Sie schwebte weich in der Stille, so als wollte sie mich auffordern, eine Frage zu stellen. Ich saß da und sagte leise: „Und wo endet der Weg?“

„Am Ende dieses Weges findest du das Paradies …“

Seltsamerweise war ich nicht mehr überrascht. Die Erfinder dieses Spiels hatten offenbar Psychologie studiert und ganz genaue Kenntnis über die Abläufe in einem menschlichen Gehirn. Ich akzeptierte diese Erkenntnis und nickte, als wieder zwei Kreuze auftauchten. Als dann die Frage zu hören war „Willst du weitergehen?“, klickte ich wieder auf „ja“.

„Ich freue mich, dass du bei uns geblieben bist“, sagte die Stimme. „Bevor ich mich dir jetzt zeige und bevor du deine Erscheinung wählst, möchte ich dich bitten, mir zu sagen, in welcher Form du mich gerne sehen möchtest?
Du kannst wählen, ob ich dich als Mann oder Frau begleiten soll. Du kannst wählen, ob ich jung oder alt sein soll. Und du kannst entscheiden, ob ich aus Asien, Afrika, Europa oder Nordamerika kommen soll. Wenn du möchtest, kann ich dir auch als Indianer erscheinen, die Wahl liegt bei dir.“

Während dieser Worte erschien auf dem Bildschirm die Erde. Sie drehte sich, und ich konnte die Weltgegend aussuchen, aus der meine Begleitung kommen sollte. Ich überlegte kurz und dachte mir: „Wenn ich schon so eine verrückte Sache mitmache, dann aber voll und ganz!“ Ich klickte auf Amerika und die Stimme sagte: „Du hast mein Erscheinungsbild aus der Menschengruppe der Cherokee gewählt. Nun entscheide dich für mein Geschlecht und mein Alter!“ Ich klickte die Kreise für „weiblich“ und 32 Jahre an. Wenn ich eine Indianerin zur Begleitung hatte, wollte ich mit ihr altersmäßig auf Augenhöhe sein.

„Du wünschst dir eine junge Frau aus dem Stamm der Cherokee-Indianer, die den ersten Teil des Weges mit dir geht. Deine Wahl ist ein Teil deiner Geschichte und sehr interessant. Jetzt kannst du entscheiden, welches Erscheinungsbild du auf deiner Reise annehmen willst.“

Als die Stimme diesen Satz gesagte hatte, wurde mir bewusst, dass ich jemand sein konnte, der ich noch niemals gewesen war. Jetzt und für dieses Spiel war alles erlaubt. Ich musste lachen und lehnte mich in meinem Stuhl zurück. Ich drehte meine kleine Mokkatasse in meinen Händen und überlegte, wer ich sein wollte und wie alt ich war. Ich war davon ausgegangen, dass ICH dieses Spiel spielen sollte.
Ich, Maria, 32 Jahre alt und mit mittelblondem Haar und Sommersprossen auf der Nase. Wollte ich das? Sollte ich auf diesem Weg gehen oder sollte ich die Chance nutzen und wie auf einem Kostümfest in eine andere Farbe schlüpfen? Ich war mir nicht sicher und saß da und zögerte.

„Ich weiß, dass du von diesen Möglichkeiten überrascht bist“, sagte die Stimme. Schau sie dir in aller Ruhe an. Wir haben alle Zeit der Welt. In diesem Spiel geht es nicht um Schnelligkeit, sondern darum, deine Wünsche zu erfahren. Ganz egal, wie du dich entscheidest. Deine Entscheidung wird etwas über dich erzählen. Ob du es willst oder nicht. Ob du es weißt oder nicht … lass dir Zeit …“

Was sollte ich jetzt tun? Einfach auf „weiter“ klicken und Maria in dieses Abenteuer schicken? Wäre das dann ein Zeichen dafür, dass ich diese ganze Aktion ernst nehme oder das Gegenteil? Wollte ich die Chance nützen und Karneval der Seele spielen? Wollte ich sehen, wie diese junge Frau im Spiel auf einen Mann reagiert? Wollte ich erfahren, wie ich als Mann auf diesem gelben Steinweg weitergehen würde? Und wenn ja, als welcher Mann? Alt oder jung … unscheinbar oder attraktiv?
Ich nahm einen Schluck von meinem Kaffee und überlegte, ob ich eine Münze werfen sollte. Dann wäre das Resultat

unabhängig von meinen Überlegungen. Das Spiel wäre dann noch überraschender, und die Reaktionen der jungen Cherokee-Frau hätten nichts mit mir zu tun.

Sie hatte gesagt, dass meine Wahl etwas über mich verraten würde. Auf diese Weise konnte ich dieser Schwachstelle entgehen. Ich hatte keine Ahnung, wohin dieses Spiel führen würde. Auf diese Weise aber hatte ich einen Vorteil.

Ich nahm eine Münze aus meinem Portemonnaie und entschied mich dafür, dass das Blumensymbol für eine Frau stand. Die Münze fiel in meine Hand und zeigte einen Turm. Also sollte ich ein Mann sein. Als nächstes drehte ich den Erdball und der Pfeil blieb auf Europa stehen. Als ich das Alter wählen sollte, wollte es der Zufall, dass ich in dieses Spiel als 17Jähriger eintreten sollte.

Sämtliche Daten waren eingegeben und dann erschien auf dem Bildschirm das Bild eines jungen Mannes. Ich hatte dunkelblonde Haare und sah sehr sportlich aus. Ich trug blaue Hosen und ein weißes Hemd und blaue Schuhe. Die Grafik der Figur erinnerte mich an die besten Videospiele, die ich kannte und ich mochte mich. Ich entschied, dass ich Sebastian heißen wollte und dann stand ich auf dem Weg aus Steinen und wartete.

Am Horizont erschien eine Figur und kam näher. Es war eine hübsche dunkelhaarige Frau mit indianischen Gesichtszügen. Sie lächelte mich an und sagte: „Hallo Sebastian. Ich bin deine Begleiterin. Ich heiße Kajowa. Wollen wir gehen?“

Ich klickte auf „ja“ und dann wanderten wir nebeneinander über den nächsten Hügel.

Kajowa wandte sich zu mir und sagte: „Ab jetzt kannst du das Sprachsystem aktivieren. Obwohl alle Fragen mit einem Ja oder Nein beantwortet werden können in diesem Leben, ist es dir wahrscheinlich lieber, wenn wir auch länger miteinander reden können.“

Während sie das sagte, erschien eine Menüführung auf dem Bildschirm. Ich absolvierte die einzelnen Schritte, und dann konnte ich mit Kajowa über mein Headset reden.

„Wie lautet deine erste Frage?“, sagte sie und lächelte mich an.

„Wie schafft ihr es, mit mir in diesem Moment persönlich zu reden? Ich bin doch sicher nicht die einzige, die dieses Spiel eingeschaltet hat. Habt ihr für jeden Besucher einen Begleiter, der persönlich ansprechbar ist? Oder ist alles hier ein Computerprogramm, das vorgefertigte Fragen und Antworten auf Lager hat?“

Kajowa ging weiter und wir erreichten nach dem Hügel einen kleinen Bach. Das Wasser war smaragdgrün, und rechts im Bild waren Felsen zu sehen, aus denen eine Quelle austrat. Die Wüste hatte sich in eine Art Steppe verwandelt und einige Gräser und kleine rote Blumen wuchsen aus dem Sand neben dem Bach.

„Es ist kein Zufallsprogramm. Wir nehmen uns die Zeit, mit jedem einzelnen, der sich auf den Weg machen will, zu reden. Das einzige, was du sicher akzeptieren wirst, ist, dass wir als Spieler die Figuren beleben, die ihr wählt. Es sind Bilder eurer Wünsche, aber der sie belebt, ist ein richtiger Mensch, so wie du. Er spielt nur die Figur, die ausgewählt wurde, so wie du einen Mann spielen willst."

„Ich bin ein Mann", sagte ich trocken und war fasziniert, dass das Computerprogramm meinem Sebastian eine tiefe männliche Stimme gegeben hatte.

„Interessant", sagte Kajowa, „und warum hast du dann gesagt „ich bin nicht DIE EINZIGE?" Sie lächelte mich an und setzte sich an das Ufer.

Ich saß in meinem Stuhl und ärgerte mich. Kaum hatte ich das Spiel begonnen, hatte ich es auch schon verdorben. Was sollte ich jetzt machen. Sollte ich zurückgehen und doch als Maria neu einsteigen? Sollte ich mich in eine alte Frau verwandeln oder in ein Schulmädchen?

„Ärgere dich nicht", sagte Kajowa. „Setz dich zu mir und freu dich, dass du den ersten Schritt zu dem, was du hier lernen kannst, so schnell getan hast."

Mir war klar, dass es keinen Sinn hatte, davon zu laufen, also setzte ich mich neben sie und blickte in den smaragdgrünen Bach. „Und was soll ich hier lernen?"

„Alles was wir hier auf dieser ersten Ebene erleben, alles was wir denken und ansehen werden, hat nur ein einziges Ziel. Du wirst erkennen, dass wir alle in unserem Leben eine Maske tragen. Du glaubst vielleicht, dass mit dieser

Maske deine Erziehung gemeint ist. Die Art zu sprechen, zu gehen, zu lachen und zu denken. Das stimmt zum Teil. Alles das, was du tust, ist ein Teil der Maske, die die Welt dir gegeben hat. Diese Maske trägt ein Mann oder in deiner Wirklichkeit eine Frau. Aber wenn du lange genug hinsiehst, wirst du erkennen, dass auch die Tatsache, eine Frau oder ein Mann zu sein, nur eine Maske ist."

„Aber ich bin eine Frau in meinem wirklichen Leben", sagte ich und blickte Kajowa ungeduldig an.

„Und hier bist du Sebastian. Eine Figur, die eine tiefe Stimme hat und sehr muskulöse Oberarme. Ich glaube, Sebastian ist sehr überzeugt davon, ein Mann zu sein", sie lachte und warf einen Kieselstein in das Wasser. Er schlug auf der Oberfläche auf und tausend glitzernde Tropfen spritzten hoch.

„Willst du mir sagen, dass du mich jetzt als Sebastian behandeln willst, obwohl du weißt, dass ich eine Frau bin – ich meine, eine Frau, die Sebastian spielt?"

„Du hast, ohne es zu wissen, in deiner Entscheidung eine erste Lösung auf der ersten Stufe dieses Spiels vorweg genommen. Du bist jemand, der so tut, als wäre er jemand anders. Du bist eine Frau, die so tut, als wäre sie ein Mann. Stell dir nur für einen Moment lang vor, dass das, was du dein wirkliches Leben nennst, auch nur ein Computerspiel ist. Du bist eine Figur, die vor ihrem Bildschirm sitzt und so tut, als wäre sie ein Mann. Jetzt frag dich einmal: Wer sitzt in diesem Augenblick vor einem lebendigen Bild und tut so, als wäre er die Frau, die du bist?"

Sebastian sah Kajowa an und sagte nichts. Ich saß da und blickte auf Kajowa und Sebastian. Mit einem Mal fühlte ich den Stuhl unter mir ganz deutlich. Ich fühlte den leichten Druck des Headsets auf meinem Kopf. Ich sah die Kaffeetasse rechts neben meiner Tastatur stehen und schräg darüber das Messingkännchen.

Kajowas Worte hatten etwas sehr Seltsames bewirkt. Ich fühlte mich, meinen Körper und alles um mich herum in großer Klarheit. Ich hatte das Gefühl, dass ich mir selbst dabei zusah, wie ich vor meinem Computer saß und Sebastian zusah.

Kajowa sprach weiter. „In den letzten Minuten hast du damit begonnen, dich selbst zu betrachten. Als wärest du eine Figur, die so tut, als würde sie vor ihrem Computer sitzen. Das tust du auch. Genauso wie Sebastian neben mir sitzt. Du hast aber auch gefühlt, dass es jemanden gibt, der diese doppelte Situation beobachtet. So als wäre er außerhalb von dir. Das ist nur ein Gefühl. Hab keine Angst. Es steht niemand hinter dir und lässt dich an seinen Fäden tanzen. Derjenige oder besser gesagt, dasjenige, das die Fäden zieht, ist IN dir. Es ist ein tiefer Teil deines Wesens. Dieses Wesen ist unsterblich. Es ist auf diesen Planeten gekommen, um das Spiel eines Menschenlebens zu spielen. So wie Sebastian zu mir gekommen ist. Dieses Wesen in dir hat beschlossen, diesmal eine Frau zu sein. Es hat sich dazu entschieden, die Welt mit weiblichen Augen zu sehen. So wie du dich entschieden hast, dass ich auf diesem gelben Steinweg Sebastian begegnen soll. Weil er als Mann wissen wollte, ob Cherokee-Mädchen wirklich so hübsch sind, wie man sagt.“

Sie lachte und sah Sebastian mit flirtendem Blick an. „Du willst mir also sagen, dass ich keine Frau bin, sondern irgendein Wesen, das so tut, als wäre es eine Frau? Gut. Warum habe ich dann aber darauf bestanden, eine Frau zu sein? Ich hätte doch auch ein Mann werden können?!"

Kajowa sah mich ernst an. „Es ist schön zu hören, wie schnell du diese Wahrheit akzeptiert hast. Wir sind in dieses Leben gekommen, um zu lernen, dass alles was wir tun nur ein Spiel ist.

Deine Seele wollte dieses Mal in das Kleid einer Frau schlüpfen. Sie wollte den Körper einer Frau, die Stimme, die Bewegungen, die Gefühle einer Frau erfahren. Sie wollte den Mann erleben. Als Frau. Ein anderes Mal willst du die Frau erleben. Wie sie sich für einen Mann anfühlt. Deine Art, zu empfinden und zu handeln, zu denken und zu reagieren, ist verankert in deiner Existenz als Frau. Sie ist deine Erfahrung in diesem einmaligen Leben.

Aber es gibt etwas in dir, dass sich entscheiden kann. In jedem Augenblick deines Lebens. Dieses Etwas ist das, was du in Wirklichkeit bist. Es ist die Frau und der Mann. Es ist beides in einer Welt, in der die Sonne und die Sterne keine Rolle spielen. In einer Welt, in der die Körper keine Rolle spielen. Hier und jetzt haben sie eine Bedeutung. Darum hat es sich in dir entschieden, auf diese Welt zu kommen. Hier kannst du in der Wirklichkeit dieser Erde erleben, wie es sich anfühlt, zu lachen und zu weinen, zu kämpfen und sich zu irren. Hier auf dieser Welt lernst du, dass du eine Frau sein kannst. Zu einhundert Prozent. Und ein Mann sein kannst. Zu einhundert Prozent.

Dieses Spiel, das wir beide hier spielen, wird dir zeigen, dass auch dein Leben nur ein Spiel ist. Ein Spiel, in dem du entscheiden kannst, in welche Richtung es sich bewegen soll. Ein Spiel, in dem du erfahren wirst, dass du selbst es bist, die die Entscheidungen trifft.
Du glaubst mit großer Wahrscheinlichkeit, dass dein Leben von anderen bestimmt wird. Zu einem großen Teil. Manchmal sitzt du in deinem Zimmer und liest oder rauchst oder surfst im Internet, um zu vergessen, dass du dich über die Welt da draußen ärgerst. Weil sie dir Unrecht getan hat. Dich gekränkt hat. Dir das Gefühl gegeben hat, dass du ohnmächtig bist. Das ist wahr und gleichzeitig falsch. Es kommt nur darauf an, wofür du dich entscheidest. Willst du ein Opfer sein oder willst du selbst bestimmen, wohin der Weg deines Lebens dich führt?“

Kajowa nahm ein kleines Stück Holz, das neben ihr lag und warf es in die Wellen des Baches. Das Holz drehte sich in einem Strudel und schaukelte dann auf den Wellen langsam davon …

Sebastian saß neben ihr und blickte dem Holzstück nach. Ich saß vor meinem Bildschirm und sah den beiden zu. Ganz leise war das Geräusch von Wind zu hören und hie und da rief ein weit entfernter Vogel, der wie ein Habicht klang. Ich sah nach rechts zu dem Punkt, an dem die Quelle aus dem Felsen heraustrat. Das Wasser fiel auf einige Felsbrocken und schäumte und tanzte im Kreis, bevor es sich in das Bachbett fügte und an uns vorbeifloss.

„Wenn du mir sagst, dass ich selbst entscheiden kann, wohin mein Leben führen soll", antwortete ich, „dann muss ich aber eine Sache akzeptieren."

„Ich höre?" Kajowa drehte sich zu mir und schlang die Arme um die Knie. Ihre Augen waren offen und klar und sie wartete, was ich ihr sagen wollte.

„Du sagst, dass es meine Gefühle sind, die meine Gedanken bestimmen und dann meine Entscheidung".

„Ja."

„Gut, dann ist es aber doch so, dass meine Gefühle das allererste sind, was ich im Leben erfahre."

„Das ist richtig. Kein Baby wird mit dir über den Sinn oder Unsinn der Fastenzeit diskutieren", lachte Kajowa. „Es fühlt nur, dass es Hunger hat. Später in seinem Leben wird es lernen, dieses Gefühl in Worte und Gedanken zu packen und dich zum Essen einladen. In Paris. In einem Gourmettempel." Kajowa lachte mich an und wartete neugierig darauf, was ich sagen wollte.

„Ich bin deiner Meinung", fuhr ich fort, „aber das bedeutet doch, dass ich letzten Endes nur der Sklave bin von Gefühlen. Ich bin ein Wesen, das höchstens drei oder vier starke Gefühle kennt. Hunger, Durst, Lust auf Umarmung, Müdigkeit und eine tierische Kraft. Das heißt doch, dass ich am Ende doch nicht wählen kann, weil es nur diese wenigen Grundfarben gibt, die mich durch mein Leben treiben. Wo bleibt da meine Entscheidung? Wenn ich Durst habe, treibt es mich zum Wasser. Ich muss mich entscheiden, etwas zu trinken, sonst sterbe ich. Ich kann mir einbilden, stärker zu sein als mein Durst. Nach sehr kurzer Zeit werde ich erleben, dass er der Stärkere ist. Ich bin also niemals wirklich frei."

Kajowa sah mich voller Wärme an und legte eine Hand auf meinen Arm. „Du hast Recht", sagte sie, „und gleichzeitig nicht Recht."

„Erklär' mir das."

„In einem Punkt hast du völlig Recht. Wir sind in diesem Leben, um zu akzeptieren, dass diese Welt Gesetze hat, gegen die wir nicht das Geringste unternehmen können. Zumindest als normale Menschen. Eines diese Gesetze ist die Schwerkraft. Sie sorgt dafür, dass ein Stein zu Boden fällt, wenn du ihn in die Luft wirfst.

Ein anderes Gesetz ist das Gesetz der Zeit. Alles wird auf diesem Erdball geboren, lebt auf und vergeht. Das heißt, es gibt für uns normale Menschen Grenzen, über die wir nicht hinaustreten können. Wir müssen lernen, sie zu akzeptieren. Wenn wir ohne Ausbildung gegen sie revoltieren, werden wir uns den Kopf blutig schlagen. Beim Versuch, aus einem Fenster zu springen und wie ein Vogel zu fliegen. In diesem Punkt sind wir nicht frei. Wir vergeuden sinnlos unsere Kraft, wenn wir uns im Kampf gegen diese Grenzen aufreiben.

Wenn wir sie als den Boden der Realität auf dieser Welt akzeptieren, sind wir frei. Erstens sind wir davon befreit, gegen das Gesetz der Schwerkraft anzukämpfen, und zweitens sind wir frei, die Gesetze zu bestimmen, die in unserem Leben als Menschen herrschen.

Wir haben über tausende von Jahren Gesetze geschrieben, die so tun, als wären sie die Geschwister der Schwerkraft. Wir haben gelernt, dass wir nichts dagegen tun können. Und das ist falsch. Wir müssen lernen, unsere Augen zu öffnen und unterscheiden. Was ist was?

Was ist tatsächlich eine Urkraft des Universums und was ist ein Gesetz der Menschen? Welches Verbot sperrt mich in einen Käfig? Welcher Satz sagt mir, dass ich eine Sünde begehe, wenn ich lebendig bin? Welcher Zaun hindert mich daran, in Freiheit meinen Weg zu gehen?

Das bedeutet, dass die erste Übung darin besteht, von vorne anzufangen. Dort anzufangen, wo deine ersten Bewegungen begonnen haben. Du musst lernen zu gehen, zu stehen, zu atmen und zu schauen. Du musst die allerersten Handgriffe deines Lebens noch einmal von Neuem erfahren. Dann wirst du sehen, dass deine Gefühle klar werden. Dann wirst du mit klaren Gefühlen deine Gedanken dazu benützen können, Entscheidungen zu treffen. Diese Entscheidungen werden im Einklang stehen mit deiner wahren Natur.

Deine wahre Natur ist gesund, wach, stark und elastisch. Sie fühlt wie ein gesundes junges Tier, was gut für sie ist und was nicht. Das heißt, dass deine Natur dir helfen wird, die richtigen Entscheidungen zu treffen. Diese Entscheidungen wiederum werden deiner Natur dabei helfen, ihre ursprüngliche Gesundheit zu erhalten zu pflegen und wachsen zu lassen. Es wird ein Kreislauf entstehen, bei dem das Eine das Andere in Bewegung bringt. Dein Wesen wird dir wortlose Hinweise geben, was das Richtige ist, und deine Worte und Gedanken werden dein Leben so organisieren, dass es zu einer großen, freien Wiese wird, auf der deine Lebenskraft frei laufen kann.

Die Übung besteht darin zu akzeptieren, dass unsere Gedanken uns aus dem Paradies vertreiben können. Sie können uns aber auch dabei helfen, das Tor zum Paradies wieder zu öffnen. Mach nicht den Fehler, deine Gedanken vorschnell als die Verursacher allen Übels zu sehen. Sie sind nur ein Werkzeug. Du kannst sie verwenden, um dich einzusperren oder um dich zu befreien. Dieser Satz sollte für heute genügen."

Ich sah sie an. Sie war ein sehr heiterer, sehr schöner Mensch. Wenn sie sprach, wurde der Ausdruck in ihrem Gesicht sehr konzentriert. Sie wirkte klar und bestimmt. Niemals ungeduldig und hart. Ich mochte die Art, wie sie ihre Sätze immer wieder mit einem heiteren Lachen unterbrach. So als würde sie zum ersten Mal hören, was sie sagte. So als würde sie sich wie ein Kind darüber freuen.

„Gut", sagte ich. „Ich werde ab heute alle meine Gedanken befragen, ob sie für mich sind oder gegen mich."

Kajowa lachte. „Auf diesen einfachen Punkt kann man es bringen."

„Zwei Dinge wollte ich dich fragen", fuhr ich fort. „Ich bin zu dir gekommen, weil ein Mann, den ich noch niemals gesehen habe, mir eine Karte gegeben hat."

„Ich weiß", sagte Kajowa.

„Du weißt das?"

„Ja, wenn unsere Freunde jemanden treffen, den sie zu uns schicken wollen, dann lassen sie uns wissen, dass jemand auf dem Weg ist."

„Das heißt, du hast gewusst, dass ich kommen werde?!"

„Ich habe es sehr stark vermutet." Kajowa lächelte mich an. Ich sah sie an und akzeptierte die Vorstellung, dass es Menschen gab, die darauf gewartet hatten, dass ich ein Spiel beginnen würde, das mich ins Paradies führen sollte. Nichts schien an diesem Tag und in dieser Stunde an dem smaragdgrünen Bach unmöglich.

Eine eigenartige Mischung aus Leichtigkeit, Müdigkeit und Neugier war in mir. Ich fühlte mich belebt, wach und sehr entspannt zugleich. Ich hatte das Gefühl, jemanden gefunden zu haben, dem ich alles von mir erzählen konnte. Alles. Ich wollte, dass dieses Spiel nie aufhören sollte. Ich wollte, dass mein Bildschirm nie wieder dunkel werden sollte. Es schien, als würde Kajowa meine Gedanken lesen.

„Wenn du willst, kannst du jederzeit wieder hierher kommen. Jederzeit. Selbst, wenn wir heute auseinander gehen werden, bedeutet das kein Ende deiner Reise. Im Gegenteil. Sie hat eben erst begonnen. Lass dich nicht täuschen, wenn du deinen Bildschirm abschaltest. Dieser Bach ist immer da. Ich bin immer da. Du kannst zu jeder Stunde deines Tages hierher kommen. Ist dir das Recht?"

„Ja, das ist mir Recht, aber lass mich meine Fragen noch stellen."

„Ich höre dir zu."

„Dieser Freund, der mir diese Karte gegeben hat, hat gesagt, dass ich mein Energiepotential noch nicht so erlebe, wie ich es könnte. Was kann ich dafür tun? Und wie? Und wo?!"

Kajowa sah mich an und nickte mir ernst zu.
„Das ist gut, dass du dich daran erinnerst. Unsere Gespräche sind sehr wichtig für uns, damit wir in ihnen lernen, unsere Gedanken zu ordnen und zu pflegen. Genauso wichtig ist es, mit deinem Körper in deinem Alltag zu arbeiten. Wir müssen deine Möglichkeiten entdecken und befreien. Nur so bringen wir dieses Rad ins Laufen, von dem ich zuvor mit dir gesprochen habe. Auch hier gilt das Gesetz, das uns zeigt, dass wir zwei Beine bekommen haben, um zu gehen. Das eine sind unsere Gedanken, das andere unser Körper und seine Energien. Beide Beine müssen wir trainieren und gesund erhalten, wenn wir den Weg meistern wollen, der vor uns liegt.
Und jetzt mache ich dir einen praktischen Vorschlag. Du kannst entscheiden, wie du ihn in deinem Leben anwenden willst. Du hast gelernt, den Körper als ein Stück Materie zu begreifen. Zum Teil ist das völlig berechtigt. Diese Materie kann aber nur leben, wenn du sie richtig ernährst und pflegst. Der Körper braucht die beste Nahrung, um zu funktionieren. Es gibt Nahrung, die aus Materie besteht, und es gibt Nahrung, die aus Energie besteht. Das eine kann ohne das andere nicht wirklich existieren. Auch wenn du

die Energien, die deinen Körper durchströmen, noch nicht sehen kannst, sind sie da. Sie wollen, dass du aufmerksam wirst auf sie und sie pflegst. Genauso wie du viel Zeit darauf verwendest, frisches Obst zu kaufen, solltest du darauf achten, deine Energien zu pflegen und zu fördern. Suche dir einen Lehrer, der sich mit diesem Weg beschäftigt. Suche in dem Angebot, das es in dieser großen Welt gibt, den richtigen Lehrer für dich und diesen Teil deines Lebens. Das ist ein erster Schritt, zu dem ich dir raten möchte. Die Entscheidung liegt bei dir."

„Ich danke dir, dass du so vorsichtig mit mir redest", sagte ich, „aber ich bin ein großer Junge und halte es aus, wenn du mir ganz klar und deutlich jemanden empfiehlst." Ich lachte Kajowa an.

„Ja, Sebastian, du bist ein großer Junge. Ich weiß!"

Dann lachten wir beide und standen auf und gingen zum Tor zurück. Kajowa sagte: „Ich empfehle dir, zu einem Reiki-Meister zu gehen. Es entspricht dir sehr. Du hast in deinem Leben schon begonnen, mit der Materie des Körpers zu arbeiten. Diese Art, mit dem tiefsten Wesen deine Körpers zu arbeiten, die du bei Reiki kennenlernen wirst, ist meiner Meinung nach das Richtige für dich. So und bevor wir heute Lebewohl zu einander sagen, möchte ich noch deine zweite Frage hören!"

Ich sah sie an und sagte: „Du hast vorhin gesagt ‚als normale Menschen können wir nicht fliegen'. Wie hast du das gemeint?"

Kajowa lachte herzlich. „Aha, du hörst also wirklich genau zu, das freut mich.“

„Willst du mich testen?“

„Ich will dich kennen lernen, das ist ein großer Unterschied, Maria.“

Ich sah sie an. Woher kannte sie meinen Namen? Wieso wusste sie, dass ich als Masseurin arbeitete? Ich war verwirrt, aber an diesem Tag war ich bereit, alles so zu nehmen, wie ich es erlebte. „Also?“, sagte ich und Kajowa antwortete:

„Wie du lernst, über das Wasser zu gehen, heben wir uns für etwas später auf. Mach es gut und – bis gleich!“ Sie lächelte mich an und zog das breite Holztor wieder zu.

Ich stand noch einen Augenblick vor dem Tor, dann drehte ich mich um und ging zurück.

Der Himmel war immer noch von tiefem, dunklem Blau und die Sonne und die Sterne strahlten über den Horizont.

Ich ging bis zu dem Punkt, an dem ich mit meiner Wanderschaft begonnen hatte. Dann klickte ich auf „Exit“ und das Bild erlosch.

Ich saß in meinem Stuhl und blickte auf den Schirm. Das Bild der Erde mit den zwei Flügeln schwebte vor mir. Ich nahm mein Headset ab und holte mir ein Glas Wasser.
Ich öffnete das Fenster und blickte hinaus. Die Luft war

frisch und klar und strich sanft über mein Gesicht. Ich trank langsam das Wasser und dachte an das, was ich mit Kajowa erlebt hatte. Das Echo unseres Gesprächs war angenehm und ich fühlte mich wach und belebt. Ich stand vor meinem Computer und fragte mich, wo dieser Mensch in diesem Augenblick war. Dieser Mensch, den ich an diesem smaragdgrünen Bach kennengelernt hatte. Ich hatte das Gefühl, dass er in diesem Moment genauso an mich dachte, wie ich an ihn. War es ein Mann? Oder war es eine Frau? Ich wusste es nicht. Es konnte ja sein, dass dieser Mensch genauso eine Rolle spielen wollte, wie ich es getan hatte. Wer immer es war, er hatte sich voll und ganz mir gewidmet.

Ich fragte mich, wie viele Spieler es geben mochte. Wie viele Menschen dazu bereit waren, sich einem neuen Mitglied in diesem eigenartigen Club zu widmen. Ich hatte viele Fragen in mir und überlegte, wann ich das nächste Mal einsteigen würde. Ich hatte das Gefühl, dass Kajowa von mir erwartete, dass ich ihrem Rat folgen würde. Ohne dass es eine Bedingung war, fühlte ich, dass ich bei unserem nächsten Treffen am smaragdgrünen Bach etwas mitbringen sollte. Ich fühlte ein tiefes Bedürfnis, herauszufinden, was mit dem Wort „Energiepotential" gemeint war. Ich fühlte einen stillen Ruf nach dem Abenteuer, mich selbst kennenzulernen.

Ich erinnerte mich, dass ich bei der ersten Ansicht der Website der „World Angels" den Suchbegriff „Heiler" bemerkt hatte. Ich klickte auf die Menüführung und nach einigem Suchen öffnete sich die Seite, auf der hunderte von Heilern ihre Dienste anboten. Ich ging weiter auf die Suchwörter „Energie" und Reiki" und nach einem kurzen Moment öffnete sich eine Seite mit tausenden von Reiki-Meistern. Sie waren über die ganze Welt verteilt, und als ich mein Land einkreiste, waren es immer noch über 300. Ich konzentrierte meine Suche auf meine Stadt und hatte 73 Personen zur Auswahl.

Während meiner Ausbildung hatte ich natürlich auch von anderen Techniken der Körperarbeit gehört, aber etwas in mir hatte sich noch nicht dafür entschieden, tiefer in das Wissen weit entfernter Kulturen einzutauchen. Der Urheber der Kunst des Reiki war ein Japaner, und so entschloss ich mich, unter den 73 Meistern denjenigen auszuwählen, der aus Japan stammte.

Ich wählte die Telefonnummer, die neben dem Bild des Meisters angegeben war, und am Donnerstag der nächsten Woche saß ich bei Shimen Tanaka auf einer weichen Matte in seinem Behandlungszimmer.

Energie

Shimen war ungefähr 60 Jahre alt und hatte eine sehr angenehme gepflegte und konzentrierte Ausstrahlung. Er hatte mich an der Wohnungstür gebeten, meine Schuhe auszuziehen, und dann waren wir in sein Behandlungszimmer gegangen.

Das Zimmer war völlig leer. Bis auf eine zwei Meter lange und einen Meter breite feste Matte, auf der ich saß und von dem Tee trank, den mir Herr Tanaka angeboten hatte. Er selbst saß auf einem Kissen und hörte mir zu. Er hatte mich gebeten, ihm so viel ich konnte von meinem Leben zu erzählen und warum ich Reiki kennen lernen wollte. Er hatte mir gesagt, dass er auf diese Weise meine Gewohnheiten kennen lernen wollte, um Rückschlüsse ziehen zu können auf meine möglichen Blockaden.

Er erklärte mir, dass in meinem Körper ein Netz von Kanälen existierte, in denen meine Lebensenergie fließe. Er sagte mir, dass die Inder diese Energie Prana nennen und dass alle alten Kulturvölker von diesem Energiefluss gewusst hatten. Mein Leben, meine Art zu gehen, zu stehen, zu essen und zu denken hätten Einfluss auf diese Energie. Alles, was ich täte oder nicht täte, habe ein Echo in meiner Vitalität. Es gebe Unterstützung und Belebung und Behinderung bis zur Blockade. Reiki sei dazu geeignet, die Energie von dem Therapeuten auf den Klienten zu übertragen und durch diese Übertragung die Blockaden zu lösen und somit das Chi, wie die Chinesen diese Energie nennen, zum Fließen zu bringen.

Herr Tanaka erzählte mir, dass er selbst nicht nur Reiki Meister sei, sondern auch täglich Chi-Gong übte – eine chinesische Körperübung, die in unzähligen Bewegungsabläufen das Chi kräftigen kann.

Nach diesem ersten Gespräch, das fast zwei Stunden dauerte, hatte mich Tanaka gebeten, mich hinzulegen. Ich legte mich auf den Rücken und schloss die Augen.

Es war einen Moment lang völlig still. Ganz von Ferne hörte ich leise einen Vogel singen. Tanakas Haus lag am Stadtrand vor einem Waldstück und außer dem Wind und den Vögeln war nichts von der Welt zu spüren.

Tanaka bat mich, langsam und tief in meinen Bauch zu atmen. Ich versuchte es, so gut ich konnte, spürte aber, dass sich nur meine Brust hob und senkte. Ich glaube, dass ich mich ein wenig für meinen Bauch schämte. Ich hatte mit meinen Kindern fast jeden Tag Marmorkuchen gegessen und Kakao getrunken, und meine tägliche Stunde Laufen im Stadtpark hatte ich schon vor einem Jahr auf eine halbe Stunde zweimal die Woche kürzen müssen. Ich war ein wenig rundlich geworden und nun fühlte ich, dass sich mein Bauch in die Höhe heben würde beim Atmen.

Ich atmete also so gut es ging flach in meine Brust und hoffte, dass Tanaka es nicht bemerken würde. Im nächsten Moment fühlte ich, wie er langsam und zart seine Hand auf die Stelle unterhalb meines Nabels legte. Ich zuckte zusammen und öffnete kurz die Augen. Er kniete neben meiner Matte und hatte seine Augen in großer Konzentration geschlossen. Er sah dabei völlig gesammelt und entspannt aus. Ich legte meinen Kopf wieder zurück. Ich fühlte, dass er meinen Schreck mitbekommen hatte. Er sagte kein Wort, er veränderte nicht seine Haltung, er ließ nur seine Hand weiter auf meinem Bauch liegen. Ich atmete wieder und nach ein paar Minuten legte er seine zweite Hand genauso warm und leicht auf meine Brust. Ich wurde etwas schläfrig und kämpfte eine Weile dagegen an einzuschlafen, als ich mit einem Mal unendlich tief Luft holte. Ich hatte überhaupt nicht die Absicht gehabt, so tief zu atmen. Es war, als hätte sich mein Körper selbstständig gemacht. Es war, als wäre tief in meinem Becken eine gespannte Schnur losgelassen worden. Es begann tief unten in meinem Körper, und dann wurde mein Becken warm und weich und dieses Gefühl setzte sich wie eine Welle in meinem Bauch fort. Er hob sich hoch und weit Tanakas Hand entgegen und dehnte meinen Körper auch in die Taille nach links und rechts. Danach wanderte der Luftstrom in meine Brust und auch sie stieg Tanakas Hand entgegen und blieb weit ausgedehnt. Ich hatte das Gefühl, dass ich die Luft nicht von oben nach unten in meinen Körper geatmet hatte, sondern genau umgekehrt. Und ich hatte das Gefühl, noch niemals in meinem Leben so viel Luft auf einmal in mich eingelassen zu haben.

Ich lag einen langen Moment da und die Luft schwebte in mir. Ich fühlte, wie mein Körper sich in mir öffnete und ausdehnte, dann begann er langsam, den Atem wieder aus mir herauszulassen.

Als ich völlig ausgeatmet hatte, wartete alles in mir … still … wach … ruhig. Dann begann dieser tiefe Atem ein zwei-

tes Mal. Ich hatte das Gefühl, als würde von Tanakas Händen eine große starke Wärme ausgehen, die direkt in meinen Körper sank. Das erinnerte mich an meine eigenen Hände, die ich meinen Kindern aufgelegt hatte, um sie zu beruhigen. Jetzt fühlte ich, dass Tanaka genau wusste, was sich in meinem Körper abspielte. Die Hitze, die von seinen Handflächen ausging, wurde intensiver und als ich für einen Moment die Augen öffnete, sah ich, dass seine Hände nicht mehr auf meinem Körper lagen. Er hielt sie ungefähr zehn Zentimeter über meiner Haut in der Schwebe und trotz dieses Abstandes fühlte ich, wie etwas Warmes und Starkes von seinen Händen direkt in mich hineinfloss.
Ich schloss die Augen wieder und überließ mich dieser großen, weichen, heißen Welle, die immer breiter und stärker durch mich hindurch rollte. Plötzlich zuckte es in meinem Zwerchfell. Ich fühlte einen kurzen Ruck und in meinem Bauch begann etwas zu zittern. Ich wollte fragen, was das zu bedeuten hatte, aber da breitete sich dieses Beben über meine Brust bis zu meinen Lippen aus. Zu meinem Mund, meinen Wangen und Augen und dann seufzte es tief aus mir heraus und ich begann zu weinen.

Ich konnte dieses Weinen nicht aufhalten. Es kam aus der tiefsten Tiefe meines Bauches und stieg nach oben. Ich lag auf der Matte und fühlte, wie sich mein Körper einrollen wollte. Tanaka gab dieser Bewegung nach und folgte ihr. Ich drehte mich zur Seite und zog die Beine an meine Brust. Ich legte meine Hände auf mein Gesicht und dann weinte ich. Ich weinte lange und ohne jede Angst vor diesem fremden Menschen. Ich fühlte nichts außer einer unbezwingbaren Trauer und nach ein paar Minuten eine unendliche Wut.

Ich fühlte, wie die Traurigkeit sich ihr Recht holte und sich ausweinen wollte. Dann trat sie zur Seite und ließ einer großen, dunkelroten Wut ihren Platz. Ich lag auf der Seite und weinte und dann hörte ich, wie ein tiefer langer Schrei aus mir herausbrach. Das Weinen wurde durchbrochen durch einen Schrei der Wut, und gleichzeitig ballte ich eine Hand zur Faust und schlug immer wieder und wieder auf die Matte ein. Sie war nass und heiß von meinen Tränen, und dann stieß ich in meiner Wut mit meinen Beinen gerade nach unten. Immer wieder. Immer wieder.
Nach Minuten einer Ewigkeit beruhigte sich dieser Sturm der Wut und ich blieb entspannt liegen, und nur hie und da zuckte es leise weinend durch meinen Körper.

Ich hatte das Gefühl als wären tausend Berge an jedem einzelnen Teil meines Körpers abgefallen. Eine tiefe Müdigkeit begann mich zu durchströmen und für einen Augenblick schlief ich ein …

Als ich die Augen wieder öffnete, saß Tanaka immer noch neben mir. Vor dem Fenster war es völlig dunkel geworden. Er hatte drei Kerzen angezündet und seine Hände lagen leicht und warm um meinen Kopf.

Er saß hinter mir und hielt seine beiden Hände wie eine Schale um meinen Hinterkopf. In dieser Haltung hatte er gewartet, bis ich wieder aufwachte. Nun legte er langsam und vorsichtig meinen Kopf auf die Matte und setzte sich wieder neben mich. Er sah mich sehr freundlich an und sagte: „Guten Morgen, eine Tasse Tee?"

Mit diesen Worten füllte er die handbemalte japanische

Teetasse. Sie war sehr schlicht gearbeitet und trug ein Schriftzeichen, das mit einem Tuschepinsel aufgetragen war. Die Keramik schimmerte in warmen Erdtönen und man konnte die Knetspuren des Töpfers erkennen.

Ich richtete mich langsam auf und lehnte meinen Rücken an die Wand. Ich sah mich in dem Zimmer um. Die Kerzen brannten ruhig und gaben ein helles Licht. Ich nahm die Tasse und trank einen Schluck von dem Jasmintee. Dann sah ich Tanaka in die Augen.

Still saß er vor mir und ließ mir alle Zeit der Welt. „Heute werde ich zu spät zu meiner Arbeit kommen", sagte ich und lächelte ihn an.

„Ja, das kommt vor", sagte er und goß mir Tee nach.

„Was war das?", fragte ich und sah Tanaka an.

„Das war die Wahrheit", sagte er und in seinen Augen erkannte ich Mitgefühl, Wärme und Freundlichkeit.

„In dir liegen all die Schmerzen, die du erlebt hast, seit du ein kleines Mädchen warst. In der Zeit, in der du keine Macht hattest. In der Zeit, in der du keine Kraft hattest, von zu Hause wegzugehen. Von dort wegzugehen, wo deine Eltern nicht in Liebe miteinander leben. In dieser Zeit hast du damit angefangen, deinen Schmerz und deine Trauer und deine Wut zu verbergen. Tief in dir. Und damit sie niemals herauskommen und dich stören, hast du aufgehört, ihrem Gefängnis Luft zu geben. Unsere tiefsten Gefühle verraten durch ihren Namen, wo sie eingesperrt sind.

Im tiefsten Punkt unseres Körpers. Im Becken und in unserem Bauch. Dorthin sehen wir niemals. Dorthin schicken wir niemals unseren Atem. Die Luft ist die Kraft der Befreiung. Sie öffnet uns, sie durchströmt uns und lässt uns fliegen. Wir haben Angst vor der Wucht unserer tiefsten Gefühle. Wir haben Angst, dass sie uns aus dem Gleichgewicht bringen, wenn sie freigelassen werden.

Darum blockieren wir unseren Atem zur Sicherheit schon ganz weit oben. In der Brust. Wir versuchen, uns selbst zu betrügen. Wir sagen laut „es geht mir gut“ und atmen nur bis zu unserem Brustbein. Darunter schläft die Wahrheit und diese Wahrheit sagt: Es geht mir nicht gut. Ich bin traurig, verletzt und meine Wut ist grenzenlos.

Wir haben Angst, dass uns diese Wahrheit nicht attraktiv macht. Darum sperren wir sie ein und bleiben an der Oberfläche. Mit unseren Gedanken, unseren Gefühlen und unserem Atem. Wenn wir dann aber einmal bei Shimen Tanaka Tee getrunken haben, sehen wir, dass diese Angst völlig unbegründet ist. Sie ist eine sinnlose Fessel und mit einem Mal richtig durchatmen verliert sie ihren bösen Zauber!“

Er sah mich an und lachte herzlich. Dann beugte er sich zu mir vor und klopfte mir leicht auf meine Knie.

Ich mochte es, wie er meine Verlegenheit auffing und es nicht zuließ, dass ich mich für meinen Zustand schämte.

„Es gibt nichts, wofür wir uns schämen müssen. Die Wahrheit ist die Wahrheit und schämen sollten sich die, die mit unserer Wahrheit nicht umgehen können. Allerdings darf man ihnen nicht böse sein. Wir leben in einer Kultur, in der das Verdrängen und Lügen das höchste Gut ist. Also wissen sie nicht, was sie tun, wenn sie Menschen, die ihre Gefühle zeigen, lächerlich machen. Das ist ein ganz logischer Vorgang. Diejenigen, die niemals erfahren haben, dass wir Tränen haben, um sie zu weinen, werden solange eisern lächeln, bis ihr Panzer sie erstickt.

Du hast heute zum ersten Mal seit einiger Zeit gespürt, wie viel Kraft und Lebendigkeit in dir darauf warten, an die Oberfläche zu kommen. Ich würde mich freuen, wenn du diesen Gefühlen Ehre und Respekt erweisen würdest. Ich würde mich freuen und geehrt fühlen, wenn ich dich auf dieser Reise begleiten dürfte."

Ich sah Tanaka lange an. Er saß ruhig vor mir. Er trug einen weichen, dunkelblauen Kimonomantel und hatte kurze, schwarze Haare. Er war 60 Jahre alt, aber er strahlte eine kräftige, wache, elastische Freundlichkeit und Gesundheit aus.

Innerhalb dieser fünf Stunden, die ich bei ihm gewesen war, hatte sich zwischen uns eine Nähe und Vertraulichkeit eingestellt, die ich so noch niemals erlebt hatte. Er war ein attraktiver Mann und es war sehr angenehm, von ihm berührt zu werden. Diese Berührungen hatten keinen Klang, wie er zwischen einem Mann und einer Frau herrscht. Diese Berührungen kamen unmittelbar aus seinem mitfühlenden Wesen.

Ich hatte ein Geschenk bekommen. Das Geschenk zu erleben, dass es einen Menschen geben konnte, dem es wichtig war, dass es mir gut ging. So einfach konnte ich das sagen. Shimen Tanaka wollte, dass es mir gut ging und er berührte mich, um mir dabei zu helfen.

Ich beugte mich vor und nahm seine Hand. „Ich möchte mich bedanken", sagte ich feierlich und er lachte wieder und drückte meine Hand.

„Ich auch Maria, also danken wir einander."

Wieder löste er mit seiner Heiterkeit die Situation, bevor sie durch zu viel Bedeutsamkeit zu schwer werden konnte. Ich hatte Lust auf seine Leichtigkeit einzugehen und sagte: „Also komme ich jetzt einmal pro Woche, um dir deine Matte nass zu weinen – und wie lange soll das gehen?"

„Solange du genügend Tränen auf Lager hast."

„Das kann dauern."

Tanaka wurde für einen Moment lang ernst. „Ja, das wird solange dauern, bis du erkennst, dass du dich nie wieder in deinem Leben einsperren lassen willst. Von nichts und niemandem. Vor allem nicht von dir."

„Warum tue ich das noch", fragte ich und spürte, dass ich in diesem Gespräch voll Vertrauen zu Tanaka war. Er hatte mich in meinem schwächsten Moment gesehen. Er hatte mich schutzlos wie ein kleines Kind am Boden liegen gesehen. Er hatte mein Herz gesehen und ihm nichts Böses getan.

„Wir alle, nicht nur du, Maria, wir alle wollen nur eines: Wir wollen geliebt werden. Dafür tun wir alles.

Das Rätsel unseres Scheiterns liegt in der Welt, in der wir leben. Wir kamen als hilflose Wesen in eine Realität, in der es fast ausschließlich Kampf gibt. Brutalität, Härte und Rücksichtslosigkeit. Wir lernen, dass wir zwei Möglichkeiten haben. Entweder bleiben wir empfindsam und verletzlich oder wir ziehen einen Panzer an und kämpfen mit. Wenn unser Panzer hart genug ist und unsere Wahrheit mit kaltem Glanz verbirgt, ernten wir von den anderen Gepanzerten Anerkennung. Sie klopfen uns respektvoll auf die harten Schultern und nicken zustimmend. In unserer Sehnsucht nach Nähe halten wir diese Anerkennung für so etwas wie Liebe, Freundschaft, Zuwendung. Dieses eine Wort stimmt sogar. Die anderen Kämpfer wenden sich uns zu, solange wir steif und stolz einherstaksen. Sie erkennen, dass wir bereit sind, für diese Scheinstärke unsere wahren, tiefen Gefühle zu ersticken. Sie sehen, dass wir ein Teil der lebens- und liebesfeindlichen Unkultur geworden sind. Dann wenden sie sich uns zu und geben uns einen Orden für beste Leistung im Kampf gegen Wärme, Mitgefühl, Zärtlichkeit und Lebendigkeit.

Wehe uns, wenn wir dieses Ritual einmal nicht mitspielen. Wehe uns, wenn wir mitten in der Schlacht den Helm abnehmen und voll Mitgefühl einen Gefallenen an der Hand nehmen und ihn fragen: ‚Wie geht es dir?‘
Wenn wir uns diesen Fehler erlauben, sind wir aus dem Spiel.

Wenn wir zeigen, dass wir die Hand eines Feindes ergreifen

wollen, um den Krieg zu beenden, dann zeigen wir, dass wir kein Schwert mehr halten wollen. Das ist das Ende. Das Ende der Schlacht und gleichzeitig das Ende unseres Mitspielens. Sie werden uns verhöhnen und der Lächerlichkeit preisgeben. Diejenigen, die gelernt haben, ihre Wahrheit am gründlichsten zu verraten und letzten Endes abzutöten. Dann wenden sie sich von uns ab. Weil wir das gezeigt haben, was sie Schwäche nennen.

Wir haben niemals gelernt, dass diese Schwäche in Wahrheit der Sinn des Lebens ist. Wir haben nicht gelernt, dass die größte Stärke darin besteht, sein Herz zu öffnen und Liebe zu geben. Mitgefühl zu zeigen und zu helfen, wenn ein Mensch uns seine Trauer zeigt.

Wenn wir nur erleben, dass wir von der Welt für unsere tiefste Wahrheit bestraft werden, in dem wir alleine gelassen werden, lassen wir genau das nicht mehr zu.
Niemals mehr wird uns jemand weinen sehen. Niemals mehr unsere Sehnsucht erfahren …

Und glaube nicht, Maria, dass dieses grausame Spiel nur in der Welt der Männer gilt. Selbst wenn Frauen leichter ihre Tränen laufen lassen, ihre Bereitschaft zur Kälte und Lieblosigkeit ist genauso groß wie die der Männer. Es liegt jetzt bei dir, ob du weiterhin auf diesem Spielplatz der Grausamkeit mitspielen willst oder nicht."

Ich sah Tanaka an und sagte eine Weile nichts. Ich fühlte, dass er mit allem, was er sagte, Recht hatte. Und ich fühlte, dass ich vor einer Entscheidung stand. Eine Entscheidung, die meine Seele schon längst getroffen hatte.

Mein Denken gefiel sich noch in der Möglichkeit, Ja oder Nein zu sagen, aber nach dem, was ich in diesem Zimmer mit Shimen Tanaka erlebt hatte, gab es nur mehr einen einzig möglichen Weg.

„Ich wünsche mir, so oft ich nur kann zu dir zu kommen. Ich wünsche mir, dass meine Lust und mein Mut mit jedem Mal größer werden. Ich will nicht mehr so weiterleben wie bisher. Ich bin hierher geführt worden, um das Wichtigste in meinem Leben zu finden, das es gibt. Mich selbst.
Ich habe in diesen Stunden hier bei dir mehr von mir selbst und von meinen Möglichkeiten gelernt als in den letzten 30 Jahren. Ich habe keine Lust mehr, still zu sein und so gut es geht zu funktionieren. Ich habe noch keine konkrete Ahnung, wohin mich dieser Weg führen wird. Du hast Recht. Ein Teil von mir hat Angst davor. Ich habe Angst, dass ich mein Leben eines Tages nicht mehr wiedererkennen werde, wenn ich so weiter mache. Heute und hier bei dir habe ich etwas gespürt, das ich kennenlernen möchte. Ich möchte sehr gern wiederkommen und ich bitte dich, mir auf diesem Weg zu helfen. Es macht vielleicht Angst. Aber noch mehr Angst macht es mir, wenn ich daran denke, was mit mir geschehen könnte, wenn ich stehen bleibe. Wollen wir weitermachen?"
Tanaka beugte sich vor und dann umarmten wir uns.

Wie alte Freunde …

Wachsamkeit

Von dem Tag an, als ich das erste Mal bei Shimen Tanaka gewesen war, bemerkte ich eine Veränderung in meinem Leben. In meinem Alltag. Ich stellte fest, dass ich alle Menschen mit anderen Augen zu sehen begann. Ich sah ihnen zu, wie sie über die Straße gingen, wie sie sich in einem Restaurant vor ihr Essen setzten, wie sie im Supermarkt an der Kassa ihr Geld zählten.

Ich war von einer entspannten Wachsamkeit erfüllt. Ich hatte das Gefühl, als könnte ich ihre Bewegungen mitfühlen. Ihre Schritte, ihre Handgriffe, ihre Art zu reden. Ich hörte ihre Stimmen auf eine andere Art und Weise, als ich es gewohnt war.
Manche von ihnen sprachen so, als hätte man ihnen eine dicke Decke über ihre Stimmbänder gelegt, manche stießen die Worte so heraus, als würden sie alles rund um sich zerhacken wollen. Wieder andere sprachen mit einer schwebenden, brüchigen Stimme und es klang so, als würden die Töne, die sie von sich gaben, von einem Weinen begleitet. Ich begann zu fühlen, dass ihr Körper sie in seinen Händen hielt.

Ihre Erfahrungen, ihre Gefühle, ihre Angst waren in ihrem Körper eingefangen und drängten sich in ihre Bewegungen, ihre Blicke, ihre Stimmen. In den ersten Tagen war ich verwirrt, diese Beobachtungen zu machen, und als ich das nächste Mal bei Tanaka war, erzählte ich ihm davon.

„Das ist völlig selbstverständlich“, sagte er. „Du musst dir vorstellen, dass du selbst eine erste kleine Befreiung erlebt hast. Du hast einen Sack mit Bleigewichten von deinen Schultern abgestreift und jetzt stehst du anders da als noch vor kurzer Zeit. Du hast dich aufgerichtet und deinen Blick gehoben. Von dort, wo du jetzt bist, siehst du die Welt etwas mehr, wie sie wirklich ist.

Stell dir vor, dass du auf einen hohen Berg steigst. Nach einer Weile kommt die erste Raststation. Dort kannst du ausruhen und dich auf eine Holzbank setzen. Du hebst deinen Blick und siehst das Tal. Jetzt siehst du die Tannen des Waldes, durch den du eben noch mit gesenktem Blick gegangen bist. Eben noch war es dunkel um dich und der Boden war feucht und mit Reisig bedeckt. Links und rechts hast du die runden, dunklen Stämme der Tannen wahrgenommen. Die ganze Zeit hast du den Blick auf den Boden gerichtet, um den besten Punkt für deinen nächsten Schritt zu finden … Nun hast du den Ort erreicht, an dem du betrachten kannst, wo du hergekommen bist.

Du atmest frei und entspannt. Du siehst die Bäume aus einer gewissen Distanz. Das zeigt sie dir, wie sie wirklich sind. Vom Wipfel bis zu den Wurzeln tief im Boden.

So wie bei diesem Rastplatz bei einer Bergbesteigung erlebst du jetzt die Menschen. Du weißt aus eigener Erfahrung, welche tiefen Geheimnisse jeder Mensch mit sich trägt, und du erkennst aus eigener Erfahrung, wie sich die Schmerzen zu erkennen geben. Du bist zu einem mitfühlenden Menschen geworden. Du lässt dich nicht mehr durch das Schauspiel blenden, das wir alle gelernt haben zu spielen. Das ist der Punkt,, an dem du dich fragen könntest, was du mit diesem Mitgefühl tun sollst, nicht wahr?!“

Shimen hatte Recht. Ich sah dort alle Menschen eine Last mit sich tragen, die sie loswerden wollten. Ich erinnerte mich, welche Leichtigkeit und Freiheit ich gefühlt hatte, als ich nach unserer ersten Begegnung von Tanaka nach Hause gegangen war. Ich war glücklich gewesen und neugierig, wie sich dieses Gefühl der Befreiung in meinem Alltag zeigen würde. Das stärkste Ergebnis war, dass ich anderen Menschen helfen wollte, sich genauso zu fühlen.

„Ich möchte das selbe machen wie du“, sagte ich zu Tanaka und er lachte und umarmte mich.

„Also gut“, sagte er, „dann fangen wir an.“

Ausbildung

In den nächsten Wochen und Monaten ging ich regelmäßig zu Shimen Tanaka, und nach einem halben Jahr hatte ich den 3. Reiki-Grad erreicht. Das Studium führte mich dazu, dass mein Körper und meine Energien zu meinem Instrument wurden. Ich lernte meine Kraft kennen, die in mir am Leben war und ich lernte, sie mit meiner Absicht zu konzentrieren und die eingesperrte Energie bei einem anderen Menschen ans Licht zu bringen. Als letzte und 3. Stufe der Entwicklung hatte mich Tanaka gelehrt, meine Energien auf einen Menschen zu übertragen, der weit von mir entfernt war.

„Wie geht denn das?“, hatte ich ihn gefragt, als er mir eines Tages sagte, dass ich mich darauf vorbereiten sollte, meinen Kindern im Kindergarten Energie zu schicken. Selbst dann, wenn sie nicht in meiner Nähe waren.

„Es ist ganz leicht“, sagte er. „Du stellst es dir einfach vor.“

Er saß auf seinem Kissen, trank einen Schluck von seinem Tee und lachte mich dabei an. Obwohl ich viele Tage und Stunden mit Tanaka und seiner unbeirrbaren ruhigen Art zu unterrichten verbracht hatte, war ich dennoch überrascht, mit welcher Leichtigkeit und Selbstverständlichkeit er nun diesen letzten Schritt meiner Ausbildung behandelte.

„Gut“, antwortete ich „ich habe bei dir gelernt, meine Hände als Übermittler meiner eigenen Energie auf die Körper anderer Menschen zu gebrauchen …“

„Ja.“

„Ich habe von dir gelernt, dass meinen Körper eine Aura umgibt, die die Aura anderer Menschen bewegen kann.“

„Ja.“

Das habe ich selbst an dir beim ersten Mal gesehen als du mich behandelt hast, ohne mich zu berühren …“

„Ja.“

„Und jetzt soll ich Menschen helfen, die Kilometer weit weg sind, indem ich es mir einfach nur vorstelle?!“

„Es freut mich, dass ich dich immer noch erstaunen kann“, sagte Shimen und klopfte mit seiner Hand leicht auf meinen Arm. Diese Geste machte er sehr oft. Ich fühlte dann, wie eine Welle von Heiterkeit und Zuneigung von ihm ausging und alle meine Fragen und Zweifel wegnahm. Diese kurze Berührung übertrug mindestens so viel wie seine Sätze, mit denen er mich unterrichtete. Diese Berührung ließ mich spüren, dass wir verbunden waren. Dieser kurze Moment sagte mir bei jedem Mal „du bist nicht allein, vertraue mir“.

„Ich weiß, dass mich nach einem Studium bei dir eigentlich nichts mehr erstaunen sollte“, sagte ich, „aber bei diesem

Punkt erlaube ich mir zumindest, äußerst erwartungsvoll zu sein."

„Das ehrt mich", lachte Shimen und dann fuhr er fort.

„Die alten Samurai hatten eine sehr lange Ausbildung. Sie kräftigten ihren Körper, sie übten alle ihre Muskeln, ihre Nerven und ihre Reflexe, um im Kampf wach zu sein und auf jede Herausforderung blitzschnell reagieren zu können.
Am Ende ihrer Ausbildung gingen sie aber alleine und selbst ohne Meister in die Berge. In völliger Abgeschiedenheit haben sie dort gelernt, auf die Energien aller Lebewesen zu achten. Durch die Stille und Einsamkeit haben sie gelernt, dass jeder Baum ein Energiefeld hat. Jedes Blatt. Jeder Käfer. Sie haben ihre Wahrnehmung so verfeinert, dass sie letzten Endes dazu fähig waren, die Ausstrahlung eines Gegners zu fühlen, der sich ihnen von hinten näherte. Oder hinter einem Felsen eine Falle vorbereitete. Diese Fähigkeit zu spüren, was sie nicht sehen konnten, machte sie zu den sagenumwobensten Kämpfern ihres Landes.
Ein anderes Beispiel für die Tatsache, dass Energien über weite Entfernungen wirken, ist Voodoo. Vergiss die Gruselgeschichten aus den Hollywood-Filmen. Tatsache ist, dass ein Voodoomeister mit seinen Patienten in Kontakt treten kann, wenn er sich auf ihr Energiefeld konzentriert.
Und wenn dir diese zwei Beispiele als westlich logischer Mensch nicht schon genug Eindruck machen, dann sage ich dir, dass die westliche Wissenschaft genau das bewiesen hat, wovon ich dir soeben zwei Geschichten erzählt habe."

„Wie soll ich mir das vorstellen?"

„Unsere Wissenschaftler haben bewiesen, dass ein Elektron, das weit von seinem Partnerelektron entfernt wurde, auf alles reagiert, was sein Kollege erlebt. Einfach gesagt: Du gibst dem einen Elektron einen Kuss und auch das zweite weit entfernte Elektron wird rot." Shimen lachte und schlug mir leicht auf die Knie.

„Wirklich?!"

„Wirklich!"

„Und das willst du mir jetzt beibringen?"

„Rot zu werden? Nein, das wird jemand anderer übernehmen. Aber im Ernst: Ich muss es dir nicht beibringen. Du kannst es schon. Du musst nur darauf aufmerksam gemacht werden, dass du es kannst."

„Wie geht das?!"

Tanaka atmete langsam und tief ein und aus und sagte: „Alles in diesem Universum ist miteinander verbunden. Das ist die Wahrheit. Wir Menschen entwickeln unser Denken und glauben danach, dass wir losgelöst sind von allem, was uns umgibt. Das ist ein Irrtum. Aber genauso wie der Glaube Berge versetzen kann, so kann er auch Berge auf unseren Weg stellen und uns daran hindern, die Wahrheit zu erleben. Das ist das größte Rätsel für jeden Menschen.

Wir kommen aus dem Paradies und haben gründlich daran gearbeitet zu vergessen, dass wir ein Leben lang im Paradies sein können.

Der störendste Gedanke ist der Glaube an unsere Einsamkeit. Natürlich ist es schmerzhaft, ohne Freunde und Geliebte allein in einem Zimmer zu sitzen. Das nennt man getrennt sein. Die Wahrheit ist, dass wir niemals getrennt sind. Trennung ist ein Märchen, das unser Denken uns erzählt. Die Frage, die das Leben an uns stellt, ist, ob wir dieses Märchen für immer glauben wollen. Wenn wir uns entscheiden zu erkennen, dass wir niemals einsam sind, haben wir diese Illusion hinter uns gelassen.

Und damit du verstehst, was ich dir sagen will, bitte ich dich jetzt, an jemanden zu denken, den du als Kind sehr lieb gehabt hast. In der Zeit, in der dein Denken dir noch keinen Riegel vor deine wahren Gefühle geschoben hat."

Ich saß da und überlegte. Ich schloss die Augen und mit einem Mal sah ich Sebastian, den ersten Freund in meinem Leben. Den blonden Jungen, der in der Schule neben mir gesessen hatte. Er ging neben mir und wir lachten uns an. Er sah so gut aus und der Wind fuhr ihm durch seine Haare.

„Spürst du, dass du lächelst?", sagte Shimen und holte mich aus meinem Traum zurück in sein Zimmer. Ich öffnete die Augen. Sebastian war noch einen Augenblick bei mir, dann sah ich wieder Shimen vor mir sitzen. „Ja, ich habe gelächelt", sagte ich, „aber das ist doch normal bei einer schönen Erinnerung."

„Warum hat das mit deinem ersten Freund damals nicht geklappt?"
Tanaka sah mich ruhig an.

„Weil ich zu dumm war, auf mein Herz zu hören und idiotischen Gedanken Macht über mich gegeben habe."

„Siehst du, das ist die Wahrheit. Nicht dein Gefühl hat dich geleitet. Es waren Gedanken. Sie haben die Verbindung zwischen dir und ihm gestört. Aber es sind auch Gedanken, die sie wieder herstellen können. Und das hast du eben jetzt erfahren. Deine Erinnerung hat dich mit ihm verbunden, dein Körper hat reagiert, du warst glücklich und hast gelächelt. Und ich sage dir, dass genauso die Verbindung zu allem existiert, auf das du deine Vorstellung konzentrierst. Das ist keine romantische Phantasie, das ist eine wissenschaftliche Erkenntnis. Früher haben die Menschen noch nichts von den zwei roten Elektronen gewusst, sie haben nur gespürt, wenn sie jemand anrufen wird, und dann hat ihr altmodisches Telefon einen Augenblick später geklingelt. Jeder von uns hat das schon erlebt. Es ist also keine Frage, ob diese Art von Verbindung existiert, es ist nur eine Frage, ob wir uns darauf einstellen oder nicht."

„Du willst mir sagen, dass mein Kopf wie ein Radio funktioniert und ich jetzt eben mit Sebastian auf Sendung war?"

Tanaka lachte „Genau das will ich damit sagen, das Großartige an einem Menschen im Gegensatz zu einem Radio ist allerdings, dass er empfangen und senden kann. Es würde mich nicht wundern, wenn dein Freund jetzt eben an dich denkt. Es kommt nur auf die Intensität an, mit der du deine Gedanken in den Äther schickst. Deine Vorstellungskraft hat eine große Bandbreite. Sie reicht von einem kurzen Gedankenblitz bis zu einem Laserstrahl. Damit allerdings reichst du bis ans Ende des Universums."

„Und wie beginne ich, diesen Laserstrahl loszuschicken?"

„Na endlich ist es mir gelungen, dich neugierig zu machen", sagte Shimen und rieb sich mit beiden Händen über sein Gesicht. „Deine Zweifel haben eine starke Kraft, aber die Fragen, die hinter den Zweifeln stehen, sind letzten Endes doch um einiges stärker. Nur dadurch erhalte ich die Erlaubnis, dir auf diesem Weg ein Führer zu sein."

„Einfach so darf man das nicht? Ich meine damit: Du darfst nicht jedermann erzählen, wie man einen Laserstrahl herstellt?"

Shimen lächelte mich an. „Ich mag es, wenn du lustig wirst. Das entspannt dein Denken und macht dich frei für Neuigkeiten. Das Lachen ist der Ernst der Götter. Glaub niemals denjenigen, die dir mit bitterer Miene und tiefen Falten auf der Stirn verkünden, sie könnten dir zeigen, wo die Freude zu Hause ist.

„Niemals, Shimen", sagte ich. „Niemals!"

Wir lachten gemeinsam, und dann begann mich Tanaka in der Geistesübung zu unterrichten, die er „die Fokussierung" nannte.

Die Fokussierung

Ich brachte ihm ein Bild eines meiner Kinder aus dem Kindergarten. Es war ein kleiner Junge und er war oft sehr nervös. Er konnte nicht still sitzen und schaukelte oft minutenlang im Stehen mit dem Oberkörper hin und her. Er hieß Georg und hatte braune Haare und dunkelbraune Augen. Tanaka stellte das Bild auf einen niedrigen Tisch und dann setzten wir uns gemeinsam davor.

„Schau dir das Bild einfach nur an … ohne jede Absicht … schau langsam seine Haare an, seine Schultern… seine Arme und Hände … wenn du das Gefühl hast, dass du keinen anderen Gedanken mehr Raum gibst in dir, als bei Georg zu sein, dann schau in seine Augen. Schau sie dir an ohne wegzublicken, und wenn du das Gefühl hast, zu spüren, dass alles in dir bei Georg ist, dann stell dir vor, dass er dich ansieht. Dieses Foto wurde in einem Moment gemacht, als er dich angesehen hat. Dieser Blick ist festgehalten. Dieser Blick und seine Energie, die in ihm lebt. Schau ihn an und lass dich von ihm ansehen. Du wirst an den Punkt kommen, an dem es nur mehr dich und diesen Jungen gibt …“

Ich saß eine lange Zeit vor dem Bild. Ich hörte in mir das Lachen meiner Kinder und sah, wie Georg mit ihnen am Boden saß und spielte. Ich ging zu ihm und sah ihn an. Er hob seinen Blick und hielt mich mit seinen Augen fest. Ich war bei ihm. Ich fühlte seinen Atem, die Wärme seiner

Haut unter seinem roten Hemd, ich fühlte seine Lebendigkeit …

„Und jetzt, wo du ganz mit ihm bist, stell dir vor, dass er sich entspannt. Schicke über deine Gedanken und deinen Blick, dein Mitgefühl. Empfinde seine Aufregung. Vielleicht hat er Angst vor den anderen Kindern. Vielleicht geht es bei ihm zu Hause nicht sehr friedlich zu. Fühle seine Energien, die ihn so unruhig machen. Wenn du empfindest, was ihn so sein lässt, wie er ist, dann stell dir vor, dass du ihm deine Hände auflegst. Ganz langsam, ganz ruhig. Er wird etwas aufgeregt sein, aber du bleibst in deiner Ruhe und du gibst ihm deine Ruhe. Lass deinen Blick in seinen Augen und fühle, wie deine Wärme und Ruhe ihn umarmt …"

Es war völlig still in Tanakas Zimmer. Ich war bei Georg und fühlte, wie sehr es in ihm voll Unruhe war. Langsam und geduldig ließ ich meine Hände bei ihm und nach einer Weile atmete ich tief und wuchtig durch. Gleichzeitig hörte ich Shimens Stimme: „Mit diesem Atem schick ihm all deine Kraft und deine Ruhe. Stell dir vor, dass sie von dir wegfliegen und von ihm empfangen werden. Jetzt!" Das letzte Wort sprach er wie einen liebevollen Befehl. Kurz darauf lehnte ich mich zurück und rieb mir über die Augen. Dann sah ich Tanaka an.

„Ich habe ihn wirklich gefühlt, ganz tief bei mir."

„Ja, ich habe es gesehen und du kannst sicher sein, dass deine Vorstellung von deiner Ruhe bei ihm angekommen ist."

Ich sah in die Kerze, die am Boden auf einem Porzellanteller brannte.

„Was denkst du?“, fragte Shimen.

Ich sagte: „Dieser Kontakt ist sehr intensiv und jetzt fühle ich mich ein wenig müde.“

„Das ist völlig normal. Du hast es zum ersten Mal erlebt und dich mit ganzem Herzen konzentriert. Das lernen wir in unserer Welt nicht, die alles tut, um uns zu zerstreuen. Aber glaub mir, auch das ist nur eine Sache der Übung und der Gewohnheit. Je öfter du auf eine Kontaktreise gehst, umso leichter und selbstverständlicher wird dieses Erlebnis für dich werden.“
Shimen stand auf und kniete sich nach einem Augenblick tiefster Konzentration auf den Boden. Er atmete tief ein und aus und legte die Hände ruhig auf seine Brust.
„Komm bitte zu mir, Maria“, und ich kniete mich ihm gegenüber auf den Boden …
„Gib mir deine Hände …“

Ich hob Tanaka meine Hände entgegen, und er nahm sie sanft und drehte die Handflächen nach oben.
Als erstes nahm er dann meine linke Hand und zeichnete mit seinen Fingern mit festem Druck einige Zeichen auf meine Haut … dann tat er dasselbe mit der Innenseite meiner rechten Hand. Im Anschluss daran legte er seine Hände in meine und sah mir in die Augen.

„Diese Symbole, die ich dir in deine Hände geschrieben habe, sind das letzte Zeichen auf deinem Weg des Lernens, den du bei mir begonnen hast. Sie sind vom ersten Meister des Reiki an seine ersten Schüler weitergegeben worden, und seit dieser Zeit beendet jeder Lehrer mit seinem Schüler die Zeit der Ausbildung auf diese Weise. Die Zeichen, die du von nun an mit dir trägst, erinnern dich daran, dass du in der Lage bist zu helfen … wann immer ein Mensch deine Hilfe braucht …

Und jetzt möchte ich dir gratulieren. Du bist nun eine ausgebildete Reiki-Meisterin. Ich habe dir nichts mehr beizubringen. Ich danke dir für alles, was ich mit dir lernen durfte."

Shimen verbeugte sich leicht und wir umarmten uns …

Fortschritt

Als ich meine Ausbildung beendet hatte, stellte ich fest, dass neun Monate vergangen waren. Sie waren an mir vorbei geflogen wie ein Atemzug. Ich hatte bemerkt, dass meine Arbeit mit meinen Kindern immer leichter und intensiver geworden war. Meine Begegnung mit anderen Menschen hatte eine heitere Farbe angenommen. Ich fühlte in steigendem Maß ihre innere Wahrheit und fühlte gleichzeitig, dass etwas in mir voll Mitgefühl war und Leichtigkeit verschenken wollte.

Tanaka hatte mich darauf aufmerksam gemacht, ganz genau zwischen Mitgefühl und Mitleid zu unterscheiden. Er hatte mich darauf aufmerksam gemacht, dass Mitleid ein sinnloses Gefühl ist, das Energie kostet. Es hilft demjenigen nicht, der Leid erlebt und raubt demjenigen, der helfen könnte, die Kraft, die er braucht, um liebevolle Energie zu verschenken.

Mitgefühl hingegen ist wie der Blick eines guten Arztes, der angesichts einer schweren Wunde nicht von Mitleid überwältigt wird. Mitgefühl versteht das Leid und seine Ursache. Mitgefühl zieht den Menschen, der helfen kann, nicht in den ohnmächtigen Strudel von Schmerz und Unbewusstheit. Mitgefühl ermöglicht es, dass wir uns einem Menschen, der um Hilfe ruft, zuwenden und wie eine Insel für ihn sind, an die er sich aus dem stürmischen Ozean seiner Prüfungen in Sicherheit bringen kann.

Dieser neue Zustand in meinem Leben war mir sehr willkommen. Ich hatte den Eindruck, dass eine große Gelassenheit und Selbstsicherheit zu meinen Begleitern wurden.

Als ich zum ersten Mal das Wort Selbstsicherheit aussprach, musste ich lachen. In dem Augenblick, in dem ich mich zum ersten Mal selbstsicher fühlte, erkannte ich, dass ich es mein Leben lang nicht gewesen war. Es schien mir, als würde ich in einem Spiegel durch einen Spalt in den Wänden hinaustreten und wäre auf einer unüberschaubar weiten Wiese gelandet. Dort konnte ich mich aufrichten und frei atmen.

Dieses Erlebnis hatte ich, als ich an einem Sonntag über eine Straße ging. Ich ging langsam an einem wartenden Auto vorbei und dabei fiel mein Blick in eine Auslagenscheibe. Ich sah mich selbst. Die Frau, die da über die Straße ging und dem Fahrer mit einem Lächeln dafür dankte, dass er stehen geblieben war, hatte nichts mit der Maria zu tun, wie ich sie von früher kannte. Diese Frau, die ich da in der Spiegelung sah, war aufrecht und entspannt. Sie hatte keine Eile und in ihrem Lächeln lag Freude und ein heiteres Geheimnis. Sie sah selbstsicher aus. Ruhig, unaufgeregt und wach. Die Maria, die ich bislang gekannt hatte, war in ihrem Spiegelkabinett der Selbstzweifel eingesperrt gewesen. Von klein auf. Jeder Schritt, den ich getan hatte, war zu einem großen Maß von Selbstkritik und Unsicherheit begleitet gewesen. Es hatte von klein auf etwas in meinem Leben gegeben, das mir unentwegt zuflüsterte: „Du bist nichts wert. Bleib still. Fall nicht auf. Du machst dich damit nur lächerlich …“

Diese heisere, flüsternde Stimme hatte sich aus vielen Stimmen zusammengesetzt. Die Stimmen meiner Eltern, die sich wünschten, dass ich ein braves Mädchen sein sollte, die Stimmen meiner Lehrer, die jede lustvolle Initiative, tatsächlich etwas für das Leben lernen zu wollen, im Keim erstickten. Die Männer, denen ich begegnet war und die meine Unfähigkeit, ganz ich selbst zu sein mit ihrer Unfähigkeit beantworteten, ganz sie selbst zu sein.

Das Überraschende war, dass ich diesen Zustand als völlig normal ansah. Ich machte mir nicht einmal Gedanken darüber, ob ich selbstsicher war oder verunsichert. Ein Teil des Käfigs, in dem mein Wesen saß, bestand darin, dass ich über meinen tatsächlichen Zustand nicht nachdachte. Ich hatte zwar hie und da Gefühle der Sehnsucht nach Freiheit, wenn ich einen Film sah, der eine tapfere Heldin zeigte. Gleichzeitig aber sagte ich mir, dass ein Film nichts mit dem wirklichen Leben zu tun hat. Ich war nicht in der Lage, das Vorbild, das die Kunst mir zeigte, anzunehmen und mich inspirieren zu lassen. Ich sah nicht, dass eine starke, freie Frau in einem Film die Aufforderung an mich war, die starke, freie Frau zu entdecken, die in mir verborgen war. Ich klemmte das Bild in den Ordner mit der Aufschrift „Illusion“ und blieb weiter still und atemlos.

Nachdem ich fast ein Jahr lang zwei Mal die Woche zu Shimen gegangen war, hatte sich dieses innere Bild zu befreien begonnen. Es hatte meine Haltung geändert. Meine Haltung der Welt gegenüber und als Ergebnis die Haltung meines Körpers. Ich war eine aufrechte Frau geworden.

Ich lachte, als ich diesen Umstand auf der Straße vor diesem anhaltenden Auto bemerkte und fühlte gleichzeitig, dass eine tiefe Gewissheit in mir war, dass ich nie mehr zurückkehren konnte. Die erste Schranke meines Gefängnisses war durchgebrochen und meine Gewissheit war so lebendig und froh, ins Freie getreten zu sein, dass ich erkannte, dass nichts und niemand jemals wieder die Macht haben würde, mich einzusperren.

Bei meinem Arbeitsplatz in dem Hotel hatte ich erstaunliches Glück. Ich erzählte ihnen, dass ich eine Ausbildung in Reiki absolviert hatte, und der Spa-Manager machte mich und meine Arbeit zu einem Aushängeschild für seinen Wellnessbereich.

Es hatte etwas sehr Belustigendes, nach wie vor in dasselbe Haus zu gehen. Nach wie vor in derselben Kabine vor meinem Massagebett zu stehen und nach wie vor angespannte Gäste zu betreuen. Das Belustigende war die völlig veränderte Haltung, mit der ich arbeitete. Ich hatte das Glück, dass die meisten meiner Kunden von meiner Behandlung begeistert waren und auch zu mir kamen, wenn sie nicht bei uns im Hotel abgestiegen waren.

Mit meinen Kindern war das Zusammensein ebenfalls glücklicher geworden, weil meine Zufriedenheit, die ich in mir fühlte, sich wie ein warmer Wind auf sie übertrug.

Georg hatte sich zu meinem Liebling entwickelt. Er suchte meine Nähe und manchmal saßen wir im Lärm, den die spielenden Kinder um uns machten und sahen uns in die Augen und schwiegen.
Diese Momente hatten eine magische Kraft. Ich fühlte, dass

Shimen Recht behalten hatte. Dieser kleine Junge und ich hatten eine Verbindung, die tiefer war als all die andere Zuneigung, die ich für meine Kinder empfand. Seine Seele, die kein Alter kannte, sah mich an und sein Wesen legte vertrauensvoll seine Hand in meine.

Als ich an diesem Punkt angekommen war, entschied ich mich, wieder zu Kajowa zu gehen. Das Gefühl, das ich bei unserem Abschied hatte, war zu einer Gewissheit geworden. Ich hatte mir vorgenommen zu warten, bis ich sie wiedersehen konnte.

Ich wollte etwas mitbringen, das ich bei unserem ersten Kennenlernen noch nicht in meinem Leben gehabt hatte. Nun fühlte ich mich bereit.

Einen Tag, nachdem ich meinen Entschluss gefasst hatte, Kajowa wieder zu besuchen, erhielt ich ein Paket.

Der nächste Schritt

Ich öffnete den weißen Karton und fand Computerzubehör. Es handelte sich um einen Audiovideohelm der neuesten Generation. In einem weißen Kuvert lag eine Karte und auf der Karte stand in Druckbuchstaben: „Für unser Wiedersehen, Kajowa ..."

Ich war überrascht und musste lachen. Ich hatte von meiner indianischen Freundin etwas völlig anderes erwartet – eine Adlerfeder, als Hilfe für meinen Seelenflug, oder ein Amulett aus Lapislazuli, um meine Gedanken zu ordnen ... Kajowas Geschenk allerdings holte mich klar und unwiderstehlich in die Realität unserer Zeit ...

Der Helm war dunkelblau und sah wie eine sehr große Skibrille aus. Er umschloss die Augen und Ohren und über den Scheitel hatte er zwei gekreuzte Bügel, die dem Helm Halt gaben. Seine Batterien waren aufgeladen und er war einsatzbereit. Ich stellte die Verbindung zu meinem Computer her und setzte mich entspannt in mein Sofa.

Der Helm arbeitete mit drahtloser Verbindung. Das erlaubte mir, herumzugehen oder zu sitzen, wo immer ich wollte. Ich absolvierte den Login auf der „WorldAngels"-Seite und dann ging ich durch das Tor und über den gelben Steinweg zu dem smaragdgrünen Bach. Der Helm gab mir einen unglaublich schönen Ausblick. Er zeigte mir die Landschaft, durch die ich ging, dreidimensional. Im Display der Videobrille sah ich jeden Stein am Boden und jeden Vogel in der Luft so klar und präsent, als wäre ich dort. Die größte Erweiterung zum normalen Bildschirm aber war, dass ich rundherum sehen konnte. Wenn ich nach links sehen wollte, musste ich nicht wie am Computer einen Pfeil mit meiner Maus verschieben und dann zog das Bild auf dem Schirm nach links. Der Helm erlaubte mir, den Kopf zu drehen und vor meinen Augen verwandelte sich die Landschaft, als würde ich selbst in ihr stehen und meinen Kopf nach links drehen. Ich verbrachte eine Weile damit, mich an diesen neuen Eindruck zu gewöhnen. Ich ging langsam weiter, bis ich das Rauschen des Baches hörte. Ich senkte den Kopf und sah zu meinen Füßen, wie das Wasser am Ufer rauschte und sich um einige Kieselsteine drehte. Dann hörte ich den Falken rufen. Ich hob meinen Kopf und hoch über mir zog der Vogel seine weiten Kreise. Das Licht war warm von der Sonne, die drei Handbreit über dem Horizont stand, und sanfter Wind bewegte die kleinen roten Blumen neben der Quelle.

„Na, gefällt es dir?", hörte ich eine Stimme und als ich meinen Blick senkte, sah ich Kajowa. Sie saß an derselben Stelle, an der wir das letzte Mal miteinander geredet hatten. Sie trug dasselbe Kleid und hatte dasselbe Lächeln in ihren Augen.

„Oh ja, das kann man sagen." Ich ging langsam näher und setzte mich zu ihr. „Hallo Maria, das also bist du … ich freue mich, dich zu sehen."

Ich hatte mich beim Eintritt in das Spiel gefragt, wer ich diesmal sein wollte. Nachdem ich beim letzten Mal meine

Maskerade schon mit den ersten Worten verraten hatte, sah ich keinen Sinn, wieder einen fremden Menschen zu spielen. Warum hätte ich das tun sollen? Was hätte es mir gebracht? Ich hätte nur Zeit verloren, also hatte ich mich entschieden, als Maria in die nächste Stufe des Spiels einzusteigen.

Es gab die Möglichkeit, ein Foto von sich hochzuladen. Dann konnte man seinen Körper bestimmen. Auf dem Bildschirm mit der Menüführung erschien ein weiblicher Körper, der mit Sprachsteuerung verändert werden konnte. Ich gab der Figur mein Aussehen und meine Größe und zuletzt war das Programm imstande, mein Portraitfoto in die Gestalt so zu integrieren, dass ich das Gefühl hatte, ein Urlaubsvideo zu sehen, in dem ich durch die Wüste von Cairo wanderte. Als Kleidung wählte ich ein leichtes sommerliches Baumwollkleid. Es fiel weit und fließend über meine Knie und hatte kleine Ärmel, die die Schultern bedeckten. Meine Schuhe waren flache hellbraune Mokassins und in der Mitte des Ausschnitts waren drei dunkelrote Rosen aus dickem Wollfaden in mein Kleid eingestickt. So sah ich aus, als ich mich zu Kajowa setzte.

„Ja, das bin ich“, sagte ich. „Es gibt keinen Grund, jemand anderen hierher zu schicken.“

„Gut siehst du aus“, sagte Kajowa. „Deine Sommersprossen sind so süß …“

„Oh, danke, als Kind wollte ich sie immer loswerden.“

„Ja, ich weiß“, sagte Kajowa. „Es dauert ein halbes Leben,

bis wir endlich soweit sind, uns mit der Realität anzufreunden."

„Warum ist das so?", fragte ich. „Wer gibt die Regeln vor, die mir sagen, wie ich zu sein habe, um den Anforderungen zu genügen? Welche Vorbilder sind es, die mir einreden, dass ich nichts wert bin – so wie ich bin. Du wirst es kaum glauben, Kajowa, aber ich habe erst vor ein paar Monaten atmen gelernt, kannst du dir das vorstellen?"

Sie lachte und sagte: „Ja, leider. Leider kann ich es mir sehr gut vorstellen, weil die Welt ein Spiel ist, in dem es eine fürchterliche Regel gibt."

„Und die lautet?!"

„Tu alles, um nicht du selbst zu sein, dann wirst du Erfolg haben."

„Aber wer hat denn diese Regel erfunden? Ich sehe, dass du Recht hast. Ich sehe jeden Tag in meiner Arbeit, wie die Menschen seufzen und stöhnen, wenn es ihnen erlaubt wird, die Bleilast für eine Stunde abzuwerfen. Bei mir in meinem kleinen Zimmer haben sie die Erlaubnis, all ihre Rüstungen abzulegen. All ihre Haltungen von Stärke, Härte und Macht zu vergessen. Aber ich weiß auch, dass es nur bei dieser Stunde bleibt. In meinem Zimmer wagen sie es, sich für einen kurzen Moment fallen zu lassen. Aber ich bin Realist genug, um zu wissen, dass sie schon am selben Abend wieder in die Arena zurückkehren werden.
Manchmal frage ich mich sogar, ob es richtig ist, was ich tue."

„Warum?“

„Ich habe das Gefühl, dass sich die Krieger kurz bei mir erholen. Sie atmen auf, sie atmen durch, sie holen sich von mir die Energie der Natürlichkeit und erholt und ein wenig erfrischt stürzen sie sich mit neuer Kraft in den Kampf. Es ist schön für mich zu sehen, wenn sie endlich einmal die Augen sanft schließen und beginnen, ihren Körper zu spüren. Aber es ist nicht schön zu erleben, dass es keine Konsequenz hat. Es hat keine Konsequenz, Kajowa. Nicht wirklich!“

Sie sah mich mit stiller Nachdenklichkeit an, dann sagte sie: „Ich sehe, dass dich das sehr aufregt.“

„Natürlich tut es das. Ich denke, dass du genau weißt, wie ich meine letzten Monate verbracht habe, weil die Erfinder dieses Spiels ja offenbar alles von einem wissen, wenn man einmal bei euch eingestiegen ist!“

Kajowa lachte herzlich. „Nun ALLES ist ein bisschen viel, aber wir nehmen großen Anteil, da hast du Recht.“

„Gut, dann weißt du wahrscheinlich über Shimen, wohin mich mein Weg gebracht hat?“

„Ich musste dazu nicht mit Shimen reden. Die Tatsache, dass du dich deinem Körper, deinem Atem, deiner Energie und deinem Wesen so lange gewidmet hast und erst heute wieder hier bist, hat mir gezeigt, dass du auf dem Weg bist zu dir.“

„Das ist die Wahrheit, ich habe nur etwas bemerkt. Und ich weiß nicht, ob es mir gefällt."

„Was hast du bemerkt?"

„Ich habe das Gefühl, dass ich in den letzten Monaten begonnen habe, aufzuwachen."

„Ja?"

„Ich erlebe mich selbst wie in einer Geburt."

„Ja?"

„Ich fühle mich dabei sehr gut."

„Ja?"

„Ich könnte sagen, ich bin eine neue Frau geworden. Aber ich weiß, dass dieser Gedanke so nicht stimmt. Ich bin auf dem Weg, die Frau zu werden, die ich eigentlich bin."

„Ja."

„Das fühlt sich so an, als wäre es ‚neu', es ist aber nur endlich ein Entdecken, wer ich wirklich sein kann."

„Ja."

„So – und jetzt stehe ich da und stelle fest, dass ich noch weniger mit der Welt und den anderen Menschen zu tun habe als in meinem alten Leben."

„Erkläre mir das bitte."

„Früher habe ich zurückgezogen gelebt. Ich war erschrocken und eingeschüchtert von der Welt und der Tatsache, dass sie so ist, wie sie ist. Ich hatte mein kleines, komfortables Gefängnis. Ich wusste, dass mich niemand versteht und ich wusste, dass ich allein bleiben werde, aber ich habe es mir in diesem Schlaf gemütlich gemacht. Jetzt bin ich dabei, aufzuwachen. Ich lebe zum ersten Mal mit dem Gefühl der Freiheit. Mit jedem Atemzug."

„Und jetzt?"

„Jetzt wird mir doppelt bewusst, wie allein ich bin. Ich erlebe meine schönste Möglichkeit. Ich erlebe meine Gesundheit, meine Leichtigkeit, meine Freude, am Leben zu sein.
Gleichzeitig sehe ich rings um mich die Welt und ihre Kälte. Ich sehe niemanden, mit dem ich dieses neue Leben teilen kann. Verstehst du mich? Ich habe es erlebt, was es bedeutet, ins Freie zu gehen und zu rufen: ‚Da bin ich. Endlich. So wie ich immer sein wollte' … aber da ist niemand, der auf meinen Ruf antwortet. Wenn ich nicht mehr bereit bin, mich zu verstellen und zu lügen. Wenn ich nicht mehr bereit bin, meine wahre Natur zu verleugnen, um Gesellschaft zu haben von denjenigen, die sich ihr ganzes Leben lange selbst betrügen. Mit wem kann ich dann noch sein? Ich habe erfahren, wie schön es ist, die Stille zu erleben an einem frischen Morgen und mit einem Mal singt ein Vogel. Dieses Gefühl in meinem Herzen macht mich süchtig. Süchtig nach der Wahrheit. Süchtig nach dieser Gesundheit. Diese Erfahrung aber macht mich unfähig, jemals wie-

der in die Erlebnisse meines alten Lebens zurückzukehren. Gleichzeitig entdecke ich auch den Schmerz, alte Gewohnheiten und Menschen auf diesem Weg meiner Entwicklung zurückzulassen. Ich habe mich aufgemacht, um meiner Einsamkeit zu entgehen, und die Wahrheit ist, dass ich jetzt erst recht allein bin."

„NOCH!"
Kajowa sah mich ruhig an und legte ihre Hand auf meinen Arm.

„Wie meinst du das?"

„Noch siehst du niemanden. Das ist ein völlig logisches Erlebnis. Du bist aus dem Gefängnis entlassen worden. So beengend es auch war, du hast seine Regeln gelernt. Deine Zelle war klein, dein Bett schmal und der Ausgang am Hof am Nachmittag hat nur eine Stunde gedauert.
Aber so schrecklich diese Gesetze deiner Vergangenheit auch waren, du hast sie gekannt. Und du hast die anderen Häftlinge erkannt. An ihrer Kleidung. Ihren Blicken. Ihren harten Stimmen.
Jetzt stehst du vor dem Gefängnistor. Deine gewohnte Welt liegt hinter dir. Du kannst gehen, wohin du willst. Da vorne ist eine Stadt … oder der Weg in die Berge … willst du ans Meer? … in einem breiten Bett schlafen … oder tanzen gehen? Jetzt steht dir zum ersten Mal alles offen, aber du bist noch nicht wirklich dort. Du erlebst, dass du zum ersten Mal deine Schritte frei setzen kannst. Sie werden dich dorthin bringen, wo du hingehörst. Sie werden dich auch dorthin bringen, wo Menschen sind, die genauso wie du aus dem Gefängnis herausgekommen sind. Schenke diesem

Moment in deinem Leben ein wenig Geduld. Ich kenne diesen Schreck, wenn man vor den Mauern angekommen ist und kein Empfangskomitee hat Kaffee und Kuchen aufgebaut. Aber dafür hast du ja mich. Denn eines Tages wirst du auf diejenigen treffen, die dich erwarten. Noch bist du allein. Noch!"

Ich sah Kajowa lange an, dann sagte ich: „Du weißt, dass mir das alles Angst macht."

„Aber natürlich … weil es keine Gewissheit gibt. Nicht wahr?"

„Ja, so ist es. Ich erkenne, dass ich begonnen habe, einen Weg zu gehen, der mich zu meiner Seele führt, aber ich habe hunderttausend Bilder im Kopf, die mir sagen, dass dieser Weg mit Einsamkeit bestraft wird."

„Zum Beispiel? Erzähle mir von einem dieser Bilder."

„Zum Beispiel Shimen. Er ist einer der wunderbarsten Männer, die ich jemals getroffen habe. Er fühlt, denkt, handelt wie kein anderer. Und was ist die Realität seines Lebens? Er lebt allein wie ein Mönch. Wenn diese Art zu leben das Ergebnis meines Weges ist, dann will ich ihn nicht gehen."

„Das kann ich sehr gut verstehen", sagte Kajowa und stand auf. „Wenn der Weg der Seele in diese Sackgasse führt, dann ist man auf einen Trick der Leblosigkeit hereingefallen. Früher hätte man gesagt: ‚Auf das Blendwerk des Teufels' … komm mit … ich will dir etwas zeigen."
Wir gingen von dem Bach weg über einen Hügel. Hinter

dem Hügel zog sich eine riesige hohe Mauer quer über den Horizont. Sie war aus großen, rechteckigen Granitsteinen gebaut und ungefähr 30 Meter hoch. Ich hatte noch nie in meinem Leben so eine riesige Mauer gesehen und fragte Kajowa: „Wo sind wir jetzt?"

„Wir sind auf dem Weg, der dazu führt, das Blendwerk des Teufels zu erkennen und aus unserem Leben zu werfen." Kajowa lachte und ging mit mir auf eine kleine Türe zu, die am Fuße der Mauer eingelassen war.

Sie öffnete die Tür und wir gingen hindurch.

Dschungel

Auf der anderen Seite fand ich mich mit Kajowa in einem weiten Tal. Wir schlossen die Türe hinter uns und ich sah, dass die Mauer über eine Hügelkette lief. Die Anhöhe hinunter war alles von üppig wachsendem, dichtem, grünem Urwald bedeckt. Riesige Bäume, von denen Luftwurzeln herunterhingen, Farne, Orchideen, Lianen, tausend Stimmen von Papageien und Affen, die in den Bäumen saßen und wilde Früchte aßen.

„Wo sind wir?“, fragte ich Kajowa als wir uns über einen schmalen Pfad nach unten bewegten.

„Wir sind in einem Teil von Indien. Dort, wo die tausend Götter wohnen.“

Kaum hatte sie diesen Satz gesagt, kamen wir an einem verfallenen Tempel vorbei. Auf einem Mauervorsprung, der fast völlig von Mangrovenwurzeln umwachsen war, thronte eine dicke Männergestalt mit einem gekrönten Elefantenkopf.

„Siehst du diesen Gott?“, fragte Kajowa. „Er heißt Ganesha.“

„Ja?“

„Glaubst du an ihn?“

„Ich glaube nicht, dass es einen Gott gibt, der eine Mischung aus Elefant und Mensch ist.“

„Du weißt, dass es Millionen von Menschen gibt, die ihn anbeten, ihm Opfer bringen und um Hilfe anflehen.“

„Was willst du mir damit sagen?“

Ich sah Kajowa an. Sie setzte sich auf eine halb zerbrochene Treppe und zerteilte eine Frucht, die wie eine Mischung aus Ananas und Erdbeere aussah. Sie hatte die Frucht von einem Baum gepflückt, der auf unserem Weg stand, und ich setzte mich zu ihr und nahm ein Stück von der rötlich gelben Kugel. Langsam biss ich ein Stück ab und hörte Kajowa zu.

„Alles, was der Mensch erfunden hat, um sich von seinem Gott ein Bild zu machen, ist ein Märchen. Dieses Märchen braucht das Kind in uns, um seine Angst vor der Einsamkeit zu beruhigen. Diese Märchen können sehr bunt sein, so wie hier, und sie können sehr furchterregend sein oder sogar unverständlich.

Alle diese Märchen, die der Geist des Menschen erfunden hat, spiegeln die Welt, in der er lebt. Sie machen ihn größer, stärker, heller, dunkler und phantastischer als die Wirklichkeit. Sie zeigen uns, dass wir klein sind und hilflos, und so sind die Götter in diesen Märchen diejenigen, die uns in unserer Hilflosigkeit beschützen.“

„Worauf willst du hinaus?“

Kajowa lachte und sah mich an. „Solltest du ein wenig ungeduldig sein?“

„Ein wenig.“

Ich warf die Schale der Erdbeerfrucht auf den Boden und stand auf, um Kajowa zu folgen.

„Wer Eile hat, der macht einen Umweg“, sagte sie und dann wanderten wir von dem verfallenen Tempel weg.

Nach einer halben Stunde, während der wir an tausenden von Blumen und Bäumen vorbeigekommen waren, die ich noch nie gesehen hatte, erreichten wir einen kleinen See.

Er lag mitten im Dschungel und spiegelte die Sonne, die strahlend gelb über uns am Himmel stand.

In der Mitte des Sees sah ich eine kleine Insel, zu der eine sanft gebogene Steinbrücke führte.

Wir setzten uns an das Ufer und sahen einem Schmetterling zu, der um uns herumflog. „Die Märchen, die wir für uns selbst erfinden, um der Einsamkeit zu entgehen, erzählen uns, dass sie das Bild unseres Gottes zeigen. Das einzige, was sie in Wahrheit zeigen, ist unsere Sehnsucht. Unser Geist ist wie ein Filmprojektor. Er hat ein Bild in sich, und dieses Bild schickt unser Geist nach außen. Dann betrachtet unser Geist das Bild, das sich vor uns befindet und ruft laut: ‚Ich habe Gott gesehen!‘“

Genauso machen es Kinder, wenn sie aus ihrem Zimmer

gelaufen kommen, mitten in der Nacht, weil vor ihrem Fenster ein Monster mit rotglühenden Augen erschienen ist.

So hat der Mensch für all seine heimlichen Wünsche ein Bild in sich, dem er Macht geben will. Und die größte Macht gibst du deinen Wünschen, wenn du zu glauben beginnst, dass die Erscheinung deiner Sehnsucht dein Gott ist.

Für ein Volk wie die Römer war der Kriegsgott Mars einer der wichtigsten Vertreter ihrer Wünsche. Sie wollten für den Krieg leben, sie wollten stark, männlich, siegreich und unsterblich sein. Ihr Kriegsgott Mars hat ihnen die Erlaubnis gegeben, für all das zu leben.
Nun sitzt du hier mit mir im Dschungel und sagst mir, dass du Angst hast vor der Einsamkeit. Dieser Art von Einsamkeit, die sich einstellt, wenn man den Weg geht, den ich den Weg der Seele nennen möchte."

„So ist es."

„Ja, Maria, so ist es, weil wir beide weder an Mars noch an Elefantengötter glauben – richtig?"

„Richtig."

Ich sah, wie ein Fisch aus dem See sprang. Er hatte eine Mücke entdeckt, die so unvorsichtig gewesen war, nahe an die Oberfläche des Sees zu fliegen. Der Fisch sprang silbern glänzend hoch, schnappte zu und ließ sich wieder zurückfallen. Tausend Tropfen spritzten im Sonnenlicht funkelnd hoch. Dann begannen sich Wellenkreise auszubreiten. Die Stelle im See, an der der Fisch gesprungen war, hatte sich schon wieder geglättet, aber die konzentrischen Wellenkreise waren immer noch auf ihrem Weg. Sie erreichten das Ufer zu unseren Füßen und lösten sich auf.

„Hast du das gesehen?", sagte Kajowa. „Dieser kurze Moment einer Energie hinterlässt so ein langes, weites Echo, das alle Ufer erreicht. Es ist unglaublich, nicht? Und genau so ist es mit jedem Gedanken, jedem Schritt, den wir tun. Er hinterlässt ein Echo. Darum haben die Menschen erkannt, dass es gut ist, eine Zeit lang still zu sein, nichts zu tun, ruhig zu werden. Sie üben auf diese Weise, keine Wellen zu erzeugen. Nicht, bevor sie zu ihrer wahren inneren Kraft gefunden haben. Zu ihrem Bild von Gott, das keinen Elefantenkopf trägt. Diese Stille und Ruhe ist es, vor der du zu Recht Angst hast. Das Bild eines einsam dasitzenden Mönches ist es, das dich abschreckt. Du fürchtest, dass dein Weg dich zu diesem Nichtstun führen könnte. Zu diesem Stillsitzen und Schweigen führen könnte. Die Ergebnisse des unbedachten Handelns in der Welt führen dazu, dass man sein Heil im Nichthandeln sieht. Für eine Zeit lang ist das richtig. Ich betone: Für eine Zeit lang. Wenn das Bild der Sehnsucht nach Ruhe dazu führt, dass du dir den Kopf kahl scherst und allein oder mit 10 anderen kahlgeschorenen Menschen dein Leben mit Schweigen, und Nichtstun verbringst, bist du genauso in eine Falle getappt wie diejenigen, die geglaubt haben, Gott trägt Schwert und Schild und köpft seine Feinde."

„Du willst damit sagen, ich sollte kein Mönch werden." Ich lachte und nahm einen Kiesel und warf ihn im weitem Bogen in den See. Er schlug nahe der kleinen Insel auf, er versank, und seine Kreise begannen auf uns zuzulaufen.

„Genau das will ich sagen. Das Leben zu verweigern, ist nicht der Sinn unseres Daseins. Wir sind geboren worden, um zu leben. Unser Leben zu erleben. Und zwar richtig zu erleben. Wir sind nicht geboren worden, um aus Angst vor möglichem falschen Leben zu lebenden Toten zu werden."

„Das heißt, du willst mir mit deinen Worten das Schicksal ersparen, mir den Kopf kahl zu scheren und wie Buddha still lächelnd den Rest meines Lebens nur Reis zu essen."

Kajowa lachte und stand auf.

„Warum gebe ich mir solche Mühe, mich verständlich zu machen, wenn du die Fähigkeit in dir trägst, alles was ich sage, mit einem einzigen Witz rot zu unterstreichen?!"

„Weil ich ein böses Mädchen bin." Ich streckte mich und ging Kajowa hinterher.

Wir wanderten über die sanft geschwungene Steinbrücke und betraten den kleinen schlichten Holztempel, der auf der Insel stand. In seiner Mitte befand sich ein niedriger Tisch aus dunkelbraunem Holz und darauf standen zwei Teller, zwei Messingkännchen mit türkischem Kaffee und ein Marmorkuchen mit Schokoladeglasur.

„Ich glaube es nicht", sagte ich und setzte mich auf eines der runden Sitzkissen, die auf dem Holzboden lagen. „Gibt es irgendetwas, das du nicht von mir weißt?!"

„Nun, ich kenne all das nicht, von dem du der Welt noch nichts erzählt hast. Darum bin ich auch so neugierig zu erfahren, was da noch alles in dir darauf wartet, ans Licht zu kommen. Im Kaffee ist Kardamom und etwas Zimt. Ist das richtig so?!“

„Ja, das ist völlig richtig“, sagte ich und dann sah ich Kajowa zu, wie sie aus dem Marmorkuchen zwei große Stücke herausschnitt. Ich nahm eines der beiden Messingkännchen und füllte Kajowas Porzellantasse. Es waren kleine, sehr feine Tassen mit einem durchlaufenden Muster aus zarten blauen Blumen am Rand. Nachdem ich ihr eingeschenkt hatte, nahm ich mir aus dem anderen Kännchen Kaffee und dann saßen wir beisammen und tranken den ersten Schluck.

Langsam sank die Sonne tiefer und die Vögel flogen in die Baumkronen, um ihr Nest für die Nacht zu beziehen. Zwischen den acht Säulen, die das Dach des kleinen Tempels trugen, war ein hüfthohes Geländer aus Holz. Ich zog mein Sitzkissen zu den Verstrebungen und lehnte mich entspannt dagegen. Ich blickte nach links und entdeckte eine gläserne Karaffe und zwei Becher aus Holz. In der Karaffe war kühles, frisches Wasser und ich gab Kajowa ein Glas voll, bevor ich mir selbst einschenkte.

Sie lächelte mir zu und trank aus ihrem Holzbecher. Er war aus einem einzigen Stück eines armdicken Bambusrohres gemacht und lag glatt und hellgelb in ihrer Hand.

„Du willst mir also sagen, dass ich mich nicht vor der Einsamkeit zu fürchten brauche“, sagte ich.

„Wenn du nicht den falschen Vorbildern folgst."

„Zum Beispiel?"

„Du hast zuvor davon gesprochen, dass du dir dein wunderschönes Haar abschneiden und wie ein Einsiedlermönch dein Leben mit dem Betrachten einer Wand zubringen könntest."

„Als Zen-Mönch müsste ich das tun", lachte ich und blickte gespannt zu Kajowa. Ich begann, ihre Art, wie sie ihre Gedanken einleitete, zu mögen. Sie begann damit, dass sie Fragen stellte, die unausweichlich zu einem Punkt führten, an dem man Farbe bekennen musste. Sie war in ihrer Art sehr entgegenkommend, im Ergebnis ihrer Gedanken aber völlig unbestechlich.

„Ich weiß, dass es in unserer Zeit eine große modische Bewegung gibt, die die Menschen dazu verführt, sich als Buddhisten zu bezeichnen. Obwohl sie nicht aus diesem Kulturkreis kommen, in dem der Buddhismus entstanden ist, obwohl sie mit der Mentalität Asiens nicht vertraut sein können und obwohl das tatsächliche Praktizieren von Buddhismus mit ihrem westlichen Lebensstil nicht das Geringste zu tun hat."

„Warum tun sie es dann?"

„Es ist die Verpackung, die sie anzieht. Die Verpackung und die völlig richtige Erkenntnis, dass die Religionen im Westen nicht zu wahrhaftigem, allumfassendem Seelenglück geführt haben.

Die Mischung aus der Sehnsucht, ein seelisches Zuhause zu finden und der Ästhetik des fernen Ostens mit seinen schlichten roten und orangen Gewändern und die Hoffnung im stillen Nichtstun Erlösung zu finden, zieht viele suchende Menschen aus dem Westen in den Bann dieser Lehre."

„Ich spüre, dass du in dir eine Kritik trägst", sagte ich und lächelte Kajowa an und wartete darauf, dass sie weiterreden würde.

„Du kennst mich schon recht gut. Daher weißt du auch, dass mein Lieblingswort ‚Genauigkeit' heißt, nicht wahr?!"

„Es ist mir nicht entgangen!"

„Also gut, dann schauen wir uns genau an, was es mit dieser Sache auf sich hat. Wenn du dich an einen stillen Ort zurückziehst, um dich in deine Seele zu versetzen, dann ist das Meditation?"

„Ja."

„Diese Praxis gibt es seit es Menschen gibt, die sich in dieser lauten Welt ihrem inneren Ton zuwenden wollen. Diese Art, seinen Geist zu üben hat nichts mit irgendeiner existierenden Religion zu tun. Alle spirituellen Menschen auf diesem Planeten begegnen früher oder später dieser Übung."

„Ja."

„Zu meditieren hat also nichts mit dem Buddhismus zu

tun. Es ist eine Geistesübung, die auch in dieser Lehre eine Funktion hat.“

„Ja.“

„Du musst also kein Buddhist sein, um dich mit untergeschlagenen Beinen an einem ruhigen Ort in völliger Stille deiner Seele zuzuwenden?“

„Ja.“

„Nun lautet meine Frage, mit welchem Ziel meditieren wir? Worauf lenken wir unsere Gedanken? Was wollen wir in uns fördern und was wollen wir disziplinieren?“

„Die Abkehr von der Welt?“

„Richtig … und das findest du gut?“

Ich musste lachen. Kajowa saß mir gegenüber und sah mich mit wacher Neugier an. „Ich frage dich noch einmal: Das findest du gut?“

Ich nahm einen Schluck Wasser und versuchte, mich von der Heiterkeit, die sie ausstrahlte nicht beeinflussen zu lassen. Ich konzentrierte mich auf ihre Frage und sagte nach einer Weile des Nachdenkens: „Wenn ich Kajowa wäre, würde ich sagen: ‚Eine Zeit lang!‘.“

„Du kennst mich wirklich sehr gut. Gratuliere!“

„Danke, hab‘ ich Recht?“

„Aus meiner Sicht der Dinge … ja. Meiner Meinung nach sind wir auf diese Welt gekommen, um mit ihr zu leben und in ihr zu leben. Der Welt und dem Leben den Rücken zu kehren, halte ich für völlig falsch."

„Aber nicht, wenn es nur eine Zeit lang geschieht?"

„Du sagst es. Die Meditation sollte dazu dienen, in den tausend Bewegungen des Alltags einen Punkt zu finden, an dem Ruhe herrscht. Dorthin ziehe ich mich zurück, um mich zu sammeln. Dorthin gehe ich, um mein Herz zu befragen, ob alles, was ich tue, liebevoll geschieht. Wenn ich in der Meditation fühle, dass ich vom Weg der Liebe abgekommen bin, führt mich die Meditation wieder zu meinem Herzensmittelpunkt. Dann kann ich mit neuer Energie in die Welt zurückkehren und in ihr leben und wirken. Wenn diese Momente der Stille und Abwendung von der Welt zum Selbstzweck werden, dann bin ich auf das Blendwerk des Teufels hereingefallen."

Kajowa lachte mich herzlich an und füllte sich frischen Kaffee in ihre Schale.

„Was ist dann dein Vorwurf? Dass viele Menschen sich zum Buddhismus hingezogen fühlen, ohne zu wissen, was er wirklich bedeutet?"

„Genau so ist es. Lass uns doch einmal in die Geschichte blicken.
Siddhartha Gautama war ein verwöhnter Prinz. Er führte ein Leben im Luxus. Bei vier Fahrten in die Umgebung seines Palastes hat er festgestellt, dass es in der Welt auch

Leid und Not und Sterben gibt. Daraufhin hat er sich schuldig gefühlt, so verwöhnt zu leben und sich auf den Weg gemacht, um das Leid zu überwinden."

„Und das findest du falsch?"

„Die Absicht finde ich nicht falsch, ganz im Gegenteil. Ich erlaube mir nur, ganz genau hinzusehen in die Lebensschritte unserer großen Vorbilder. Ich bin durch nichts zu beeindrucken. Kein Weltreich, keine Weltreligion, kein Weltkonzern kann mich damit blenden, dass Millionen von Menschen ihnen zujubeln. Das haben die Menschen immer schon getan. Bei sogenannten Heiligen und tatsächlichen Massenmördern. Die Verpflichtung meiner Wachsamkeit besteht darin, genau hinzusehen, um herauszufinden, wer das wirklich ist, dem so viele zujubeln."

„Also rede weiter. Er hat erkannt, dass er Leid überwinden will – und?!"

„Der junge Prinz hatte eine junge Frau, die von ihm schwanger war. Am Tag nach der Geburt hat er sie und seinen neugeborenen Sohn verlassen. Er hat darauf vertraut, dass sich sein Vater und alle Bediensteten des Palastes um die alleinerziehende Mutter und seinen Sohn kümmern werden und hat sich in die Wälder zurückgezogen, um nichts zu essen. Ist das vorbildlich?"

„Nein."

„Findest du, dass man als Vater und Ehemann eine gewisse Verantwortung hat? Gegenüber seiner Frau, mit der man in vollem Bewusstsein ein Kind gezeugt hat? Gegenüber dem Kind, das ein Recht hat, mit Mutter und Vater aufzuwachsen, um die Polarität des Lebens in den Geschlechtern zu erfahren?“

„Ja.“

„Ist es also so, dass ein verantwortungsloser junger Mann, der offenbar keine Lust hatte, in der Nacht vom Weinen seines Sohnes geweckt zu werden und Windeln zu wechseln, ganz einfach vor seiner Verantwortung geflüchtet ist?“

„Könnte man so sagen.“

„Würdest du sagen, dass jemand sich auf den Weg gemacht hat, um Leid zu überwinden und schon bei seinem ersten Schritt auf diesem Weg Leid verursacht hat?“

„Kann man so sehen.“

„Was heißt das? Kann man so sehen? Ist das Leid der verlassenen Frau zu klein, um in die Geschichtsbücher aufgenommen zu werden? Ist der Schmerz des verlassenen Sohnes zu unwichtig, angesichts der Gründung einer Weltreligion? Für mich nicht. An ihren Taten sollt ihr sie erkennen. Ist dir dieser Satz geläufig?!“

„Ist er.“

„Also?“

Ich atmete tief durch. „Du hast Recht, das war schäbig!“

„Und?“

„… Und lieblos und egoistisch.“

„Aha, und jemand, dessen Weg auf diese Weise beginnt, hat es deiner Meinung nach verdient, ein Vorbild zu sein?“

„Nun, offenbar hat er Dinge gesagt, die die Menschen fasziniert haben.“

„Offenbar! Ich kann dir Dutzende von jungen Männern nennen, die mit dem Ergebnis einer unvorsichtigen Nacht nichts zu tun haben wollen.“

Kajowa und ich lachten und dann stand sie auf und zündete einige Kerzen an, die auf dem Tisch und auf der Brüstung des Geländers standen. Die Sonne war tiefer gesunken und stand drei Handbreit über dem grünen Dschungeldach.

„Gut, den Anfang hat er verpatzt. Ich bin auf deinen nächsten Vorwurf gespannt.“

Kajowa setzte sich neben mich und lehnte sich ebenfalls an das Geländer. „So sitzt man ja viel angenehmer.“

„Ich weiß.“

„Das hätte mir auch früher einfallen können.“

„Besser spät als nie.“
„Du sagst es. Nun zu meinem nächsten Vorwurf. Vereinfacht gesagt predigt Siddharthas Lehre, nachdem er fünf

Jahre lang am Verhungern war und dann festgestellt hat, dass er doch nicht sterben will, dass man sich von der Welt verabschieden soll."

„Ist das nicht ein Widerspruch?"

„Nicht für die, die ihm zujubeln, weil seine Mönche so schöne rote Gewänder tragen. Diese Botschaft lautet, dass jedes ‚Habenwollen' nur Leid nach sich zieht. Also bedeutet ‚Nichthabenwollen' kein Leid.
Letzten Endes bedeutet es, nicht mehr als Reinkarnation auf die Welt zu kommen, weil man ja auch das Leben als normaler Mensch nicht mehr haben will. Also muss man sein Leben damit verbringen, zu nichts und niemandem eine Verbindung herzustellen, weil die ja Begehren in sich trägt.

Keine heißen Gefühle wie Sehnsucht, Zuneigung, geschlechtliche Liebe entwickeln. Die Gefühle, die man noch hat, auslöschen und jeden Tag stundenlang schweigend dasitzen. Ausschließlich auf sich selbst konzentriert, ohne Verantwortung für das Schicksal deiner Nächsten. Am Ende ist das nicht schwer, weil du gar keine Nächsten hast, bei dieser Art, dein Leben zu führen. Egozentriert, verantwortungslos und ohne menschliche Umarmung beobachtest du dann deine biologischen Abläufe ohne jede Emotion, und eines Tages gehst du ins Nirvana. Das ist aber auch weder schön noch hässlich. Es ist schlicht und einfach auf hohem Niveau langweilig. Und, hast du wirklich noch Lust, in ein Zen-Kloster zu gehen?"
„Nein."

„Fein, warum nicht?“

„Weil ich nicht auf diese Welt gekommen bin, um meinen Tod bei vollem Bewusstsein vorweg zu nehmen.“

„Noch dazu als Frau.“

„Warum sagst du das so deutlich?“

„Weil Siddhartha bei all seiner Erleuchtung nach wie vor an den patriarchalischen Strukturen festgehalten hat, in denen er groß geworden ist. Da hat man dann erstens das Stück Mensch, das die eigenen Kinder auf die Welt bringt, rücksichtslos verlassen. Und da hat man sich dann auch das halbe Leben lang dagegen gewehrt, Frauen in den Orden aufzunehmen. Erst nach sehr großem Druck hat sich Siddhartha dazu verführen lassen. Nicht ohne einem seiner Schüler zu sagen, dass durch diesen Schritt die ‚reine Lehre‘ nicht länger als 500 Jahre überleben wird. Zur Sicherheit und damit sie ihren Rang in der Welt nicht vergessen, hatten die Nonnen die Anweisung, selbst wenn sie schon Jahrzehnte im Kloster gelebt hatten, den allerjüngsten männlichen Novizen Respekt und Verehrung zu zeigen.“

„Es ist gut, dass diese Ereignisse über 2000 Jahre zurückliegen.“

„Und dass das Missverständnis der Verehrung überlebt hat?“
„So ist die Welt.“

„Genau, Maria und darum sind wir hier. Um herauszufinden, wie wir in das Paradies kommen können."

„Offenbar nicht auf dem Weg, über den wir gerade reden."

„Offenbar. Um das ganze abzuschließen, könnte man sich noch fragen, ob denn seine eigene Lehre von der Nichtanhaftung bei Buddha selbst funktioniert hat."

„Wenn du so fragst, glaube ich die Antwort zu kennen."

„Du sagst es. Eine kleine Geschichte zum Thema Erleuchtung und Befreiung von störenden Gefühlen?!"

„Ich höre."

„Als Buddha 72 Jahre alt war, hat ihm einer seiner ranghöchsten Mönche öffentlich den Vorschlag gemacht, ihm die Leitung des Ordens zu übertragen. Weil Buddha schon sehr alt war, Rückenschmerzen hatte und kaum mehr stehen konnte."

„Ich nehme an, Buddha hat darauf nicht sehr gelassen reagiert?!"

„Buddha hat seinen Mönchsbruder öffentlich angeschrieen, dass er ein Speichellecker sei und ihn aus dem Orden ausgestoßen.

Daraufhin war dieser in Leidenschaftslosigkeit geübte Anhänger Buddhas so erleuchtet, dass er ewige Rache geschworen hat und insgesamt drei Mordanschläge auf Siddhartha

Gautama, genannt „Buddha“ verübt hat. Der Begründer dieser Bewegung hat also am Anfang seines Weges Leid verursacht und am Ende so gehandelt, dass tiefer brennender Hass und Neid seine letzten Schritte begleitet hat. Und nun, wo du all diese überlieferten Wahrheiten kennst … hast du da nicht Lust auf wirkliche Befreiung?!“

„Dir ist schon klar, dass du in den letzten Minuten dabei bist, Millionen von Menschen in ihren religiösen Gefühlen zu verletzen.“

„Wenn sie hier wären, wahrscheinlich“, sagte Kajowa. „Aber ich erlaube mir nur, meinen Gedanken freien Lauf zu lassen. Dies hier ist ja nur ein Spiel, nicht wahr?! Es hat das Ziel, das Paradies zu gewinnen und wer das nicht will, der kann jederzeit aussteigen. Ohne Verlust und Konsequenzen. Wir haben unbegrenztes Rückgaberecht.“
Sie lachte und zog die Beine an und verschränkte ihre Arme vor der Brust. Sie wirkte sehr heiter und gelöst, und ich hatte das Gefühl, dass ihr unser Gespräch Freude machte.

„Du amüsierst dich sehr, nicht wahr“, sagte ich „wenn du eine Weltreligion in Schutt und Asche legst?“

„Ja, weil ich das darf als Nicht-Buddhistin.“

„Was, eine Weltreligion in Schutt und Asche legen?“

„Nein, lachen!“

„Wie bitte?!“

„Nun, Buddha der Erleuchtete hat von seinen Jüngern gefordert, das Lachen zu unterlassen. Sie sollten nicht lachen, Gesang sollte ihnen wie ‚Geheul' erscheinen, und einem Schauspieler, der in einem Dorf eine Komödie vorspielte, sagte er voraus, dass er im nächsten Leben als Tier wiedergeboren wird oder – was wahrscheinlicher ist – in der Hölle!"

„Das ist nicht dein Ernst."

„Doch, kannst du alles nachlesen. Steht alles in den Überlieferungen."

„Aber es gibt doch hunderte Millionen von Menschen, die an ihn glauben und seinen Lehren folgen, wie kann das denn sein, wenn das alles stimmt, was du mir über ihn erzählst?!"

„Ungenauigkeit."

„Wie bitte?"

„Wir müssen eine Sache begreifen. Der Mensch lässt sich sehr schnell von einem anderen Menschen beeindrucken, wenn derjenige sein Anliegen mit großer Wucht vorträgt.
Ohne eine Spur von Zweifel vor eine Menschenmenge zu treten und mit größter Überzeugung seine Sicht der Welt vorzutragen, hat schon viele Menschen dazu gebracht, in den totalen Krieg zu ziehen. Jeder Teppichverkäufer kennt diesen Mechanismus. Es ist nur eine Frage, welches Thema du mit dieser Wucht verkaufst. Diese Wucht gibt dir Macht über die Gefühle und Sehnsüchte der Menschen."

„Warum ist das so?“

„Weil jeder Mensch tief in seinem Innersten das Paradies sucht. Die wenigsten kennen den Weg dorthin und noch weniger haben es jemals erreicht. Tief in den Herzen der Menschen lebt die Frage: ‚Wie soll ich leben, um ein glücklicher Mann zu sein oder eine glückliche Frau?‘

All die Antworten, die uns gegeben werden von dem Tag an, an dem wir denken lernen, haben uns nicht glücklich gemacht. Gleichzeitig erleben wir, dass die älteren Menschen, die uns erzählen, wie es geht, auch kein glückliches Leben haben. Nicht wirklich. Sie tun so als ob, aber tief in uns spüren wir, dass ihr Lächeln nur ein Grinsen ist. Ein Grinsen, das ihre tiefe Verlorenheit maskieren soll. In diesem Zustand taumeln wir dahin. Wir sind verlassen von unseren Vorbildern, wir ahnen, dass wir ein unehrliches Leben führen, und wir sind unsicher in jedem Schritt, den wir tun. Das ist der Moment, in dem ein charismatischer Mensch in unsere Sehnsucht eindringen kann.

Siddhartha hatte mit Sicherheit ein Erlebnis, das ihm sehr viel bedeutet hat. Nach Jahren der Selbstzerstörung hat er einen Zustand erreicht, der ihm sehr viel bedeutet hat. Für ihn war es die Lösung, an nichts mehr in der Welt teilzunehmen. Dieser eine Gedanke hat ihn getroffen wie ein Blitzschlag. So etwas gibt es. Es gibt auch Menschen, die werden vom Blitzschlag der Erkenntnis getroffen, dass eine andere Rasse minderwertig ist. Der Gedanke, der dem Blitzschlag vorangeht, ist völlig unerheblich. Es geht nur darum, von dem Blitzschlag erleuchtet zu sein. Dann fallen alle Sicherungen aus dem System deines kritischen Denkens und du bist von Kopf bis Fuß von deiner Erkenntnis erfüllt. Du bist so sehr erfüllt, dass du von ihr übergehst. Du bist so voll von deinem neuen Wissen, dass du es weitergeben musst. Oder du erstickst daran. Dieser Vorgang setzt eine große Energie frei. Du wirst zu einem charismatischen Menschen. Dein Charisma besteht darin, dass du ohne Zweifel bist. Und das ist es, wonach Millionen verzweifelt suchender Menschen Sehnsucht haben. Sie haben Sehnsucht nach jemandem, der ihnen zweifelsfrei den Weg weisen kann. Den Weg, der im Dschungel ihrer Fragen zu einer Lichtung führt, auf der Milch und Honig fließen.

Buddha war so ein zweifelsfreier Mensch, nachdem ihn sein Blitz getroffen hat. Nachdem er seine ‚Erleuchtung' erlebt hat, ist er zu seinen Begleitern zurückgekehrt, mit denen er sich fünf Jahre lang fast zu Tode gehungert hat und hat ihnen gleich beim ersten Treffen untersagt, ihn weiterhin ‚Freund' zu nennen, weil er nun ein ‚Buddha' geworden sei, ein wahrhaft Erleuchteter. Das zeigt doch, dass da ein Mensch, der in der Folge die Überwindung des Ego gefordert hat, von einem recht großen Selbstbewusstsein erfüllt war, findest du nicht?!"

„Und du glaubst, dass dieses Sendungsbewusstsein genügt hat, um ihn weltberühmt zu machen?"

„Das glaube ich nicht, das ist so. Meine Kritik richtet sich auch nicht gegen die zwei, drei Überlegungen von ihm, die überhaupt nicht dumm waren. Es ist natürlich vernünftig, sich im Maßhalten zu üben. Es ist natürlich vernünftig, regelmäßig zu meditieren, um Ruhe in das Chaos unseres Alltags zu bringen. Es ist natürlich vernünftig, niemandem zu schaden und den Kreislauf von Aktion und Reaktion immer wieder durch Nichthandeln zu unterbrechen. Aber all diese klugen Dinge lehrt jede Großmutter ihre Enkel. ‚Was du nicht willst, das man dir tu, das füg' auch keinem anderen zu'. Diese Grundregel tragen alle Menschen in ihrem Instinkt von Anbeginn der Zeiten."

Kajowa stand auf und streckte sich in die Höhe. „Lass uns etwas weiterwandern … Dies lange Sitzen verlangt nach einer Abwechslung." Kajowa löschte der Reihe nach die Kerzen und dann gingen wir über die Steinbrücke zurück in den Wald.

Wir folgten einem ungefähr zwei Meter breiten Weg, an dessen Rand alle paar Meter eine Steinlampe stand, in der dicke Fackeln brannten. Die Steinlampen hatten oben eine Öffnung und die Flammen loderten einige Handbreit über den Rand.

Langsam gingen wir nebeneinander auf dem Weg, der mit breiten, dunklen Holzbohlen ausgelegt war. Das Abendlicht war dunkelviolett geworden und in den Bäumen riefen die Vögel ein letztes Mal vor ihrer Nachtruhe. Alles rund um uns war friedlich und von einer süßen, warmen Nähe erfüllt.

Ich fühlte die Nähe der Tiere, die ihren Schlafplatz suchten, ich fühlte die Nähe der Pflanzen, die ihre Blüten schlossen und ich fühlte die heitere, warme Nähe von Kajowa.

Bei all ihren Gedanken, die voll ungewohnter Deutlichkeit waren, hatte sie immer ein heiteres Lächeln in ihrem Gesicht. Ich spürte, dass all ihre Ausführungen nicht dazu dienten, in der Kritik stecken zu bleiben. Ich hatte vielmehr das Gefühl, einem Menschen zuzuhören, der mir zeigte, was ich bislang in meinem Leben übersehen hatte. Sie stieß dabei manchmal an meine Grenzen, aber gleichzeitig erkannte ich, dass sie das absichtlich machte.

Offenbar wollte sie meine Gewohnheit, wie ich die Welt sah, aufrütteln.

Ich ging neben ihr und sagte: „Was also ist dein Grund, dass du den armen Buddha heute so sehr mit seiner eigenen Geschichte konfrontierst?!"

„Und er sich nicht einmal wehren kann, weil er ja nicht da ist?"

„Genau."

„Ich tue es, weil er da ist. In deinem Denken, in deinen Gefühlen, in deiner Gewohnheit. Man muss kein Buddhist sein, um nicht von diesen Gedanken beeinflusst zu sein. Und du selbst hast mir das Stichwort gegeben."

„Ich?!"

„Du hast mir von deiner Angst erzählt, einsam zu werden, wenn du den Weg der Seele gehst. Du wolltest nicht wie Shimen leben. Einsam, still und abgewendet von der Welt. Du erinnerst dich? Du wolltest nicht, dass das Klischee des kahl geschorenen buddhistischen Mönches dein Leben beeinflusst. Du erinnerst dich?"

„Ich erinnere mich."

„Da hast du es. Wir alle sind umgeben von Bildern, mit denen wir ein Gefühl verbinden. In deinem Fall ist es die Angst vor der Einsamkeit. Du fürchtest, dass Hingabe an den Weg der Seele dich vereinsamen wird und für diese Einsamkeit hält die Welt ein abschreckendes Bild bereit. Die Wahrheit ist, dass auch du lernen musst, genau zu sein. Schau dir das Bild von Shimen genau an. Hast du das getan? Nein, du hast einen Teil seines Lebens erfahren, einen Teil seiner nach innen konzentrierten Energie erlebt. Er muss so radikal und allein nach innen gehen, um Menschen wie dir Energie geben zu können. Weißt du, wie er seine freie Zeit verbringt?"

„Nein, ich gebe es zu."

„Er hat eine zauberhafte, warmherzige, sehr erotische Freundin. Sie wohnt in derselben Stadt wie er. Sie ist Verkäuferin und studiert Sinologie und ihre Wochenenden verbringen sie in Freude, Leichtigkeit und Liebe. Das ist die Wahrheit dieser beiden Menschen. Einen davon hast du kennengelernt. In einem Aspekt seines Daseins. Daraufhin hast du geglaubt zu wissen, wer er ist und wie er lebt. Ist das nicht erstaunlich?"

Ich bemerkte, dass Kajowa mir keinen Vorwurf machen wollte. Sie öffnete mir nur die Augen für meine Ungenauigkeit und mein vorschnelles Urteil.
„Du hast wieder einmal Recht. Es tut mir leid. Ich bin am Lernen."

„Ja, ich auch, Maria. Wenn wir das einmal akzeptiert haben, dass wir ein Leben lang lernen dürfen, dann sind wir frei. Dann müssen wir uns auch nicht entschuldigen, obwohl ich weiß, was du damit sagen willst."

Ich blieb kurz stehen und dachte nach. Um die Flammen der Steinlampe neben mir tanzten unzählige Falter und Moskitos. Von Zeit zu Zeit kam einer von ihnen der Hitze zu nahe und verbrannte.

Über dem Dschungel war es dunkel geworden, aber ich fühlte nicht die geringste Müdigkeit. Das Zusammensein mit Kajowa war wie ein langer sanft geschwungener Weg durch einen Zauberwald, in dem nach jeder Biegung ein neuer Anblick wartete. Ich wollte weitergehen. Einfach nur weitergehen. Voll Neugier, wo das alles hinführen sollte.

„Ich nehme an, dass du verstehst, dass ich auf dieses Klischee hereingefallen bin."

„Ja, das tue ich."

„Was kann ich dagegen tun, um nicht noch einmal in so eine Falle für mein Denken zu stolpern?"

„Das Bild zerstören. Es durchleuchten, begreifen, seine Schwachstelle aufspüren und es zertrümmern."

„Wie geht das?"
„Indem du dich fragst, ob ein Bild, das du siehst, vollständig ist. Mit vollständig meine ich, ob das Bild alle Aspekte des Lebens beinhaltet oder nicht. Und wenn sich ein As-

pekt in den Vordergrund schiebt, so wie bei Shimen das Bild des einsamen Mönches, suche so lange, ob es auch die Farbe der menschlichen Liebe enthält, bis du sie findest. Findest du sie nicht, dann verbiete dem Bild, Macht über dich zu haben und zerstöre es. Gib keiner Autorität die geringste Macht über dich, bevor nicht bewiesen ist, dass diese Autorität im Namen der allumfassenden Lebendigkeit und Liebe handelt."

„Und wie erkenne ich, dass das so ist?"

„Ganz einfach: Du blickst hinter die Kulissen. Lass uns noch einen Moment bei der Frage bleiben, wie wir den Weg der Seele gehen wollen. Ziehst du es vor, Schritt für Schritt zu gehen oder möchtest du auf einem Bein hüpfen?"

Ich musste lachen, weil ich ahnte, dass Kajowa mit ihrer heiteren Frage wieder eine Falle für mein Denken errichtete.

„Ich möchte am liebsten fliegen!"

„Gute Antwort, ich gebe mich fast geschlagen, aber nur fast. Wie viel Flügel brauchst du zum Fliegen? Was ich dir hiermit erlaube …"

„Zwei?"

„Gute Antwort. So wie zwei Beine zum Gehen. Das ist die Lösung. Alle Bilder, alle Vorbilder, die dir sagen, dass du den Weg der Seele auf einem Bein hüpfend meistern kannst, belügen dich. Wir bestehen aus Geist und Körper. Jede Lehre, die dir weismachen will, dass du die Bedürfnisse deines Körpers ablegen musst, um deinen Geist fliegen zu lassen, belügt dich. Die Wahrheit ist, dass es keine Erkenntnis auf dieser Stufe des Lebens gibt, die ihre Einsichten ohne den Körper erlebt. Selbst der Tod als Folge von konsequenter Askese und Körperverweigerung ist eine Erfahrung des Körpers.

Alle Prediger, alle Schulen, alle Priester, die dir sagen, dass Sexualität die Verhinderung des geistigen Weges ist, lügen. Sie lügen und betrügen dich um deine ewige Grundwahrheit. Diese Wahrheit besteht darin, dass wir auf einem materiellen Planeten leben und einen materiellen Körper haben. Dieser Körper ist Empfänger und Sender zugleich. Wir müssen ihn achten und ehren und entfalten. Wir müssen seine Empfindsamkeit zum Blühen bringen und im liebevollen Orgasmus mit einem liebenden, geliebten Menschen den Zauber erleben, dass wir nicht allein sein müssen. Nicht einsam sein müssen, nicht in Verlassenheit verdursten müssen. Wer immer dir etwas anderes erzählt, ist ein Abgesandter des Teufels. So und soll ich dir jetzt ein berühmtes Zitat eines berühmten japanischen Zen-Mönches erzählen?“

„Ich höre.“

„Dieser Mann scheint etwas begriffen zu haben. Er hat der Welt folgenden Satz hinterlassen: ‚Triffst du Buddha auf der Straße, schlag ihn tot!‘ Und bevor du mich jetzt der Anstiftung zur Gewalt verdächtigst kann ich dich beruhigen, dieser Mönch hat hundert Jahre nach Buddha gelebt. Er wollte uns damit lediglich sagen, dass wir alle Autoritäten vom Thron stoßen sollen, die uns einreden wollen, dass

Einsamkeit und Körperlosigkeit und Lieblosigkeit auch nur das Geringste mit dem Herzen und der Seele zu tun haben."

„Und trotzdem haben alle Organisationen, die Enthaltsamkeit predigen, Milliarden von Anhängern, seltsam, nicht?"

„Nein, überhaupt nicht, weil diese armen Menschen von Kind auf mit Geistesmüll zugeschüttet werden. Ohne Aufklärung, ohne liebevolle Hände, die ihnen heraushelfen aus der Jauchegrube der Geschichte.

Die Erklärung, warum diese Organisationen sich so lange an der Macht halten konnten, ist sehr einfach. Eine befreite Sexualität ist die revolutionärste Kraft, die es auf diesem Planeten gibt. Sie hat die Macht, alle Ordnung, die der Mensch geschaffen hat, aufzulösen. Damit das nicht geschieht, haben die Menschen begonnen, aus Angst vor dieser Kraft ein Gefängnis zu errichten. Dieses Gefängnis besteht seit tausenden von Jahren. Bei uns erkennst du es an den vielen Krankheiten der Seele, wie weit wir vom Weg der Natürlichkeit abgekommen sind. In anderen Ländern zusätzlich daran, dass Frauen von Kopf bis Fuß verhüllt werden und weggesperrt aus dem öffentlichen Leben. In den gründlichsten Gegenden werden den Frauen gleich die Geschlechtsteile abgeschnitten. Dann können sie nicht in den Tempel ihres Körpers gehen, um den Gott der Liebe zu empfinden. Dann gibt es keine Gefahr mehr für die öffentliche Ordnung. So einfach ist das."
Kajowa wandte sich zu mir.
„Ich hoffe, dass es uns gelingt, die Bilder, die du in deinem Kopf hast und die du abspielst, wenn ich ein Wort sage,

mit neuem Leben zu erfüllen. Das ist die erste große Aufgabe in unserem Spiel. Wir müssen erst einmal unsere Wohnung von überflüssigem Gerümpel befreien und den Boden waschen und die Fenster putzen, bevor wir neue Gäste zu uns einladen. Nicht wahr?!"

„Ja, wenn du meinst."

Kajowa sah mich ernst an. „Bei aller Heiterkeit musst du eines wissen. Ganz klar und deutlich. Was wir hier tun hat als Ergebnis, dass du alles, was du kennst, mit anderen Augen sehen wirst. Willst du das wirklich?

Unsere Welt, die dir als ein Ort erscheint, in dem Ordnung herrscht, die einen Sinn hat, wirst du nicht wieder erkennen. Es wird zu der Frage kommen, was gut und böse ist. Es kann sein, dass du all deine gewohnten Sicherheiten abgeben musst. Vielleicht wirst du sehr wütend werden, falls du erkennst, dass dich die Lehrer in dieser dir bekannten Welt in eine Sackgasse geschickt haben.
Ich muss dich jetzt und hier an dieser Stelle warnen. In diesem Spiel weiterzugehen bedeutet, durch Feuer, Wasser, Luft und Erde zu wandern und am Ende des Weges ein anderer Mensch zu sein als du es warst, bevor du das Wort ‚Paradies' entdeckst hast. Willst du das wirklich?"

Kajowa blieb stehen und sah mich an. Wir waren aus dem Dschungel herausgekommen und standen auf einem offenen Platz. Der Weg mündete in eine ebene Fläche. Sie war mit flachen Natursteinen ausgelegt, zwischen denen Gras wuchs.

Der Platz hatte die Form eines unregelmäßigen Kreises und auf der Seite, die dem Wald gegenüberlag, standen fünf Tore. Sie waren ungefähr zehn Meter hoch und aus hellem Sandstein. Sie standen frei im Halbrund um den Platz. Zwischen ihnen wuchsen alle Bäume, die ich jemals in meinem Leben gesehen hatte. Palmen, Fichten, Mangroven, Tannen standen dicht nebeneinander und bildeten eine Wand, durch die ich nicht erkennen konnte, was sich jenseits der fünf Tore befand. In der Mitte des Platzes stand ein Brunnen. Er war aus drei großen, runden Schalen aus rötlichem Marmor gebaut und ungefähr sechs Meter hoch. Am Boden zog sich ein breiter Rand um den Sockel des Brunnens herum. Dieser Rand war einen halben Meter hoch und bildete ein Bassin. Das Wasser trat oben aus einem steinernen Kegel aus und fiel über die drei runden Schalenbecken in das Bassin am Grund. Dieses Bassin hatte einige Felsbrocken am Rand, in denen Lampen integriert waren. Sie beleuchteten das Wasser, das aus der untersten der drei Steinschalen herunter rann. Es sah aus wie ein goldgelber Wasserfall, und ich setzte mich mit Kajowa auf den Beckenrand und sah zu, wie sich einige Blütenblätter, die aus dem nahen Dschungel hierher geweht worden waren, im Wasser drehten.

„Ich glaube, mir bleibt nichts anderes mehr übrig“, sagte ich nach einer Weile, in der wir still neben einander gesessen hatten.
„Wenn ich jetzt umkehren würde, hätte ich beides verloren. Die gewohnte Heimat meiner mir bekannten Gefühle und die Entdeckung der mir unbekannten Zukunft. Ich glaube nicht, dass ich in meinem Alltag zur Routine übergehen könnte, nach all dem, worüber wir jetzt gesprochen haben.

Ich würde mit all meinem Denken und Fühlen zwischen den Stühlen hängen. Nein, ich weiß, dass ich mit dir weitergehen muss, um herauszufinden, wohin dieses Spiel mich führen wird."

„Das freut mich", sagte Kajowa. „Ich lerne sehr viel von dir, und ich hätte es vermisst, mit dir durch eines dieser Tore zu gehen, wenn du das nächste Mal zu mir kommst."

„Das heißt, dass wir uns für heute von einander verabschieden, nicht wahr?"

Ich lachte Kajowa an, weil sie mich so freundlich, aber unmissverständlich darauf hingewiesen hatte, dass unser Spaziergang zu Ende war.

„Nun ja, kennst du das Märchen von dem Hirtenjungen, der in eine Höhle geklettert war, um ein Schaf zu suchen und als er nach einer Stunde wieder herausgekommen war,hatte sich die Welt um 120 Jahre weiter gedreht?!"

Kajowa beugte sich zu mir und tippte leicht auf mein Handgelenk. Ich hob den Arm und sah auf die Uhr. Es waren fünf Stunden vergangen, seit ich Kajowa wiedergesehen hatte und wir losgewandert waren. Ich war sprachlos. Ich hatte das Gefühl, eine halbe Stunde mit ihr unterwegs gewesen zu sein und sah sie fassungslos an. Sie lachte und sagte: „Ja, so ist das, wenn zwei Geister fliegen. Ich hoffe, du verstehst, dass ich mich ein wenig zu mir zurückziehen möchte. Wäre es dir recht, wenn wir uns diesmal etwas früher wiedersehen würden. Und nicht erst in neun Monaten?!"

„Ja, sehr gerne", antwortete ich. „Was hältst du davon, wenn wir uns in genau einer Woche wiedersehen?"

„Maria, du liest meine Gedanken!"
Kajowa stand auf und kam auf mich zu. Sie umarmte mich und sagte: „In einer Woche, hier bei diesem Brunnen. Keine Sorge, du musst nicht noch einmal durch den ganzen Dschungel laufen, okay?"

Ich nickte und folgte mit meinem Blick Kajowas ausgestrecktem Arm. Sie zeigte auf eine Türe, die hinter meinem Rücken aufgetaucht war. Sie stand halb offen und ich ging hindurch. Im letzten Moment bevor ich die hölzerne Türe schloss, sah ich noch einmal zu Kajowa. Sie stand vor dem Licht der Fackeln, die hinter ihr am Rand des Dschungels brannten, und von rechts fiel das funkelnde Licht aus dem Brunnen auf ihr heiteres Gesicht. Sie winkte mir zu, dann schloss sich die Türe. Auf meinem Display wurde es dunkel. Ich nahm den Helm ab und sah mich um.

In meiner Wohnung war es finster. Es war Nacht geworden und durch meine Fenster konnte ich die Sterne am Nachthimmel sehen. Ich legte den Helm neben mich auf das Sofa. Ich schloss einen Augenblick lang die Augen.

Ich sah den Dschungel vor mir. Ich sah die roten großen Blüten, die auf den Bäumen wuchsen, die am Wegrand in den Himmel ragten. Ich hörte die lauten Rufe der wilden Vögel und ich sah die Flammen der Fackeln, die in der Dunkelheit unseren Weg beleuchtet hatten.

Der Sprung zurück in die Wirklichkeit meiner Wohnung

machte mich schwindlig. Ich hatte keine Lust, Licht zu machen oder den Fernseher einzuschalten. Ich wollte dieses Erlebnis mit Kajowa mit in meine Träume nehmen.
Auf meinem Sofa hatte ich eine dicke, weiche Wolldecke liegen. Ich zog sie über mich und rückte mir ein Kissen zurecht. Ich fühlte, wie mich die Wärme der Decke einhüllte und nachdem ich noch eine Weile einem Stern zugesehen hatte, der vor meinem Fenster über den Himmel wanderte, schlief ich ein.

Weiter …

Als ich am nächsten Morgen aufwachte, brauchte ich eine Weile, um mich zurechtzufinden. Ich ging ins Badezimmer, ich machte mir einen Kaffee, ich fuhr zu meiner Arbeit. Ich tat all die gewohnten Dinge, aber ich hatte das Gefühl, in einem Theaterstück zu sein. Ich beobachtete die Menschen rings um mich herum und sah ihnen dabei zu, wie sie alles taten wie immer. Auch ich steckte den Schlüssel wie immer in das Schloss meines Schrankes im Kindergarten und überquerte die Straßen, nicht ohne vorher nach links und rechts gesehen zu haben. Ich bemerkte, dass ich mich bemühte, so zu wirken wie immer. Ich bemühte mich, neben all den gewohnten Menschen und Handgriffen nicht aufzufallen. Die Wahrheit ist, dass ich überhaupt nicht anwesend war. Ich hatte das Gefühl, dass mein Körper seine Routine abspulte, dass mein Geist und mein Herz aber immer noch auf dem Platz mit dem wunderschönen kreisrunden Brunnen waren …

„Woran denkst du, Maria?“, sagte Georg plötzlich und sah mich neugierig an. Ich saß mit dem Rücken an die Wand gelehnt am Boden des Kindergartens. Die anderen Kinder spielten mit buntem Papier, aber Georg war nahe an mich herangerückt und sah mich mit seinen wachen, offenen Augen an. Ich strich ihm über sein Haar und sagte: „Ich habe ein wenig geträumt.

„Oh ja, das kenne ich, ich bin manchmal auch ganz woanders als hier. Hier ist es oft so laut, findest du das nicht auch?“

„Ja, das ist es … und dann darf man ruhig davon träumen, dass es einen anderen Ort gibt, an dem man sich wohl fühlt.“

„Und wo warst du jetzt gerade?“ Er setzte sich neben mich und lehnte seinen Rücken an die Wand.

„Ich habe von einem schönen Brunnen geträumt. Der steht auf einem schönen ruhigen Platz und das Wasser rinnt die ganze Zeit, wie in einem Märchen.“

„So einen Brunnen gibt es wirklich“, sagte Georg, „ich habe ihn einmal gesehen, als ich mit meinen Eltern in Rom war. Es war schon dunkle Nacht und wir waren auf einem kleinen Platz und haben gegessen. Auf dem Platz war in der Mitte ein Brunnen und der war beleuchtet. Und an einem Ende von dem Platz war ein großer Tempel mit vielen Säulen und einem runden Dach, meinst du diesen Brunnen?“

Georg sah mich aufgeregt mit leuchtenden Augen an. Ich sah, dass ihn seine Phantasie an jenen Ort in jener fernen Nacht getragen hatte und sagte: „Ja, ich kenne deinen Brunnen … ich glaube, dass ich genau deinen Brunnen meine …“

Georg sah mich einen Augenblick lang still an, dann nickte er ruhig und nahm meine Hand. Wir saßen nebeneinander und sahen den anderen Kindern zu, die begonnen hatten, aus dem bunten Papier Vögel und Schmetterlinge zu machen. Ich fühlte, wie glücklich er war, dass ich mit ihm in seine Welt gereist war und ich hielt seine Hand, und so saßen wir nebeneinander und mussten nichts sagen …

Im Lauf der kommenden Woche bemerkte ich, dass ich von einer stillen Ungeduld erfüllt war. Ich erledigte meine Aufgaben immer noch gewissenhaft, aber ich stellte fest, dass ich immer öfter am Tag darüber nachdachte, wann ich wieder zu Kajowa gehen konnte. Einmal war ich kurz davor, mir einfach den Helm aufzusetzen und loszugehen. Vielleicht hatte ich ja Glück und sie war gerade zufällig bei unserem Brunnen … dann ermahnte ich mich aber und beschloss, mich an unsere Verabredung zu halten.

Um mir die Zeit zu vertreiben, ging ich am Wochenende in ein Theaterstück. Es behandelte die Geschichte von zwei Männern, die einander in einer einsamen Berghütte begegnen. Einer der beiden hatte die Hütte gemietet, um den Weltuntergang hoch oben in den Bergen zu überleben. Der andere Mann war der Besitzer dieser Hütte und glaubte nicht an die Theorie, dass die Welt im Jahr 2012 untergehen könnte. Das Stück hieß „Polsprung“ und erzählte davon, dass die beiden Männer in der Hütte tatsächlich von einer Lawine verschüttet werden. Dort mussten sie dann eine lange Zeit miteinander leben und lernen, mit der Weltanschauung des jeweils anderen zurechtzukommen.

An diesem Abend konnte ich zwei Männer beobachten, die miteinander über den Sinn ihres Lebens redeten. Über ihre Angst vor der Einsamkeit, über ihre Hoffnung auf ein sinnvolleres Leben.

Am Ende des Stückes wurde mir vom Autor nicht verraten, ob die Welt tatsächlich untergehen wird, aber ich hatte das Gefühl, dass es auch Männer gibt, die sich in dieser eigenartigen, lauten Welt darauf besinnen wollten, dass sie nur ein einziges Mal lebten. Und dass sie nur dieses eine Leben zur Verfügung hatten, um zu einem liebevollen Menschen zu werden.

Ich war überrascht, mit diesen Themen an einem Theaterabend konfrontiert zu werden und beschloss, Kajowa bei unserem nächsten Treffen davon zu erzählen. Der letzte Tag meiner Wartezeit war vergangen und ich setzte mich entspannt und mit meinem Helm auf dem Kopf auf meinem Sofa zurecht.

Die Einleitungssequenz des Spieles lief ab und dann öffnete sich die kleine Holztüre, die auf den Platz mit den Natursteinplatten führte und ich trat hinaus. Kajowa saß schon bei dem Brunnen und wartete auf mich …

„Ich habe dich vermisst", lachte sie und kam mir entgegen.

„Ich dich auch", sagte ich, dann umarmten wir uns wie alte Freundinnen. „Was hast du erlebt?", fragte Kajowa und dann erzählte ich ihr von Georg und meiner Arbeit und von dem Theaterstück, das ich gesehen hatte.

„Es freut mich, dass du so eine aufregende Woche mit so vielen verschiedenen Gefühlen hinter dir hast", sagte Kajowa. „Ich verstehe, dass dich dieses Stück über die Geschichte dieser zwei Männer bewegt hat. Wir leben in einer Zeit, in der sich einige Menschen auf den Weg gemacht haben, um eine Zukunft zu erschaffen, wie es sie noch nie gegeben hat. Dazu gehört auch, dass Frauen und Männer immer mehr zu fragen beginnen, wie sie ihr Leben anders führen können. Mit ‚anders' meine ich ‚anders' als in den letzten 2000 Jahren und vor allem auch anders als in den letzten 20 Jahren."

„Was heißt das?" fragte ich und während Kajowa weiterredete, gingen wir langsam zu den fünf großen Toren.

„Nun, 2000 Jahre lang war unsere Welt von einem ungestörten patriarchalischen Gedankengut dominiert. Und ist es auch heute noch. In den meisten Teilen der Welt. Gegen die Unterdrückung der weiblichen Kraft hat es eine Revolution gegeben. In kleinen Teilen der westlichen Welt. Diese Revolution hat die Männer pauschal in einen Topf geworfen und sie und ihr Geschlecht für alles Übel der letzten tausenden von Jahren verantwortlich gemacht. Diese Reaktion ist verständlich und unvermeidlich, aber genauso falsch wie es falsch war, die Weiblichkeit zu missachten.

Unsere Zeit beginnt, zum ersten Mal in einigen wenigen suchenden Geistern die Idee wach zu küssen, dass wir den Sprung ins Paradies nur dann schaffen werden, wenn wir beiden Kräften im Kosmos ihr Recht geben und sie achten und ehren.

Du scheinst an diesem Abend im Theater zwei Männer dabei belauscht zu haben, die auf dem Weg waren, festzustellen, dass es so etwas wie eine Seele gibt."

Kajowa lachte herzlich und blieb stehen.

„So, Maria, nun ist es an dir, dich zu entscheiden: Durch welches dieser Tore willst du gehen?“

Ich stand neben Kajowa und blickte langsam von links nach rechts. Die fünf riesigen Tore standen schweigend vor uns. Die Flügel waren aus dickem, dunklem Holz und in ihrer Mitte trug jede der Türen einen Metallring aus Messing, der in das Holz eingelassen war. Er hatte einen Durchmesser von ungefähr einen halben Meter und der Ring selbst mochte etwa zwei Fingerbreit dick sein. In jedem der Ringe war ein Wort in das Holz eingearbeitet. Die Buchstaben bestanden aus Halbedelsteinen und schimmerten im Sonnenlicht.

„Ich vertraue auf den Zufall“, sagte ich und ging auf das Tor zu, das unmittelbar vor uns lag. Es war das Tor in der Mitte der fünf Portale und als wir näher gingen, konnte ich das Wort lesen, das die Steine bildeten. Es lautete: „Herkunft“.

„Interessant“, sagte Kajowa, „ich hätte schwören können, dass du entweder links oder rechts außen beginnen möchtest, aber wenn du diesen Weg gewählt hast, soll es mir recht sein.“

„Was steht auf den anderen Toren?“, fragte ich, während Kajowa die zwei riesigen Flügel aufdrückte.

„Das ist für heute völlig uninteressant“, antwortete sie und dann traten wir in einen absolut dunklen Raum. Das Tor schloss sich hinter uns und völlige Stille und Schwärze umgaben uns.

„Wo sind wir?“, fragte ich Kajowa, und während sie nichts sagte, entstand vor uns ein farbiger, glühender Nebel.
In rasend schnellem Tempo entstand eine Milchstraße aus dem Dunst und dann sprang ein Sonnensystem hervor. Von weit oben sah ich unsere Erde. Klein und blau drehte sie sich um die Sonne, umkreist von einem hellgrauen Mond.

Das Bild sprang näher. Die Erdoberfläche vergrößerte sich. Ich erkannte die Kontinente. Sie sahen etwas anders aus als ich sie von den Fernsehbildern der Raumstation in Erinnerung hatte.

Plötzlich erschütterte ein Riesenbeben den gesamten Planeten. Das Meer trat über die Ufer und überschwemmte fast das gesamte Land, danach zog es sich zurück und die Erde sah so aus, wie ich sie kannte. Wie mit einer Flugkamera rasten wir über alle Kontinente.
Ich erkannte China, Südafrika, die Antarktis. Ich sah riesige Mammuts und kleine Feuerstellen vor niedrigen Zelten. Wir stiegen zu einer Gruppe von Menschen herunter. Sie saßen um ein Feuer und wirkten verlassen und schutzlos in der riesigen Weite der Natur.

Unser Blick flog weiter und umkreiste rasend schnell den gesamten Planeten. Wir wurden langsamer und schwebten über den Pyramiden. Sie standen so da, wie sie ausgesehen hatten, als sie eben erbaut worden waren.

Schneeweiß und mit spiegelglatten Seitenflächen strahlten sie über den Horizont. Unser Blick flog weiter bis zum Sinai und Palästina. Wir sanken tiefer und das Bild vergrößerte sich bis es zu einem Wüstental wurde. In der Ferne konnte ich das Meer erkennen. Wir gingen einen Schritt weit in das Bild hinein und dann setzte ich mich mit Kajowa auf einen Felsvorsprung. Von diesem Punkt aus konnten wir die gesamte Ebene überblicken, die vor uns lag.

Weit in der Ferne sah ich einige niedrige Steinhäuser. Olivenbäume und die weißen Punkte von Ziegenherden. Wir saßen eine Zeit lang schweigend nebeneinander, dann sagte Kajowa: „Und – wie gefällt es dir hier?"

„Im Dschungel hast du mir den Elefantengott gezeigt und im Anschluss daran Siddhartha und sein belastetes Verhältnis zu Frauen … warum jetzt das Land der Bibel?!"

„Damit du vergleichen kannst und den letzten Rest an Respekt verlierst, der vielleicht noch in dir schlummert!"

Sie sah mich lächelnd an und stieß mir sanft ihren Ellenbogen in die Seite.

„Was spricht gegen Respekt?", sagte ich und wartete auf ihre Antwort.

„Wofür hat Gott der Allmächtige dir deinen Kopf geschenkt?"

„Damit ich fähig bin, mit dir auf eine Reise der Gedanken zu gehen?"

„Bravo! Und hast du Lust, auf dieser Gedankenreise die Spreu vom Weizen zu trennen?"

„Habe ich.“

„Bravo! Und wenn du das getan hast… würdest du dir dein Brot noch mit sehenden Augen aus der Spreu backen?“
„Nein, Kajowa“, lachte ich. „Das würde ich nicht.“

„Du hättest also vor der Spreu keinen Respekt mehr?“

„So ist es.“

„Gut, das wollte ich nur wissen. Damit ich mich darauf einstellen kann, wer hier neben mir sitzt und mich fragt, was gegen Respekt spricht.“

„Halt!“, rief ich und Kajowa sah mich neugierig an. „Halt! Du meinst – falschen Respekt, Respekt vor Dingen, die zwar Respekt einfordern, diesen Respekt aber nicht verdienen! Du musst genau sein, Kajowa, ganz genau!“

Sie sah mich an und lachte herzlich. „Das ist meine Maria wie ich sie liebe. Du hast völlig Recht. Verzeih‘ mir meine Schlamperei! Also gut. Hast du Lust, den letzten Rest an falschem Respekt zu verlieren?“

„Habe ich.“

„Das heißt, ich habe deinen Test der Genauigkeit bestanden?“

„Hast du.“

„Das freut mich sehr. Wir dürfen niemals vor den Forderungen zurückweichen, die der Weg zu Gott an uns stellt, nicht wahr?“

„Kajowa? Warum sagst du das?“

„Nun, man könnte sagen, dass das ein Test war, wie sehr du bereit bist, das Wort Genauigkeit zu achten und zu ehren. Und ich sehe, du bist sehr bereit dazu. Du hast sogar den Mut, mich, deine Kajowa, deine Begleiterin und Führerin auf dieser Reise zu Genauigkeit zu ermahnen. Du bist nicht bereit, jedem meiner Sätze blind zu folgen! Bravo!“

Sie sprach mit pathetisch ausgebreiteten Armen und mit theatralisch lauter Stimme, sodass ich lachen musste. „Kajowa, was ist los mit dir?“

„Nun, da du mir soweit gefolgt bist. Nun, da ich dir das Land deines Gottes von oben zeige, fordere ich dich auf: Hole mir deinen kleinen Georg hierher … lege ihn gefesselt vor mich hin … schneide ihm die Kehle durch und sieh hin, wie er langsam verblutet!“

„Kajowa, bist du verrückt geworden?!“

„Nein, ich möchte nur wissen, wie es sich anfühlt, wenn man Gott ist.“

„Wie bitte?“

„Hast du die Bibel nicht gelesen? Gott verlangt dort von Abraham, dass er seinem Sohne die Kehle durchschneiden soll. Um ein Opfer zu bringen. Was sonst?!“

Kajowa sah mich mit todernsten Augen an. Ich begann zu verstehen, warum sie mir dieses Theater vorspielte und sagte: „Tut mir leid, aber hiermit habe ich den letzten Rest von falschem Respekt vor dir verloren. Du scheinst ein geisteskranker, böser alter Mann zu sein. Deine Machtspiele dienen nur einem Zweck. Sie sollen mich in meinen tiefsten Gefühlen verunsichern und mir das Gefühl von Ohnmacht und Hilflosigkeit geben. Wahrscheinlich wirst du dann im letzten Moment aus einer Wolke herausschauen, einen Blitz schleudern und mich vor dem Wahnsinn bewahren. Dem Wahnsinn, den du mir befohlen hast, damit ich dich mit meinem Gehorsam ehre. In alle Ewigkeit. Tut mir leid, für diesen geisteskranken Psychopathentest stehe ich nicht zur Verfügung."

Kajowa klatschte in die Hände und rief „Bravo! Zugabe! Hört, hört!!!"

Dann lachte sie und legte ihren Arm um mich. „So, genug Kindergarten? Warum hat Abraham nicht genau diese Worte zu Gott gesagt? Warum ist er in ohnmächtigem falschem Respekt bereit gewesen, sein eigenes Fleisch und Blut auszulöschen? Warum tun Menschen das? Warum sagen sie nicht ‚nein' zu jeder Art von Irrsinn, der ihnen von oben befohlen wird? Warum?"

„Weil sie Angst haben?"

„Du sagst es, Maria. Weil sie Angst haben. Und die Herkunft dieser Angst liegt hier in dieser Wüste. Hier in diesem Bild von Gott, der straft und Rache übt und seine Feinde zermalmt und von den Seinen blinden Gehorsam und willenlose Unterwerfung fordert. Hier liegt die im heiligen Wort festgeschriebene Wurzel des Irrsinns dieser Welt. Um genau zu sein, dieses Teils der Welt. Wenn du bedenkst, dass das Bild dieses Gottes die Wurzel ist, aus der nach dem Judentum das Christentum und dann der Islam hervorgegangen ist, dann ist das allerdings kein kleiner Teil. Nicht wahr?"

„Gehst du jetzt nicht etwas zu weit?"

„Wieso?"

„Niemand auf der ganzen Welt glaubt mehr an diese uralten Geschichten. Das ist ein Relikt aus der Vorzeit und hat keine Bedeutung mehr."

„Maria, ich schätze deinen Optimismus sehr, aber ich fürchte, du irrst dich."

„Wieso?"

„Du hast Recht, wenn du sagst, dass es ein Märchen ist, wenn wir glauben, dass Gott in einer Wolke sitzt und Blitze schleudert, wenn wir nicht gehorsam sind."

„Ja! Und?!"

„Am Ende des Tages hat sich nur die Kulisse verändert, aber nicht die Geschichte. Wir haben die Wolken und die Blitze verwandelt in unsere elegante, technische Grausamkeit. Wir haben in uns eine Moral gespeichert, die uns sagt, dass es unser Recht ist ‚Auge um Auge' und ‚Zahn um

Zahn' zu vergelten. In unserem grausamen, normalen Alltag herrscht in unseren Gewohnheiten immer noch die Forderung nach Gehorsam und Unterwerfung. Diese Forderung ist dieselbe Forderung, die Gott an Abraham gestellt hat. Diese Geschichte scheint dir heute lächerlich. Ihr Inhalt hat sich nicht im Mindesten verändert. Das Recht des unbarmherzig Stärkeren regiert unsere Welt. Manchmal offensichtlich, in den schwarzen Uniformen der Todesschwadronen. Manchmal, in den Pausen zwischen den Gemetzeln, in den dunklen Anzügen bei den Konferenzen, in denen es um die Aufteilung der Welt geht.

Hier zwischen diesen Ziegenherden und Dornenbüschen haben einige Hirtenstämme die brutalen Regeln ihres patriarchalischen Systems einem Gott in den Mund gelegt, um ihnen Respekt zu verschaffen. Diese Brutalität und Unbarmherzigkeit ist die Grundlage des Lebens geworden und über Generationen weitergereicht worden. Diese Brutalität hat im Lauf der Jahrtausende nur ihr Kostüm gewechselt, damit die Zuschauer in den Sitzen gehalten werden. Die Wurzel all unseres Wahnsinns liegt in der Angst vor Strafe. Diese Angst wird uns in unseren Kindertagen eingeimpft und wenn wir Pech haben, begleitet sie uns ein Leben lang. Diese Angst ist es, die den Soldaten abdrücken lässt, um Frauen und Kinder in einem vietnamesischen Dorf zu töten. Diese Angst hat das Feuer an die Scheiterhaufen in allen Jahrhunderten gelegt. Diese Angst hat eine ununterbrochene Geschichte, und ihr Beginn wurde hier niedergeschrieben.

Das Wort Gottes ist nichts anderes als der wahnsinnige Ausdruck eines geisteskranken, machtbesessenen, zerstörerischen Geistes, der sich mit allen Mitteln Respekt verschaffen wollte. Das Problem wäre nicht so groß, wenn es in der Provinz geblieben wäre. So wie ein Virus, der irgendwo in Afrika sein Unwesen treibt. Dort befällt er eine Affenart, verwüstet sie und geht mit ihr zu Grunde. Das Problem ist das geschriebene Wort. Das geschriebene Wort, das von den obersten Vertretern der Macht geschrieben wurde und das zur Sicherheit Gott in den Mund gelegt worden ist. Die Sicherheit besteht darin, dass es über diese höchste aller Autoritäten keine Diskussion geben kann. Ein von Menschen für Menschen geschriebenes Gesetz kann von Menschen alle paar Jahre verändert werden. Was aber willst du gegen die Ewigkeit ausrichten? Und Gott ist der Erfinder der Ewigkeit. Wenn du also als einer der wenigen Gebildeten vor tausenden von Jahren deine Bildung dafür benützt, deine Mitmenschen in Unterwerfung zu zwingen, dann tust du gut daran zu behaupten, dass Gott es so will.

Wer soll dir widersprechen? Widerspruch braucht Bildung. Bildung braucht Wissen. Wissen bedeutet, vergleichen zu können. Vergleichen bedeutet, die Vielfalt an Gedanken zu feiern. Um das zu verhindern, lässt du Gott sagen, dass es keinen Gott gibt außer Gott. Ende und aus. So lächerlich es uns heutigen, gebildeten Freigeistern erscheinen mag – noch vorgestern wurde Giordano Bruno verbrannt. Weil er wissen wollte. Vergleichen wollte. Frei sein wollte. Erlaube es dir heute, in diesem Augenblick, einen Befehl zu verweigern! Egal in welcher Armee dieser Welt. Die Strafe Gottes wird dich treffen wie ein Blitz aus einer dunklen Wolke. Unsere Welt beruht nach wie vor auf den uralten Texten von Macht, Unterwerfung und Strafe. Die Erlaubnis für ihr unmenschliches, liebloses Verhalten steht in dem Buch der Bücher. Dieses Buch wird hochgehalten, um Sünder zu strafen. Im Namen dieses Wortes wird gemordet, geplündert und vergewaltigt. Mit der Macht der ewigen Verdammnis wird seit Jahrtausenden jeder bestraft, der es wagt, aufzubegehren und den gebührenden Respekt vermissen lässt.

‚Mein ist die Rache', spricht der Herr. Daran hat sich in den Realitäten unseres Alltags nichts geändert."

Kajowa stand auf und atmete tief durch. Ich hatte sie noch nie so ernst und bewegt gesehen. Es war als würde sie angesichts der Worte, die sie ausgesprochen hatte, wie vor einem Berg stehen, dessen Wände zu steil waren, um ihn zu besteigen. Sie wirkte konzentriert und kompromisslos. Sie nickte mir zu und dann begannen wir auf einem schmalen Pfad den Abstieg ins Tal

„Kann es sein, dass dich das Thema wütend macht?", fragte ich nach einer Weile, in der wir schweigend nebeneinander gegangen waren.

Sie lachte kurz und sagte: „Du bist eine gute Beobachterin. Ja, das Thema macht mich wütend. Ich erlaube mir diese Wut, weil ich nicht bereit bin, in die Sackgasse einer Scheinfriedlichkeit zu stolpern. Was wir hier seit längerer Zeit tun, ist eine Geistesübung, richtig?"

„Richtig."

„Und wir haben in der Schule gelernt, dass das Ziel aller

Geistesübungen die Ruhe und Gelassenheit ist, richtig?“

„Ja.“

„Solange es auf dieser Welt noch einen einzigen Menschen gibt, der durch die Hand eines anderen Menschen Schaden erleidet, ist es mir nicht möglich, nicht wütend zu sein. Um in ihrem Zerstörungswerk ungestört zu sein, haben die Mächtigen entschieden, das Volk ruhig zu stellen. Auf allen Ebenen und mit allen Mitteln. Mit Konsum, mit schlechtem Fernsehprogramm, mit Ereignissen wie Olympiaden und Weltmeisterschaften und Sackhüpfen im All Inclusive Club. Das Ziel unserer sogenannten Kultur ist die kritiklose, sprachlose Ruhe. Und in den Geistesübungen, die von einem verschwindend kleinen Teil der Menschheit betrieben werden, ist es ebenfalls die bewegungslose schweigende Ruhe, die als oberstes Ziel vorgegeben wird. Ob als asiatischer Mönch oder Franziskaner in brauner Kutte – die schweigende Abkehr von der Welt ist das Ideal.

Zum Teil ist das verständlich, wenn einen die Ohnmacht packt, angesichts des nicht endenden Wahnsinns. Dieses Schweigen und sich Abwenden ist aber nur eine Lösung für die Mutlosen. Für diejenigen, die sich gefunden haben, um das Paradies zu erreichen, gilt diese Ausrede nicht. Bevor nicht die Ablöse der Geisteswelten vollzogen ist, die seit 10.000 Jahren unsere Seelen in der Hölle festhalten, ist kein Schweigen erlaubt. Bevor nicht die Tore zum Paradies für alle sichtbar aufgestoßen sind, ist Rückzug nur als Atemholen erlaubt. Niemals als Endstation.

Wer sich aus dem Strom der Ereignisse in die Scheinsicherheit des Klosters retten will, hat mein Verständnis, aber nicht meine Zustimmung. Wir hier, die Spieler auf dem Weg zum Paradies, gehen einen anderen Weg. Wir stürzen die falschen Götter, die unseren Geist betäuben. Wir zerbrechen die scheinbar ewigen Gesetze, die uns klein und kraftlos halten sollen, wir kommen aus der Stille, in der wir die Einsicht gewonnen haben, dass es an der Zeit ist, alles in Frage zu stellen und zum Teufel zu jagen, was uns schwach und mutlos machen soll. Die Schule der Menschen, die sich auf den Weg zum Paradies gemacht haben, ist keine Schule der Stillen und Braven. Die Menschen, die aufgestanden sind und den Schlaf aus ihren Gliedern geschüttelt haben, sind nicht mehr bereit, die Wahrheit still für sich zu behalten. Die Wahrheit ist, dass wir über tausende von Jahren von einem schwarzen Geist niedergehalten worden sind. Dieser schwarze Geist hat uns in ein Spiegelkabinett unseres Glaubens geführt. Wir haben in diesem Spiegelkabinett gelernt zu glauben, dass wir nichts wert sind. Dass unsere Schönheit, unsere Lebendigkeit und das Glück unseres Körpers Sünde sind. Wir haben gelernt zu glauben, dass es einen Geist gibt, der über uns steht und uns dafür strafen wird, wenn wir uns aufrichten. Wenn wir die Energie unseres Lebens nicht mehr unterdrücken, wenn wir groß, stark und frei sind. Wir haben gelernt, aus Angst zu schweigen und uns klein zu machen und uns und unsere Wahrheit zu hassen und zu bekämpfen. Jahrtausende lang haben wir unsere schönsten Träume in uns selbst zerstört und alle, die es gewagt haben, sie zu leben, haben wir verbrannt.

Früher haben wir Scheiterhaufen errichtet, in unserer zivilisierten Welt haben wir das Feuer der Lächerlichkeit erfunden, in dem wir alle verbrennen und aus unserer Mitte verbannen, die ihre Freiheit leben wollen. All diejenigen, die nicht bereit sind, das alles umspannende Netz der Betäubung und Unterdrückung mitzuspinnen, belegen wir mit dem Bannfluch der Ausgrenzung. Unser goldener Götze ist die Belanglosigkeit. Die Scheinfreiheit. Die Scheinsexualität.

Es ist keine Tiefe und Wucht in unseren öffentlichen Gedanken. Es ist keine Freiheit, zwischen 300 schlechten TV-Programmen zu wählen, und es ist keine wirkliche Sexualität, die unsere Körper zur Freiheit erschüttert, wenn wir uns seelenlos pornographisch betäuben.

All das, von dem wir glauben, dass es ein moderner Fortschritt ist, der uns dazu gebracht hat, das Mittelalter zu überwinden, ist nur eine buntere, oberflächlichere, sinnlosere Form der Leblosigkeit. Die Wahrheit unserer Freiheit ist nach wie vor in einem stählernen Käfig. Seine Gitter sehen aus wie Zuckerstangen. Das ist so, weil die Marketingmanager erforscht haben, dass die Menschen es lieber haben, sich auf einem Jahrmarktsfest kastrieren zu lassen als in der offensichtlichen Not, wie sie noch vor 100 Jahren geherrscht hat.
Die Spirale von Kaufen, Geld machen und wieder kaufen ist der neue Motor. Diese Spirale ist der Motor, den wir in die alte Karosserie unserer lieblosen Welt eingebaut haben. Der Weg, den dieser Wagen fährt, ist immer noch derselbe wie in den letzten tausenden von Jahren.

Ja, Maria, und all das macht mich wütend. Diese Wut ist heilig und ich freue mich über sie. Diese Wut hat dazu geführt, dass sich Menschen getroffen haben, die all das nicht mehr hinnehmen wollen. Es gibt Menschen, die dieses Spiel entwickelt haben, in dem wir zwei uns bewegen. Dieses Spiel hat die Kraft, mit den Mitteln unserer Zeit eine Bresche zu schlagen. Eine Bresche in die Mauer der Unterdrückung und der Ausweglosigkeit.

Diese Menschen haben erkannt, dass es an der Zeit ist, einen Weg zu gehen, der uns aus den Verstrickungen unserer Herkunft befreit und uns zu liebevollen, heiteren, erotischen, freien Menschen machen wird.
Diese Wut ist ein heiliger Antrieb, um auf die Suche zu gehen. Wir suchen die Wurzeln unseres Scheiterns. Wir tauchen in die Herkunft all unserer Gedanken, Gefühle und Rituale. Wir lassen keinen Stein auf dem anderen. Wir kennen keinen falschen Respekt. Nicht vor schweigenden Glatzköpfen und nicht vor Priestern, die sich einen Metallgürtel mit Nägeln um die Körper binden, um Schmerzen zu erleben. Nicht vor Generälen, die uns erklären, warum der zerfetzte Körper unserer Söhne, aus dem die Gedärme quellen, ein sinnvoller Tod war. Nicht vor den Meinungsmachern der öffentlichen Medien, die alles tun, um den Status quo mit permanenter Verdummung zu zementieren. All das erkennen wir mit offenem Auge. Wir sind nicht bereit, es stillschweigend hinzunehmen. Wir sind nicht bereit, uns zu arrangieren. Wir sind nicht geboren worden, um der 10.000ste Soldat zu sein, der im Kampf gegen die Wahrheit und Schönheit unserer Seele und unseres Körpers geopfert wird.

Wir, die wir dieses Spiel entwickelt haben, sind der Eisberg für die Titanic unserer Zeit. Wir verwandeln unsere heilige

Wut in die Kraft und die Heiterkeit, die es braucht, um die Türe zu öffnen, die aus dieser Hölle unserer Realität herausführt. Die Türe, hinter der der Weg ins Paradies beginnt."

Mit den letzten Worten von Kajowa waren wir am Fuß der Anhöhe angekommen. Wir gingen durch einen Olivenhain und setzten uns auf eine Holzbank neben einer Quelle. Sie trat aus einem Felsen heraus und Kajowa beugte sich zu ihr, um zu trinken. Ich sah mich um. Die Gegend war menschenleer. Am Boden sah ich die Hufspuren der Ziegenherden, die hier vor kurzer Zeit vorbei gezogen waren. Es war eigenartig still und kein Vogel und kein Hund und kein Mensch waren zu sehen.

„In welcher Zeit sind wir?", fragte ich Kajowa, die sich mit beiden Händen das kalte Wasser ins Gesicht geschlagen hatte.

„Wir sind in keiner Zeit. Zumindest nicht in einer Zeit, in der du eine Erinnerung hast. Wir sind hier in dem Land, in dem der Irrsinn seinen dreifachen Ursprung hat. Wir sind in der Zeit, in der der Boden hier noch nicht weiß, dass er das Sprungbrett sein wird für Steinigung, Kreuzigung und Demütigung. Wir sind in der Zeit, in der Gott hier noch nicht begonnen hat, seine Zeitbomben des Wahnsinns in die Hirne der Menschen abzuwerfen."

Ich musste lachen. „Weißt du, woran du mich seit einer Stunde erinnerst?!"

„Sag es mir."

„An Jesus, der mit der Peitsche die Händler aus dem Tempel geprügelt hat."

„Oh?! Ach ja! Verstehe. Ja, das war ein interessanter Versuch. Wie sein ganzes Leben. So wie auch Buddhas Leben ein interessanter Versuch war. Das Scheitern miteingeschlossen. Die Wahrheit ist, dass es keinen öffentlichen Versuch gegeben hat, um aus dem Irrsinn auszubrechen, der nicht gescheitert ist. Bis heute."

„Bis die Erfinder des Spieles ‚Paradies' auf der Bildfläche erschienen sind!" Ich lachte und stieß Kajowa liebevoll an die Schulter.

„Oh, ich spüre den Wind der Respektlosigkeit. Das macht mich froh und lässt mich hoffen", sagte Kajowa und deutete auf die Quelle. „Du solltest trinken, das Wasser ist herrlich frisch und wir sind schon lange unterwegs."

Ich kniete mich zu der Quelle und ließ das Wasser in meine Hände laufen. Es schmeckt kalt und erfrischend. Als ich mich wieder aufrichtete, sah ich, dass Kajowa unter einem Olivenbaum saß. Ich ging zu ihr und dann öffnete sie ein großes Tuch aus blauem Leinen. Sie breitete es zwischen uns auf den Boden.

In dem Tuch waren einige kleine Fladenbrote und Datteln und Mandeln eingewickelt gewesen. Nun lag all das wie auf einem sauberen blauen Tisch vor uns. „Wo kommt das denn jetzt her?", fragte ich und biss in eine der Datteln. Sie war sehr weich und nicht zu süß. Das Brot hatte einen dunkelbraunen Boden. Es war in einem Steinofen gebacken worden.

Die Mandeln waren weiß und frisch geschält. Kajowa griff neben sich und holte einen Tonkrug und zwei Tonbecher hervor. „Ich mag es, wenn man in der Gegend, in der man sich aufhält, das isst und trinkt, was aus dem Land kommt. Das gehört sich so. Findest du nicht? Die Dinge schmecken nach ihrer Heimat. Und dort, wo sie herkommen, schmecken sie immer am besten. Ist dir das noch nie passiert? Du kaufst in Italien eine Mortadella, die du in den Ferien jeden Abend gegessen hast. Mit einem Weißbrot und einem Glas eiskalten ‚Bianco di Custoza' – du möchtest am ersten Abend, wenn du wieder zu Hause bist, dein Feriengefühl weiterfeiern und was geschieht? Es schmeckt einfach nicht so gut. Es schmeckt wie ein Zitat, aber nicht wie deine Ferien. Darum lass uns diese Mandeln genießen, solange wir hier sind!"

Kajowa reichte mir eine Handvoll Mandeln. Wir saßen nebeneinander und ich blickte über die felsige Landschaft. Es war immer noch still. Ich versuchte, mir vorzustellen, wie dieser Anblick auf die Menschen vor tausenden von Jahren gewirkt hatte.

„Macht euch die Erde untertan", sagte Kajowa in die Stille. „Hast du gerade daran gedacht, wie man in dieser Umgebung hier überleben kann?", fragte Kajowa und füllte mir Wasser in meinen Becher. Er war völlig schmucklos und schwer. Das Wasser schmeckte klar und frisch.

„Ja, das habe ich. Hier scheint es mir so, als wäre jeder Augenblick eine Aufforderung zum Kampf. Zum Kampf gegen die Unwirklichkeit und Härte dieses Landes."
„Das ist ein schönes Bild", sagte Kajowa. „Und wenn du der Aufforderung folgst, dir die Erde untertan zu machen,

dann schicke doch gleich noch den Satz hinterher ‚das Weib sei dem Manne untertan', dann hast du das Gesamtpaket verschnürt." Kajowa lachte und brach ein Stück von dem Fladenbrot ab. Ich aß es langsam und trank aus meinem Becher. Es kam mir sehr lang vor, seit wir von der Anhöhe heruntergegangen waren und die Rast im Schatten des Olivenbaumes tat mir gut.

„Ist dir schon einmal aufgefallen, dass in allen Regionen das Bild von Gott und der Umgebung bestimmt wird. Von der Umgebung, in der der Erfinder der Religion gelebt hat?" Kajowa lehnte sich entspannt an den Stamm des Olivenbaumes. Sie atmete tief durch und sah mich neugierig an.

„Nein, das habe ich noch nicht bemerkt", sagte ich und wartete, worauf mich Kajowa als nächstes aufmerksam machen würde.

„Im Dschungel hast du eine Million Pflanzen und Tiere und Düfte und verborgene Rätsel erlebt, nicht wahr?!"

„Ja."

„Dort sind Religionen entstanden mit hunderten verschiedenen bunten Göttern. Götter mit Elefantenköpfen, Affengötter, Schlangengötter, tausende fliegende, singende Götter. Götter mit acht Armen und blauer Haut. Hier in dieser Einöde haben wir das Bild von einem einsamen Gott erfunden. Mürrisch, egomanisch und brutal bis zur Schizophrenie. Auch hier hat es früher noch Käfergötter und Vogelgötter gegeben, aber mit seiner nicht zu überbietenden Allmachtsvision hat sich der Alleinzige letztlich durch-

gesetzt. Es ist schon erstaunlich, wie simpel die Herkunft unserer höchsten Wesen festgelegt werden kann, findest du nicht?“ Kajowa sah mich mit naiver Offenheit an.
„Du willst mir damit sagen, dass jede Offenbarung aus den höheren Welten von der Temperatur und dem Panorama der jeweiligen Gegend abhängig war, in der sie empfangen wurde, richtig?!“

Kajowa lachte und warf einen Stein weit in das Land, das vor uns lag.

„Ich werde mir von unseren Spaziergängen deinen Humor mitnehmen“, lachte sie und warf noch einen Stein. Ich sah, dass sie versuchte, einen abgestorbenen Baum zu treffen, der ungefähr fünf Meter von uns aus dem Boden ragte. Ich nahm mir auch eine Handvoll Steine und machte bei diesem Spiel mit.

„Ja“, sagte Kajowa, „du hast völlig Recht. Es sind ausschließlich die äußeren und inneren Umstände einer Zeit und eines Ortes, die die Menschen dazu bewegt haben, ihren Gott zu entwerfen. Erst, wenn du in einen Heißluftballon steigst und hoch schwebst und dir die Welt der Götter im Vergleich anschaust, erkennst du diesen Umstand. Solange du am Boden bleibst und deinen Nachbarn und seine Götter hinter den sieben Bergen nicht triffst, darfst du glauben, dass dein Gott der einzige ist.“

Ich dachte kurz nach und warf einen weiteren Stein. Er schlug mitten in dem Baumstamm auf. „Bravo!“, rief Kajowa, und mit ihrem nächsten Wurf traf auch sie.
„Aber das bedeutet doch, dass es keinen einzigen allgemein

gültigen Gedanken an Gott auf dieser Welt geben kann. Da alle meine Gedanken von meinen Lebensumständen gefärbt sind, ist in der Folge auch jeder Gedanke an Gott von meiner Umgebung gefärbt."

„Du hast eine Wahrheit ausgesprochen, für die man dich im Mittelalter getötet hätte", sagte Kajowa. „Der nächste Schritt deiner Erkenntnis wird sein, dass du bemerkst, dass alle heiligen Schriften nur dazu gedient haben, die Gesetze für das Miteinander leben in der jeweiligen Provinz niederzuschreiben. Um ihnen Autorität zu geben, haben sie Weihrauch verbrannt und auf Pauken geschlagen. Das ist alles."

Ich sah Kajowa an und sagte: „Die Frage lautet also: Gibt es überhaupt so etwas wie einen Gedanken an Gott, der sich über all diesen Niedrigkeiten abspielt? Haben wir irgendwo auf diesem Planeten einen Menschen erlebt, dem es gelungen ist, sich von den Temperaturen seiner Provinz nicht beeinflussen zu lassen und tatsächlich etwas von Gott zu erzählen? Eine Geschichte, die für alle Menschen gilt? Egal, ob sie im Iglu leben oder im Dschungel?"

Kajowa nickte mir zu. „Nein, Maria, das ist bis heute nicht wirklich gelungen. Zumindest nicht so, dass es dieselbe Verbreitung gefunden hat wie der Wahnsinn, den wir bisher kennen."

„Du glaubst also, dass es irgendwo auf einer einsamen Insel in der Südsee so eine Geschichte gibt?"

„Es ist interessant, dass du dabei an die Südsee denkst", sagte Kajowa. „Im Vergleich mit all den großen Märchen, die wir in der Bibel lesen oder im Koran oder im Mahabharata, gibt es einige kleine Menschengruppen, die Geschichten haben von einem freundlichen Gott, der mit ihnen lebt und ihnen hilft, in dieser Welt von Liebe umarmt zu leben. Diese Geschichten haben nur nicht diese Auflagen erreicht wie die Bibel. Und am Ende des Tages sind sie auch nur Märchen. Etwas sonnigere Märchen als das Alte Testament, weil sie in einer Gegend erfunden wurden, in denen Krieg nicht jeden Atemzug bestimmt. Aber sie bleiben Märchen."

„Wenn du mir das so deutlich vor Augen hältst, muss ich dich natürlich fragen, wie das Märchen aussieht, das mich ins Paradies begleiten soll?"

„Ich liebe deine heilige Ungeduld. Ich sage es noch einmal. Das hier ist ein Spiel. Und ich verrate dir jetzt ein Geheimnis seiner Hauptregel."

„Ich höre!"

„Es gibt ein Märchen, das der Schlüssel ist zum Paradies. Es handelt von Gott und seinem Wesen. Es wird dich erstaunen, weil du dein Leben lang ohne seine Wahrheit gelebt hast. Und dieses Märchen wirst du selbst auf dem Weg erfinden. Wenn du die richtige Geschichte erfindest, wird sich das Tor zum Paradies für dich öffnen."

Ich sah Kajowa sprachlos an. Ich konnte nicht glauben, was ich eben gehört hatte. „Ich soll das entscheidende Märchen finden. Ich?! Warum bist du dann meine Führerin? Warum kämpfe ich mich mit dir durch den Dschungel? Warum sitze ich hier in der Wüste?!" Ich fühlte, dass ich empört war. Ich war im festen Glauben auf diese Reise gegangen, etwas zu erleben, das mich auf eine Neuigkeit aufmerksam machen sollte. Ich war voll Vertrauen in die Reise und in Kajowa aufgebrochen und nun hatte ich das Gefühl, allein gelassen zu werden. Von einem Augenblick auf den anderen.

„Diese Empörtheit, die du jetzt fühlst, ist die Wurzel für dein Wissen Wollen", sagte Kajowa. „Mach dir keine Sorgen. Ich weiß, wie du dich jetzt fühlst und dass du dich fragst, warum du überhaupt hier bist. Ich werde es dir immer wieder sagen: Das hier ist ein Spiel. Aber es spielt mit deinen Gewohnheiten. Es gibt keine wirklichen Strafen. Es gibt in Wirklichkeit nur Belohnungen. Und die Empörung, die du jetzt fühlst, ist so eine Belohnung. Du hast erwartet, dass ich dich nicht nur begleiten werde, sondern dir auch alle entscheidenden Schritte abnehmen werde. Das ist nicht der Sinn dieses Spiels. Dieses Spiel läuft anders, als du es gewohnt bist. Du selbst bist es, die die Regeln aufstellt.
Du hast entschieden, durch dieses der fünf Tore als erstes zu gehen. Du wirst das nächste Tor wählen. Und du wirst eines Tages in dir das Bild finden, das für dein ganzes Leben entscheidend sein wird. Das Bild von Gott, das nur für dich Geltung hat. Das ist der Weg und der Sinn dieses Spiels. Du wirst lernen, dich nicht blind führen zu lassen. Du wirst lernen, keine Geschichte zu übernehmen, die fremde Menschen vor Jahrtausenden erfunden haben. Du wirst dich befreien von allem Gehorsam. Von aller Bereitschaft, ohne Neugier einfach nachzubeten was Fremde irgendwann einmal vorgebetet haben. Siehst du Maria, das

ist der Moment deiner zweiten Geburt. Wenn du es willst. Der Geburt deiner Kraft, die Wahrheit zu entdecken."
Ich saß da und sah Kajowa an. Sie saß still und entspannt neben mir. Sie wartete. Sie hatte keine Eile. Sie wirkte wie ein Mensch, der völlig bei sich angekommen war. Ich fühlte, dass sie mich so eindringlich darauf aufmerksam machte, dass wir uns in einem Spiel befanden, weil sie nicht mit mir spielte.
Ich erkannte, dass sie wusste, wie mir zumute war und sie blieb ruhig. Ich hatte das Gefühl einer tiefen Freundschaft. Selbst in dem Moment, in dem ich ihr Vorwürfe gemacht hatte, war sie ruhig geblieben und voll Verständnis.

„Ich möchte mich bedanken", sagte ich nach einer Weile, in der ich Kajowa in die Augen gesehen hatte.

„Wofür?"

„Dafür, dass du Geduld mit mir hast."

Sie lachte. „‚Geduld ist die heiligste aller Leidenschaften'. Nein, im Ernst. Ich weiß, was du mir sagen willst und ich habe große Achtung davor. Deine Empörung ist verständlich. Sie ist ein Teil der riesigen Ungeduld, in der die ganze Menschheit lebt. Jetzt und hier ist sie bei dir ans Licht gekommen, weil du tatsächlich das Recht hast, zu erfahren, wo das alles hier hinführen soll. Aber lass es mich wiederholen. Es gibt eine Antwort in diesem Spiel. Und sie ist die einzig richtige Antwort. Diese Antwort ist wie ein Magnet. Wenn du in deinem Herzen für sie bereit bist, wirst du erkennen, dass sie seit deiner Geburt in dir schläft. Du, und nur du kannst ihr den Kuss geben, der sie aufwecken wird.

Das, was ich hier tue, ist nur ein Kompass. Ich zeige dir viele Wege, die alle in eine Sackgasse führen. Aber ich werde dir nicht die letzte Türe öffnen. Das liegt alleine bei dir. Ob du es wirklich willst, entscheidest du in jedem Moment, in dem ich dir zeige, wo es unserer Meinung nach nicht entlang geht in diesem Labyrinth.
Ich sage dir, dass Buddhismus unserer Meinung nach eine Sackgasse ist. Du kannst ja oder nein sagen.
Ich sage dir, dass Katholizismus eine Sackgasse ist – du kannst ja oder nein sagen. Niemand zwingt dich, mir zuzustimmen. Wenn du meine Ansichten ablehnst, hören wir einfach auf, weiterzugehen. Du bist frei, umzukehren. Du kannst in unserer Welt und in unserem Glauben tun und lassen, was du willst. Das unterscheidet uns von fast allen Religionen auf dieser Welt. Bei uns hier wirst du niemals hören, dass wir die ‚allein selig machende Wahrheit' besitzen. Wenn dir gefällt, was wir sagen, wenn es dir gefällt, welche uralten Masken wir zertrümmern, bist du herzlich willkommen. Wenn es für dich Gotteslästerung ist, was wir tun, drehst du um und vergisst uns. So einfach ist das."

Ich nahm einen Schluck Wasser und dachte nach. „Wenn ich dich richtig verstanden habe, dann wird mir eines Tages nichts anderes übrig bleiben als den Weg zu gehen, den ihr als den richtigen Weg erkannt habt. Du verschließt mit deinen Argumenten solange die falschen Tore, bis der Weg zum Paradies nur mehr über eine letzte Grenze führen kann."

„Richtig!"

„Und warum muss dann trotzdem ich die entscheidenden

Worte und Gedanken und vor allem Gefühle dafür finden?“

„Weil die Seele des Menschen die Kraft eines Rituals sehr gerne hat. Die Rituale aller anderen Wege ziehen dich von außen in ihre sogenannte letzte Wahrheit. Sie entmündigen dich in dem Augenblick, in dem sie dich in ihre Gemeinschaft aufnehmen. Deine Seele merkt sich dieses Ritual. Es wiederholt deine Geburt. In der du hilflos warst. Du bist in diese Welt geholt worden und auch ewig denjenigen in Dankbarkeit verpflichtet, die vor dir da waren. Das ist ein schöner Gedanke. Er hält dich aber auch in einer Form der Ohnmacht fest. Wir wünschen uns für dich, dass du das Ritual der Entscheidung erlebst. Sich zu entscheiden, ist die größte Gabe, die der Mensch bekommen hat. Wir können ‚ja‘ oder ‚nein‘ sagen. Darum müssen wir es auch tun. Wir sind geboren worden, um freie aufrechte Menschen zu sein, die sich entscheiden können. Für oder gegen einen Apfel … Für oder gegen einen Beruf … Für oder gegen eine politische Richtung … Für oder gegen jeden einzelnen Gedanken … Für oder gegen das Bild von Gott.
Bei uns gibt es keine Wahrheit, in die du hineingeboren wirst und der du dienen musst, ob du willst oder nicht. Bei uns wirst du nicht verstoßen, wenn du dich gegen unsere Sicht der Welt entscheidest. Bei uns erlebt deine Seele das Ritual, die letzte Grenze aus freiem Willen zu überschreiten. Du wirst am Ende unserer Reise ein Bild in deinem Inneren erkennen. Du wirst es ansehen und dich fragen, ob dieses Bild dein Gott ist. Du wirst entscheiden, welche Farben dein Leben in Zukunft haben soll. Wir sind da, um dich zu dieser Grenze zu begleiten, und wir werden da sein, wenn du sie überschritten hast. Aber auch wenn du im letzten Moment sagen solltest: ‚Danke, nein. Ich kehre

um‘ – auch dann werden wir für immer für dich da sein. Wie auch immer deine Entscheidung ausfallen wird, von diesem Moment an, jetzt und hier – unter diesem Olivenbaum – weißt du, dass du sie treffen musst. Und das ist es, was deine Seele soeben lernt. Die Macht, dein Leben zu erleben, liegt in unserem Glauben in deinen Händen. Es gibt nur dich und du wählst deinen Weg. Nur eines sollst du wissen. Unsere Freundschaft und unsere Liebe sind immer für dich da. Du hast das Recht und die Freiheit, umzukehren. Wir haben die Freiheit, dich für deine Suche zu lieben.“

Kajowa legte die Reste unserer Brote und die letzten Mandeln in die Mitte des blauen Tuches und faltete es zusammen. Ich sah ihr dabei zu, wie ordentlich sie alle Spuren unseres Picknicks aufräumte und sagte: „Die erste Entscheidung, die ich treffe ist, jetzt aufzustehen und ein wenig zu gehen. Der Boden hier ist sehr hart.“

Kajowa lachte und stand auf. Sie legte das zusammengebundene Tuch auf einen Stein und stellte den Krug und die zwei Becher darüber. „Für den Fall, dass wieder einmal jemand hier im Schatten dieses Baumes rasten möchte …“, sagte sie und dann gingen wir los in die Richtung, in der das Meer lag.

„Wie viele Spieler gibt es denn eigentlich?“, fragte ich. „Und wie viele Führer, so wie du eine bist?“

„Mehr als du glaubst. Ich weiß, du sagst jetzt gleich, dass das keine Antwort ist, aber die Wahrheit ist, dass es keine Zahl gibt, die ich dir nennen kann, weil sie sich täglich än-

dert. Aber um deinem wissenschaftlichen Geist etwas Ruhe zu geben, kann ich dir sagen, dass bis heute schon Millionen von Wanderern über diese Steine geschritten sind."
Ich war sprachlos. „Millionen? Und die werden alle von jemandem wie dir betreut?!"

„Die Dinge entwickeln sich, Maria. Wie eine Atomspaltung. Am Anfang stehen ein Atom und seine zwei Spaltungsteile ... die treffen auf weitere Atome und dann geht alles rasend schnell. Wenn die Bereitschaft zum Aufbruch da ist, entsteht eine Bewegung, die unaufhaltsam ist. Diejenigen, die über die Grenze gegangen sind, werden meistens zu Führern wie ich eine bin und so werden wir mit jedem Tag mehr und mehr. Immerhin heißt es ja ‚World Angels' und nicht – ‚Kleingarten-Engel'."
Kajowa lachte und ging voran. Ich folgte ihr und konnte in ungefähr 300 Metern das Meer sehen.

„Das heißt, dass tatsächlich auf der ganzen Welt Menschen vor ihrem Computer sitzen und Teil dieser Gemeinschaft sind?", fragte ich und schloss wieder zu Kajowa auf.

„Ja, tatsächlich."

„Und warum habe ich nicht schon früher von euch gehört? Warum gibt es keine TV-Sendungen über euch oder Artikel in der Zeitung?"

„Gibt es ja, du hast sie vielleicht nur noch nicht gefunden. Im Übrigen sind wir an einer Werbung wie für Coca Cola nicht interessiert. Unsere Wege finden nicht in den üblichen Konventionen statt. Wir finden einander, wenn es an der

Zeit ist. So wie es für dich an der Zeit war. Wir vertrauen darauf, dass das Paradies stärker ist als die Hölle und diejenigen, die es finden wollen, werden es finden."

„So wie Parsifal die Burg Monsalvat?"

Kajowa lachte herzlich. „Ja, von mir aus, wenn du dieses Märchen magst."

„Also seid ihr keine Missionare. Ist das ein Teil eures Glaubens?"

„Du sagst es – die furchtbare Panne, die mit Jesus in diesem Land hier begonnen hat, wollen wir wirklich nicht wiederholen. Weißt du, wir bemühen uns sehr, aus der Geschichte zu lernen."

„Aber was du vorher gesagt hast. All deine Gedanken von der selbstlosen Liebe – das habe ich schon von Jesus gehört. Zumindest hat es ähnlich geklungen."

„Ja, ähnlich. Und schau dir an, was daraus geworden ist. Jahrtausende lange Geschichte von Mord, Totschlag und bestialischer Folter.
Es ist genau dasselbe geschehen, wie mit allen Menschen, die ihre Seelenwucht in die Welt geschleudert haben. ‚Liebe deinen Nächsten wie dich selbst' – was für ein schöner Gedanke. Was ist daraus geworden? Was haben die Pragmatiker daraus gemacht, die eine ganze Kirche aufgebaut haben auf diesem armen, gekreuzigten Mann? Eine Welt von Unterdrückung und Zerstörung jeglicher Lebendigkeit und Liebesfähigkeit. Interessanterweise hat auch diese

'Lehre' Protagonisten, die aus dem Kloster heraus den Menschen das Lachen verbieten wollten. Seltsam, nicht? Alle, die sich in der Geschichte der Menschen als die Vertreter Gottes ausgeben, stürzen sich auf die Kraft des Lachens. Warum tun sie das? Weil das Lachen das Zeichen ist für einen befreiten Menschen, der keine Angst hat und keinen falschen Respekt. Kann man so einen Menschen dominieren? Kann man ihn knechten und unterwerfen? Wohl kaum. Also radieren wir das Lachen aus seinem Gesicht und als nächstes die Lust aus seinem Körper. Am besten benützen wir dafür die Todsünde der Lust. Und um das ganze wasserdicht zu machen, erfinden wir die Erbsünde, mit der der Mensch geboren wird. Das lässt überhaupt keinen Spielraum mehr für Freiheit, eigene Entscheidungen und Selbstbewusstsein. Um die Spaltung des Einzelnen in die gesamte Gesellschaft zu übertragen, unterwerfen und demütigen wir auch noch die Frau, von der einer der anerkanntesten Kirchenphilosophen gesagt hat, dass sie keine Seele besitzt, und dann ist der allumfassende Irrsinn komplett.

Falls wir an den Grenzen unserer Länder auf Ungläubige stoßen, haben wir die heilige Pflicht, ihnen mit Feuer und Schwert unsere Sicht der Dinge beizubringen. Im Laufe der letzten 2000 Jahre haben wir darum hunderte Millionen von zerstückelten, geschändeten, vergewaltigten und verbrannten Menschen auf unserem Weg hinterlassen.
Böse, alte, geisteskranke Männer führen diese Gruppierung durch die Jahrhunderte. Sie leben in der Alltagsrealität der Menschen wie ein Krebsgeschwür in einem gesunden Organ, und wenn du mir jetzt gleich sagen wirst, dass wir heute doch nicht mehr im Mittelalter leben, werde ich dir

entgegnen, dass 2000 Jahre dieser Geistesverwüstung nicht ohne Spuren bleiben. In unseren Ritualen, in unserer Trauer und Lebensverachtung, in unserem alles durchdringenden Schuldgefühl.
Eine Geisteshaltung, die auf dem Grundgedanken der ewigen Schuld aufbaut, hat ihre Eindrücke hinterlassen. In jedem einzelnen von uns. In jedem Gedanken, jeder Institution, in jedem Atemzug. Und denjenigen, die jetzt sagen werden, dass diese Organisation die schönsten Kirchen erbauen ließ und Michelangelo eine Decke hat ausmalen lassen, möchte ich sagen, dass Michelangelo sein Genie auch einem Schuhverkäufer zur Verfügung gestellt hätte. Wenn der den Auftrag hätte bezahlen können. Große Kunst ist nicht aufgrund der Kirche entstanden, sondern obwohl es die Kirche gegeben hat.

Und um das ganze abzurunden, möchte ich dir dringend empfehlen, falls du jemals Kinder haben solltest, sie nicht in eine Schule zu geben, in der die schwarz Gekleideten die Macht haben. Es könnte sein, dass sie das Gebäude mit einer lebenslangen sexuellen Deformation wieder verlassen.
Siehst du, die Kraft des Wahnsinns ist nicht zu unterschätzen, und wenn einer der letzten Päpste gemeldet hat, dass der Teufel eine Realität ist, dann kann ich nur sagen: Der Mann weiß aus eigener Erfahrung, wovon er spricht. Ja und aus all diesen Überlegungen heraus haben wir nicht das geringste Interesse, missionarisch tätig zu sein. Weil wir an die Freiheit und die Selbstlosigkeit jedes einzelnen Menschen glauben. Konntest du mir folgen?!“ Kajowa blieb stehen und legte ihren Arm um mich.

Wir waren am Wasser angekommen. Das Meer lief in ruhigen Wellen vor uns an den Strand. Ich atmete die warme, salzige Luft ein, die ein leichter Wind zu uns herüberwehte.

„Ich beginne langsam zu verstehen, warum ich euch noch nicht in den offiziellen Medien gefunden habe“, sagte ich nach einer Weile. „Diese Radikalität, mit der du die Dinge vereinfachst, ist wirklich nicht für das Hauptabendfamilienprogramm geeignet.“

Kajowa sah mich erheitert an. „Darf ich diesen Satz an meine Freunde weiterleiten?“, sagte sie und als wir am Strand entlang gingen, legte sie ihren Arm um mich.

„Das darfst du“, antwortete ich. „Aber kannst du mir bitte erklären, woher diese Wucht kommt, mit der du dich geradezu auskotzt, wenn es dazu kommt, über die größten Religionen der Welt zu sprechen? Ich sehe, dass du auf der einen Seite von einer wunderschönen Leichtigkeit und Heiterkeit bist, wenn du mit mir sprichst – auf der anderen Seite sagst du Dinge, die sehr aggressiv und zerstörerisch sind. Wie soll ich mich weiter auf das Paradiesspiel einlassen, wenn so viel Wutkraft mich begleitet?“

„Das ist für dich schwer zu vereinbaren. Richtig?“ Kajowa sah mich ernst und mitfühlend an.

„Ja, das ist es. Ich habe ein Bild in mir, in dem das Paradies ein Ort des Friedens und des Lichts ist. Und es fällt mir schwer zu akzeptieren, dass der Weg dorthin so steinig ist.“

„Das verstehe ich sehr gut, und ich werde alles tun was ich

kann, um dir meine Aggression zu erklären", sagte Kajowa und nahm ihren Arm wieder von meiner Schulter. Sie blickte über das Meer, und ich sah, dass sie nach den für mich richtigen Worten suchte.
„Also", begann sie von Neuem. „Stell dir vor, du sitzt in einem wunderschönen Garten, mit Oleander und Jasmin und es ist früher Abend und du blickst aufs Meer und freust dich auf ein romantisches Abendessen …"

„Ja?"

„Der Kellner serviert dir eine wunderbar duftende Hummercremesuppe – magst du Hummercremesuppe?"

„Ja, sehr sogar."

„Dachte ich mir … und nun willst du den ersten Bissen essen und hebst ein Stückchen Hummer heraus und stellst fest, dass es ein zerquetschter Rattenkopf ist …"

„Was?!" Ich schrie auf und trat einen Schritt von Kajowa weg. „Warum machst du mir diesen Traum kaputt, den du so zauberhaft eingeleitet hast?!" Ich ging zu ihr und stieß sie spielerisch in die Seite. Sie schwankte ein wenig und lachte mich an.

„Die Geschichte ist böse, nicht wahr?"

„Sie ist ekelig … warum tust du das?!"

„Bevor ich dir das sage, habe ich eine Frage? Was machst du mit der Suppe?"

„Wenn ich in Fahrt sein sollte, schütte ich sie in hohem Bogen weg. Wenn ich einen ruhigeren Tag habe, rufe ich den Besitzer des Lokals und beschwere mich!"

„Aha … du legst also nicht den Rattenkopf beiseite und isst den duftenden Rest?

„Nein?!"

„Warum nicht?"

„Weil er verseucht ist, was soll die Frage?"

„Mit dieser Geschichte wollte ich dir zeigen, wie du reagierst, wenn man dir zumutet, vergiftetes Essen zu dir zu nehmen. Von dem einige Teile recht ordentlich wirken und ein ganz entscheidender Teil ekelig ist. Du wirst empört die ganze Suppe verweigern. Jetzt meine Frage: Wieso essen wir die Nahrung für unseren Geist und unsere Seele, die genauso vergiftet wird? Wieso lassen wir es zu, dass Organisationen in unserer intimsten Zone, in unserer Seele und in unseren Gedanken ein Zuhause finden, obwohl ihre Nahrung, die sie uns anbieten, voll ist von zerquetschten Rattenköpfen? Jemand, der dir einredet, dass du mit deiner Geburt schon schuldig bist, jemand der dir das Gefühl von Selbsthass einimpft, wenn du deine Sexualität entdeckst, jemand, der uns Frauen – die Hälfte der Menschheit – als minderwertig betrachtet, so jemanden duldest du? Du erlaubst ihm, dass er dir seine Suppe hinstellt und du wirfst sie ihm nicht ins Gesicht, nur weil die geschnitzten Engel am Tellerrand so freundlich grinsen wie Susi und Strolchi? Warum glaubst du, dass du diese Vermischung hinnehmen sollst? Die Vermischung von einigen netten Gedanken mit bestialischem Irrsinn? Das ist der Punkt, an dem wir laut und deutlich nein sagen. Das ist der Punkt, an dem wir uns der Genauigkeit hingeben. Das ist der Punkt, an dem wir uns genau anschauen, was diese Organisationen der Menschheit gebracht haben. Und unter dem Strich schwimmen in der Suppe, in der es auch so etwas wie humane Ideen gibt, Millionen von Toten. Hunderte Millionen von Toten. Und sie sind alle nicht einem Zufall zum Opfer gefallen. Sie sind der Abfall der Organisationen, die im Namen Gottes gehandelt haben, und diesen Zusammenhang bezeichnen wir als geisteskrank. Es ist geisteskrank, Frauen in ein schwarzes Tuch zu stecken und aus der Gesellschaft wegzusperren. Es ist geisteskrank, Frauen die Geschlechtsteile wegzuschneiden, damit sie keine Lust erleben sollen und das Glück der freien Wahl ihres Mannes. Es ist geisteskrank, einen gekreuzigten Körper anzubeten und gleichzeitig mit dem Ruf ‚Liebe deinen Nächsten wie dich selbst' alle Ungläubigen mit Feuer und Schwert zu überziehen.

All das, was ich dir hier nur kurz zusammenfasse, ist dir bekannt. Es ist die vergiftende Realität unseres Seelenlebens. Es ist wie verfaultes Fleisch, das man irrtümlich geschluckt hat. Ein gesunder Körper rebelliert gegen diese Vergiftung und kotzt den Brocken wieder heraus. Das ist kein Vorgang, der von Harfenklängen begleitet wird. Er ist eruptiv und aggressiv. Aber es ist notwendig, wenn du gesund werden willst. Darum, Maria, hörst du mir zu, wenn ich mich in unserem Gespräch auskotze. Weil ich mich reinige. Von innen her reinige. Weil ich es nicht hinnehme, was Jahrtausende lang hingenommen wurde. Weil wir eine neue Zeit beginnen. Eine Zeit, in der Freiheit herrscht.

Liebe herrscht und gegenseitige Hilfe herrscht. Wir sind durch das Tor der ‚Herkunft' gegangen. Sei nicht allzu erschrocken, wenn es bei der Betrachtung unserer Herkunft manchmal etwas aggressiv zugeht. Erst muss das Haus geputzt sein, bevor wir neue Möbel hineinstellen – erinnerst du dich?"

„Ich erinnere mich."

Ich ging eine Zeit lang schweigend neben Kajowa. Ich dachte daran, dass sie gesagt hatte, dass ich jederzeit umkehren könnte. Seltsamerweise wollte ich das nicht. Ich bemerkte, dass ich eine große Sehnsucht nach Ruhe und Frieden in mir fühlte und stellte gleichzeitig fest, dass alles, was Kajowa sagte, das verhinderte. Im selben Augenblick aber fühlte ich, dass Kajowa ihre Aggression nicht als Selbstzweck auslebte. Oder dass ein weiteres Leben mit ihr und ihren Freunden von Wut und Hass geprägt war. Es war vielmehr so, dass sie auf mich wie ein Mensch wirkte, der nicht zulassen durfte, dass sich eine Scheinruhe und eine Scheinsicherheit einstellen konnten. Ich verstand ihre Gedanken und verstand, dass sie alles nur sagte und mir vor Augen hielt, um meine Bereitschaft zu beenden, zu früh in duldsamer Zustimmung einzuschlafen.
Mir war schon früher bewusst gewesen, wie viel Widerspruch in den Kirchen dieser Welt herrschte. Ein großer Teil in mir war aber immer bereit gewesen, die Augen zu verschließen und es als Farbe eines überlebten Brauchtums zu sehen. Kajowa machte mir bewusst, dass diese duldende Haltung dafür verantwortlich war, dass diese Verbrecher ungestört ihr Werk fortführen konnten.
Mein Schweigen und Hinnehmen war ihre Macht.

Es ist keine Folklore, wenn junge Frauen sich in Gottes Namen mit Sprengstoff in einem Bus voller Juden in die Luft sprengen. Es ist nicht gottgefällig, wenn Juden ein ganzes Volk einmauern und ich glaube nicht, dass Gott lächelt, wenn die ihn anbetenden Christen Frauen verweigern, Priester zu werden. Mein Schweigen war nur ein Tropfen. In der Summe schweigen Milliarden von Menschen zu all diesem Irrsinn. Ihr Schweigen wird von den Mächtigen, die sich als Vertreter Gottes ausgeben, als Zustimmung ausgelegt. Diese Übereinkunft sorgt dafür, dass unsere Erde seit Jahrtausenden in den Händen von Psychopathen und Vergewaltigern ist. Dieses Schweigen der Milliarden von Menschen ist die Stahlmauer, die von den Mächten der Finsternis vor den Weg zum Paradies gestellt wurde.

„Was denkst du?“, fragte Kajowa. „Du bist so eigenartig still.“ Ich sah sie an und blieb stehen. Am Horizont sah ich wieder die fünf Tore. Sie waren mit einem Mal aus dem Nichts aufgetaucht.

„Da sind die Tore wieder“, sagte ich zu Kajowa und begann, auf sie zuzugehen.

„Ja, sie erscheinen immer dann, wenn eine Aufgabe vollbracht wurde. Auf diesem Weg haben wir unsere Aufmerksamkeit auf die Herkunft all unserer Realität gelegt. Wir haben erkannt, dass die Religionen und ihre Botschaften die Herkunft all unserer Gefühle und Verhaltensweisen sind. Seit Jahrtausenden bestimmen sie den Geschmack unserer Nahrung. Die Nahrung für unseren Geist. Jetzt ist es an dir, das nächste Tor zu wählen. Aber ich frage dich noch einmal. Warum bist du so schweigsam. Willst du umkehren?“

Ich musste kurz lachen. „Nein, Kajowa, im Gegenteil. Und darum war ich kurz so still. Ich habe erkannt, dass ich wissen will, was mit mir geschieht, wenn ich aufhöre zu schweigen und zuzustimmen und keinen Widerstand zu leisten. Ich erkenne, dass du mit all deiner Aggression Recht hattest. Du hast all das ausgesprochen, was es auch in mir denkt. Ich habe bemerkt, dass ich zu faul und zu träge war, diese Gedanken in mir zum Blühen zu bringen. Und ich weiß auch warum!"

„Warum?" Kajowa blieb stehen und sah mich neugierig an.

„Weil sie eine Konsequenz nach sich ziehen. Wie in einer schlechten Ehe. Solange man die Hölle schweigend erträgt, wird sie nicht von selbst erlöschen. Wenn man damit beginnt, die Hölle als Hölle zu erkennen, wird man sich bewusst, wo man lebt. Dann ist die Entscheidung da. Will ich sehenden Auges verbrennen oder will ich mich von lebensfeindlichem Irrsinn trennen und mein Glück suchen? Du hast es schon früher einmal gesagt. Nur die Angst danach, allein zu sein, hält uns vor dem Schritt aus der Hölle zurück. Darum beginnen wir erst gar nicht, bewusst zu werden. Die dumpf ertragene Leblosigkeit scheint uns wärmer als der frische Wind der Freiheit. Und am schlimmsten ist es, bewusst geworden zu sein und trotzdem aus Angst nicht ins Freie zu treten. Richtig?!"

„Wenn du meinst." Kajowa lächelte mich liebevoll an und wartete, was ich sagen wollte.

„Ja, ich sage es und ich stelle fest, dass ich keine Angst habe – vor der Angst. Ich bin nach diesem Weg durch diese Wüste hier an dem Punkt, wo ich wissen will. Ich will wissen, wohin ich fliegen kann mit diesem Wind der Freiheit unter meinen Flügeln. Und darum habe ich eine Bitte an dich."

„Ich höre."

„Ich bitte dich, mir einen Rat zu geben, durch welches Tor ich als Nächstes gehen soll. Ich mache mich nicht ohnmächtig damit. Ich will dir nur mein Vertrauen zeigen. Dir, meiner Begleiterin auf dem Weg zum Paradies. Ich spüre, dass du seinen Duft kennst. Ich werde selbstständig über seine Grenze gehen, wenn ich es dorthin schaffe. Den nächsten Schritt aber bitte ich dich, mir zu raten."

Kajowa sah mich einen Moment lang stumm an, dann trat sie zu mir und umarmte mich. Ich wusste, dass ich eine Freundin gefunden hatte. Ich war nicht mehr allein.

„Du wirst nie mehr allein sein", sagte Kajowa. „Nie mehr. Und mit diesem Wissen, das uns beiden gehört, ehrt es mich, dir einen Rat geben zu dürfen."

„Ich höre."

„Geh durch das Tor ganz links außen. Es ist ein Tor, das für deinen Alltag erbaut wurde. Du wirst in dieser Erfahrung eine Zeit lang leben wollen. Lass dir Zeit. Es kann sein, dass du diesen Teil des Spieles lange Zeit spielen willst. Jetzt liegt die Spielfläche hinter uns, in der wir Abschied genommen haben vom Irrtum unserer Herkunft. Um dich bereit zu machen für die Zukunft, schau dir an, welches Wort auf deinem nächsten Tor steht."

Wir gingen nahe an das linke Tor heran und ich sah das Wort ‚Entscheidung'.

Es war in blauen Buchstaben aus ungeschliffenen Steinen in das braune Holz eingelassen. Auch um dieses Wort zog sich ein Kreis aus Messing, der sanft im Licht der Abendsonne glänzte.

„Möchtest du durch dieses Tor gehen?“, fragte Kajowa und ich nickte ihr zu. Als wir dicht vor den riesigen Flügeln standen, öffneten sie sich und wir traten ein. Ich drehte mich um und nahm Abschied von der flachen, steinigen Wüste unserer Herkunft. Das Tor schloss sich langsam und fiel mit einem schweren Geräusch zu.

Entscheidung

„Das war bereits deine erste Entscheidung. Wie immer in diesem Spiel hättest du auch jetzt umkehren können. Du hättest auch meinen Vorschlag beiseiteschieben können und im letzten Moment einen anderen Weg wählen. Vergiss das bitte niemals. Bei uns gibt es keine Autorität, der wir folgen müssen. Das einzige, dem wir verpflichtet sind, ist die Stimme unseres Herzens. Du hast dich entschieden, durch dieses Tor deines Lernens zu gehen, und ich danke dir, dass du mir zeigst, wie sehr du wissen willst. Wissen, was nach all den Toren auf deinem Weg auf dich wartet."

Während Kajowa zu mir sprach, hatte sie eine Kerze angezündet. In dem Raum, der sich nach dem Tor befand, war es wieder völlig dunkel gewesen. Ich konnte keine Wände erkennen und keinen Ausgang. Die Kerze stand auf einem Steinblock, der roh behauen war und mich an eine Säule erinnerte. Rund und breit stand der Säulenstumpf zwischen Kajowa und mir. Die armdicke Kerze brannte nun mit hellem Licht und ich sah Kajowas Gesicht deutlich vor mir.

„Warum ist es hier so dunkel?", fragte ich und stellte fest, dass meine Worte ein fernes Echo hatten.

„Dieser Raum soll dir zeigen, wie dein Geist aussieht, bevor du eine Entscheidung triffst. Er ist wie der Moment vor deiner Geburt. Er erinnert dich daran, wie es war, bevor sich deine Seele entschieden hat, in deinen Körper einzutreten und das Leben in all seiner bunten Vielfalt zu beginnen.

Da war nur Stille und das Echo deiner Absicht. Sonst nichts. Dann hast du dich entschieden, eine Tat zu setzen. Diese Kerze hat begonnen, ein Licht in diese unbegrenzte Dunkelheit zu schicken. Dann konntest du dich sehen. Deine Existenz hatte einen Beweis. Der Beweis, dass du jetzt in diesem Augenblick existierst, ist das Licht dieser Kerze. Durch sie erlebst du die Dunkelheit als einen Raum, in dem du vor mir stehst. Du fühlst dein Dasein und du siehst mich vor dir. Sonst ist hier nichts. All das erinnert dich an die Zeit in deinem Leben, als noch keine großen Entscheidungen deinen Weg bestimmt haben. Die Zeit, in der dir alles möglich war. Die Zeit, in der die Entscheidungen der Anderen dein Leben noch nicht manipuliert haben. Dein Spiel auf dieser Ebene besteht darin, diesen Zustand in deinem Leben wieder wach zu rufen. Nachdem wir nun so viel gesprochen haben und gedacht und unsere Energie in unseren Kopf gezogen haben, wird dieses Spiel dich auf den Boden holen. Jeden Augenblick. Wenn du bereit bist, es zu spielen."

„Was muss ich dazu tun?"

„Wenn wir diesen Raum verlassen, wirst du wieder allein auf deinem Sofa sitzen. Wir haben den Beginn dieses Spiels so gewählt, dass das Wochenende vor der Türe steht. Du wirst also durch die Konsequenz deiner Entscheidungen nicht in deinem Beruf und in deinem Alltag irritiert sein."

„Wieso sollte das so sein?"

„Die Aufgabe des Spiels besteht darin, dass du übst, vor jeder Handlung die Frage zu stellen: ‚Will ich das wirklich tun? Ist dieser nächste Schritt in meinem Leben tatsächlich aus meiner eigenen Absicht geboren? Oder werde ich ferngesteuert durch die Gewohnheit?‘
Wenn du dich wirklich hingibst und diesem Spiel Raum in deinem Dasein überlässt, wird es all dein Handeln in ein neues Licht stellen. Du solltest wissen, dass du in Situationen geraten wirst, in denen du dich fragen musst, ob du über sie lachen oder weinen sollst. Denke in diesen Momenten an mich und wenn es dir möglich ist – entscheide dich für das Lachen. Vergiss nicht: ‚Das Lachen ist der Ernst der Götter‘."

Ich sah Kajowa erstaunt an. Sie redete mit mir in einem geheimnisvollen, fast märchenhaften Ton. Ich kannte sie nun schon gut genug, um zu wissen, dass hinter all ihrem Handeln eine Absicht lag und fragte mich, warum sie mich mit diesem magischen Tonfall in ihrer Stimme auf die Reise in dieses Spiel schickte.

„Heißt das, ich soll mich auch entscheiden, ob ich ein- und ausatmen will?!", fragte ich frech, um sie zu provozieren. Sie sah mich einen Moment lang freundlich an, dann sagte sie: „Die Entscheidung liegt bei dir." Mit diesen Worten beugte sie sich vor und blies die Kerze aus. Einen kurzen Moment lang sah ich noch das Echo ihres Gesichtes in der Dunkelheit, dann war es stockfinster.

„Kajowa ...?!" Ich wartete einen Moment und bewegte mich nicht. „Kajowa?!", rief ich noch einmal und tastete mich einen Schritt nach vorne. Ich wusste, dass die Säule ungefähr einen Meter von mir gestanden hatte. Als ich erst einen und dann noch einen Schritt gemacht hatte, stieß ich aber auf kein Hindernis. Die Säule war verschwunden. Kajowa antwortete nicht. Ich stand da und überlegte, wie es weitergehen sollte. Ich fragte mich, ob ich langsam geradeaus gehen sollte, um einen Ausgang zu finden. Die andere Möglichkeit bestand darin, mich umzudrehen und zum Tor zurückzugehen. Beide Möglichkeiten hätten bedeutet, durch stockdunkle Finsternis zu tappen.

Ich war allein und Kajowa antwortete nicht. Ich atmete aus und überlegte. Die Situation schien zu dem Spiel zu gehören, also überlegte ich, was die beste Entscheidung war. Nach einem kurzen Moment beschloss ich, den Helm abzunehmen. Ich löste die Displaybrille von meinem Kopf und sah mich in meiner Wohnung um.

Wieder war es Nacht geworden. Wieder hatte die Wanderschaft mit Kajowa Stunden gedauert, die mir wie Minuten erschienen. Ich saß da und dachte nach. Es war Freitagabend und das Wochenende lag vor mir. Ich hatte zwei Termine im Hotel gebucht, aber die waren erst am nächsten Nachmittag. Ich hatte also keine Eile. Ich saß da und horchte in mich hinein. Ich fühlte leichten Hunger und Durst. Ein Teil in mir wollte aufstehen und zum Kühlschrank gehen. Der andere Teil wollte noch sitzen bleiben und an Kajowa denken. Ich wartete. Ich erinnerte mich an Kajowas Aufforderung, genau zu sein und fragte mich, welcher Impuls stärker war. Normalerweise wäre ich einfach aufgestanden und hätte mir etwas Brot und Käse geholt. Jetzt versuchte ich, das Spiel der Entscheidung ernst zu nehmen und wartete. Ich fühlte, dass ich doch noch etwas länger sitzen bleiben und an die Herkunft denken wollte. Ich schob mir zwei Kissen unter meinen Rücken und schloss die Augen … und sah die Olivenbäume vor mir …

In der Nacht

Als ich wieder aufwachte, war es drei Uhr früh. Ich schlug die Augen genau in dem Moment auf, als die Kirchturmuhr zu schlagen begann. Ich zählte mit und musste lachen, als sie nach dem dritten Schlag mit langem Echo verstummte. Jetzt fühlte ich deutlich, dass ich großen Hunger hatte. Ich stand auf und ging zu meinem Kühlschrank. Ich hielt die Türe geöffnet und sah auf die verschiedenen Lebensmittel, die vor mir lagen. Ich war sie alle gewohnt. Ich kannte jeden Geschmack und jeden Duft. Mit einem Mal hatte ich Lust auf Salami-Pizza. Ich überlegte, ob ich mir die Mühe machen wollte, einen Pizza-Dienst anzurufen oder ob nicht doch ein schneller Käsetoast die einfachste Lösung wäre. Ich stand minutenlang vor dem Kühlschrank. Ich horchte in mich hinein. Die Wahrheit war, dass ich eine Pizza wollte. Keine halbe Lösung, um es praktisch zu haben. Kein Überhören meiner tatsächlichen Lust blieb am Ende meiner Überlegung, also schloss ich die Türe wieder und setzte mich an den Computer.

In fünf Minuten hatte ich einen 24-Stunden-Pizza-Service gefunden, und eine dreiviertel Stunde später saß ich mit meiner Salami-Pizza und einer Flasche Chianti, die ich mir bestellt hatte, auf meiner kleinen Terrasse. Ich aß die Pizza mit den Händen und trank langsam die halbe Flasche Chianti. Nach einer kleinen Pause begann ich, das Tiramisu zu kosten und aß es langsam bis zum letzten Bissen auf. Dann saß ich da und hielt mein Glas in der einen Hand und in die andere Hand stützte ich meinen Kopf und hörte den Vögeln zu. Es war 5 Uhr geworden und langsam begann der erste Gesang, in den nacheinander alle Vögel in der Umgebung einstimmten. Ich fühlte mich warm und zufrieden und ließ die Flasche auf dem Terrassentisch stehen, als ich ungefähr um 6 Uhr ins Bett ging …

Als ich aufwachte, war es mitten am Nachmittag. Ich lag in meinem Bett und fühlte mich unsagbar wohl. Ich drehte mich langsam von einer Seite auf die andere und sah lange zu dem offenen Fenster hinaus. Ich hatte es vor dem Zubettgehen noch geöffnet und konnte jetzt der Sonne zusehen, die hoch am Himmel stand …

Nach einer Stunde, in der ich nur dagelegen hatte und die Wärme meiner Decke gefühlt hatte, landete ein kleiner Vogel auf dem Fensterbrett. Er sah kurz und eilig zu mir herein, dann flog er wieder davon. Ich drehte mich auf den Rücken und fragte mich, ob ich aufstehen wollte. Eine tiefe Entspannung hatte mich erfasst. Ich hatte ein Gefühl in mir, das ich das letzte Mal in meiner Kindheit erlebt hatte. Am ersten Tag der Schulferien, wenn ich nicht meine Eltern um halb 7 in der Küche gehört hatte. Wenn ich nicht schlaftrunken im Badezimmer meine Haare bändigen musste, wenn ich nicht ohne Appetit mein Frühstücksbrot essen musste. Damals konnte ich liegenbleiben und träumen. Mir wurde bewusst, dass ich nun mehr als zwei Jahrzehnte auf dieses Gefühl verzichtet hatte.

Ich drehte mich langsam im Bett herum und streckte mich wohlig wie eine sonnende Katze. Mit einem Mal fiel mir ein, dass ich zwei Termine hatte. Im Hotel im Spa-Bereich.

Ich überlegte kurz und meldete mich dann telefonisch bei der Rezeption krank. Ich hatte ein schlimmes Gefühl, als ich auflegte. Es war schlimm, weil ich lachen musste und mich so gut und befreit fühlte. Ich überlegte, ob ich nun ein schlechtes Gewissen haben sollte und entschied mich dagegen.

„Das ist ein lustiges Spiel, Kajowa", sagte ich vor mich hin, als ich mir in der Küche eine große Schale mit Milchkaffee machte. Ich schlug die Milch schaumig, bevor ich sie in den Kaffee gab und dann erlaubte ich mir fünf Löffel Zucker. In meinem Kühlschrank hatte ich noch ein Stück Marmorkuchen und den nahm ich mir mit dem Café au lait auf die Terrasse.

Es war ein warmer Sommertag, und ich frühstückte langsam und ohne jede Eile. Ich war Zeit meines Lebens ein pünktlicher und ordentlicher Mensch gewesen, und es war unerhört, dass ich meinen beruflichen Termin abgesagt hatte. Ich beobachtete eine Weile mein Schuldgefühl, das ich hatte, als ich den Kuchen aufaß und mir dabei dachte, dass ich zu dieser Zeit eigentlich in meiner Massagekabine stehen sollte. Ich entdeckte, dass ich mich an diesem Ausnahmetag gerne für das Nichtstun entscheiden wollte. Also saß ich nach meinem Frühstück entspannt in meinem Korbstuhl und horchte in mich hinein …

Ich bemerkte, dass es einen sehr großen Teil in mir gab, der 300 Jahre lang einfach nur sitzen bleiben wollte. Diese wenigen Schlüsselstellen in der Nacht … mit meiner Pizza … mit meiner Absage an den Job … hatten genügt, um mir eine völlig neue Farbe in meinem Leben zu zeigen. Es war

wie in der Chemiestunde in der Schule. Wir hatten ein Experiment zu machen, in dem wir ein winziges Körnchen von einem blauen Mineral in 5 Liter klares Wasser werfen sollten. Innerhalb von wenigen Minuten war das gesamte Wasser tiefblau. So fühlte ich mich nun an diesem Wochenende. Ich hatte den Schalter umgelegt, auf dem die Worte „Pflicht“, „Ordnung“ und „Disziplin“ standen. Mein Wesen hatte darauf reagiert, wie das Wasser im Chemieunterricht. Ich entspannte mich und genoss diese Unregelmäßigkeit wie den Beginn von großen Ferien …
Nachdem ich zwei bis drei Stunden einfach nur dagesessen hatte, fragte ich mich, was diese neue Haltung für Konsequenzen haben würde. Wenn ich aus dem Spiel Ernst machen sollte, wäre mein berufliches Leben in Gefahr. Mein Arbeitsplatz, meine Kinder, mein Einkommen. Ich überlegte was geschehen würde, wenn ich niemals wieder Lust empfinden sollte, aus meiner Wohnung zu gehen. Ich spielte den Gedanken der Losgelöstheit von allen Pflichten langsam durch. Am Ende sah ich mich arbeitslos und ohne Wohnung auf der Straße betteln gehen. Ich musste lachen, als ich feststellte, dass ich mich gegen diese Konsequenz meiner Konsequenz entschied.

In der Phantasie war der Zustand der Mittellosigkeit schnell erreicht. In der Phantasie war er aber auch genauso schnell wieder zu vermeiden.

Dieser Gedanke machte mich traurig. Mir war klar, dass die große Mehrheit aller Menschen nicht in einem Alltag leben konnte, der dazu angelegt war, ihr seelisches Glück und ihre Zufriedenheit zu fördern. Ich erkannte, dass ich in meinem Leben mit meinen Kindern und in meinem

Reiki-Zimmer eine Farbe des Lebens erfahren durfte, die zwar nicht das große Geld brachte, aber tief in meinem Herzen einen Sinn ergab.
Ich fühlte, dass ich das große Glück hatte, ein Leben zu führen, das mich nicht mit dem Gefühl der Sinnlosigkeit zurückließ. Ich erkannte, dass das Spiel der Entscheidungen, das ich erst so kurz und so radikal gespielt hatte, mir in kurzer Zeit gezeigt hatte, wie dünn das Eis war, auf dem unsere Welt ging. Der Großteil aller Menschen war in einem Leben gefangen, das nichts mit ihren wahren Begabungen, ihren Wünschen und ihrem Anspruch auf wirkliches Glück zu tun hatte. Um dieser Erkenntnis auszuweichen, hatte diese Roboterwelt eine Zweitwelt erschaffen, die genügend Lärm machte und Feuerwerke abbrannte, um die Wahrheit zu unterdrücken. Die Wahrheit ist, das hunderte Millionen von Menschen von ganz, ganz ferne den Ruf hören, der sie ins Paradies holen will … und dass sie gleichzeitig das Wachs der Ablenkung in ihre Ohren stopfen müssen, um weiter zu funktionieren.

Ich saß da und beschloss, beim nächsten Treffen Kajowa zu fragen, was sie zu dieser Diskrepanz sagte. Mir war klar, dass sie den Weg der Gedanken kennen musste, den ein Mensch zu gehen beginnt, sobald er sich einmal zu Entscheidungen entschlossen hat. Ich wollte hören, welche Lösung sie für dieses Rätsel anbieten würden …

Ich selbst sah keinen Ausweg aus diesem Dilemma. Unsere Welt war so komplex und vielschichtig aufgebaut, und die Möglichkeit, sich auf die Suche nach dem Paradies zu machen, war so gründlich verborgen, dass ich keine Lösung sah. Wie hätte sie auch aussehen sollen? Hätten all die Mil-

lionen enttäuschten und in ihre Pflichten eingespannten Menschen ihre Arbeit niederlegen sollen?
Hätte eine Revolution der Verweigerung unser Leben stilllegen sollen? Mir war klar, dass es einen anderen Ausweg geben musste. An diesem sonnigen Nachmittag auf meiner Terrasse sah ich ihn allerdings noch nicht. Ich empfand lediglich eine große Freude dabei, überhaupt die Möglichkeit zu haben, in Ruhe nachdenken zu können. Mir war klar, wozu das Spiel der Entscheidung diente. Es hatte den Sinn, in das blinde Dahin-Taumeln eine Daraufsicht zu bringen. Die Schritte des Daseins folgten nicht mehr einer Automatik, sondern einem bewussten Vorgang. Dazu war es nötig, erst einmal zum Stillstand zu kommen.

Ich saß da und fragte mich, wohin die Begegnung mit ihrem wahren Wesen die Menschen führen könnte. Wie sollte eine Verwandlung in unserer Welt aussehen, an der alle teilnehmen konnten? Wäre es nicht so, dass das gesamte öffentliche Leben zusammenbrechen würde, wenn die Menschen mit ihrer tiefsten inneren Wahrheit in Kontakt kommen sollten? Wo wäre die Motivation, weiterhin sinnlosen Tätigkeiten nachzugehen? Die einzige Sinnhaftigkeit bestand in den meisten Berufen ausschließlich darin, Geld zu verdienen. Um sich damit Ablenkung kaufen zu können von der Sinnlosigkeit.

Ich saß auf meiner Terrasse und musste lachen. Ich sah ein Millionenheer von Menschen auf den Straßen, die keine Lust mehr hatten, in den Fabriken zu funktionieren und die sich anstatt Sklavendienst zu leisten, lieber eine Tasse Milchkaffee gönnten und stundenlang über ihre tiefsten Sehnsüchte plauderten …

„Kajowa, Kajowa, in was für eine anarchistische Erfahrung hast du mich da geschickt", rief ich über den Innenhof, der vor meiner Terrasse lag, und zwei Tauben stiegen flatternd in die Höhe. So laut wurde in meinem Haus selten gerufen, und sie flogen einige Kreise, bevor sie sich wieder auf das Dach setzten, um sich zu sonnen.

Ich beschloss, diesen Gedankenläufen erst mal ein Ende zu setzen und entschied mich, einen Spaziergang im Stadtzentrum zu machen.

Ein Spaziergang

Ich hatte Lust, ein sehr kurzes, luftiges Sommerkleid anzuziehen, und mit meiner großen Sonnenbrille mit dem weißen Rand auf der Nase schlenderte ich eine Stunde später durch die Fußgängerzone. Es war ein eigenartiger Zustand, in dem ich mich befand. Ich ging an den Schaufenstern entlang und blieb hie und da stehen, um mir eine schöne Handtasche anzusehen. Ich überquerte den Platz vor dem Dom und hörte einige Zeit lang einer Gruppe mexikanischer Straßenmusiker zu. Ich wanderte an den Pferdekutschen vorbei, die auf Touristen warteten und setzte mich dann in ein Straßencafé. Ich bestellte einen Espresso und eine Portion Pistazieneis. Ich saß da und nahm langsam einen Löffel von dem sanft schmelzenden Eis und betrachtete die Welt um mich herum. Die Menschen bewegten sich wie immer. Sie redeten, lachten, sahen auf die Uhr oder blätterten in der Zeitung. Ich aber sah alles wie ein Theaterstück …

Während die anderen Gäste neben mir saßen und mit ihren Freunden plauderten und alles so ablief wie immer, wusste ich, dass es irgendwo auf dieser Welt eine Frau gab, die Kajowa hieß. Irgendwo lebten Menschen, die sich auf die Suche nach dem Paradies gemacht hatten, und gleichzeitig begegneten sie anderen Menschen, die mit ihnen durch den Dschungel wanderten, um ihr Denken und Fühlen auf einen völlig neuen Weg aufmerksam zu machen. Es war eine

Parallelwelt, in die ich eingetreten war und das Bemerkenswerte daran war, dass mir die sogenannte normale Welt mit einem Mal als virtuelles Spiel erschien.

Alles, was ich mit Kajowa erlebt hatte, war dazu gut gewesen, mich immer mehr und mehr mit mir selbst bekannt zu machen. Ich war an einem Punkt angekommen, an dem ich nahezu nichts mehr automatisch erledigen konnte.
Jeder Mensch, der mir begegnete, war ein Hinweis geworden, mir bewusst zu machen, dass ich nur ein einmaliges Leben zur Verfügung hatte. Ein Leben, das irgendwann einmal vorbei sein würde. In einer relativ kurzen Zeit.
Ich saß da und sah zu, wie das Pistazieneis langsam zu schmelzen begann und zog hie und da mit dem schmalen Löffel eine Spur in das grüne Eis. Es schmeckte wunderbar frisch und nicht zu süß. Jeder Atemzug, jeder Blick, die angenehm runde Lehne meines Stuhles, alles war an diesem Tag ein Hinweis für mich, keine Sekunde meines wunderbaren Lebens in Bewusstlosigkeit zu vergeuden.

Gleichzeitig fühlte ich eine tiefe, ziehende Sehnsucht. Ich hatte mit Kajowa eine Offenheit und eine Nähe erlebt, wie noch nie zuvor mit einem Menschen. Ich war auf eine seltsame Weise ungeduldig. Ich wollte genau diese Art von Begegnung und Gespräch in meinem wirklichen Leben haben. Ich wollte ohne ein Spiel zu spielen am Leben sein. Mit mir, mit der Welt, mit anderen Menschen.
Als ich diesem Gedanken eine Weile nachging, spürte ich, dass mich jemand beobachtete. Ich blickte umher und sah einen Mann, der einige Tische weiter saß und zu mir herübersah. Er trug einen hellen Sommeranzug aus leichtem Baumwollstoff und hatte eine Schale mit Pistazieneis vor

sich stehen. Er sah, dass ich seinen Blick gefühlt hatte und zeigte auf sein Eis und lächelte. Ich war verwirrt. Ich hatte vorgehabt, diesen Nachmittag in Ruhe und mit mir zu verbringen. Nun saß ich in einer Klischee-Standardsituation in einem Innenstadtcafé und musste zusehen, wie er aufstand und zu meinem Tisch kam …

„Verzeihung, aber ich sehe Ihnen schon die längste Zeit zu“, sagte er. „Es ist natürlich ein schrecklicher klischeehafter Moment und wenn ich jetzt gleich sagen werde, ist das nicht erstaunlich, dass wir das selbe Eis bestellt haben?, werden Sie mich am liebsten zum Teufel jagen wollen. Ich bitte Sie aber – tun Sie das nicht. Schenken Sie mir nur fünf Minuten Ihrer Zeit. Dann verspreche ich, wieder zu gehen. Und es liegt dann völlig in Ihren Händen, was Sie aus unserer Begegnung machen wollen …“

Ich sah ihn eine Weile lang an und sagte dann: „Fünf Minuten werde ich überleben, denke ich.“

„Darf ich mein Eis an Ihren Tisch holen, bevor es völlig schmilzt?“

Er wartete höflich auf meine Antwort, und als ich ihm die Erlaubnis gegeben hatte, holte er sein Eis, stellte es auf meinen Tisch und setzte sich. Er wirkte sehr entspannt und unaufdringlich. Es war sein gutes Recht, in einem öffentlichen Raum meine Nähe zu suchen, und ich hatte keinen Hinweis entdeckt, dass er mir lästig sein würde. Er war ungefähr 40 Jahre alt und hatte dunkelblondes Haar und an seinem rechten Handgelenk einen weißen Wollfaden umgebunden. Sonst trug er keinen Schmuck. Er blickte lächelnd auf sein Pistazieneis, und ich sah, dass er überlegte, wie er weitersprechen sollte.

„Ich heiße Martin“, sagte er nach einer Weile und ich antwortete: „Freut mich, ich heiße Maria.“ Wir reichten uns die Hand und ich stellte fest, dass er einen sehr angenehmen, festen Händedruck hatte. Er nahm seine Sonnenbrille ab und ich tat dasselbe. Er hatte sehr heiter wirkende grünbraune Augen und sah mich eine Weile voller Ruhe an. „Verzeihen Sie, wenn ich Sie so anschaue, ohne sofort mit Konversation zu beginnen, aber Ihre Ausstrahlung ist sehr interessant.“

„Interessant?!“

Ich war erstaunt. Normalerweise erwartete man doch eine Standardschmeichelei wie die Worte „schön“, „außergewöhnlich“, attraktiv“, aber dass meine Ausstrahlung „interessant“ war, hatte mir noch nie ein Mann in den ersten fünf Minuten gesagt. „Finden Sie?“, sagte ich und lächelte ihn an.

„Ja … finde ich.“
Seine Art, mit mir ins Gespräch zu kommen, war sehr unüblich, aber ich stellte fest, dass er mich interessierte. Ich dachte an Kajowa und fragte mich, wie meine Entscheidung aussehen sollte. Wollte ich wieder alleine sein? Wollte ich Fragen stellen? Wollte ich kokettieren? Wollte ich erst einmal nur zuhören? Ich entschied mich dafür, in keiner Weise gewohnte Wege des Flirts zu beschreiten und sagte: „Sie müssen wissen, dass ich heute einen sehr besonderen Tag erlebe. Ich gönne mir eine Auszeit von der Normalität.

Ich brauche sehr viel Zeit und Aufmerksamkeit für die einfachsten Dinge und Handlungen. Darum sitze ich auch alleine hier. Vielleicht ist es meine Nachdenklichkeit, die Sie ‚interessant' finden."

„Das kann durchaus sein", antwortete er. „Vor allem, weil Sie, seit Sie sich hierhergesetzt haben, unentwegt leise Selbstgespräche führen. Man kann sehen, wie es in Ihnen arbeitet, und das finde ich wirklich sehr interessant und attraktiv."

Ich war überrascht. „Ich führe Selbstgespräche?", sagte ich und sah mich nach allen Seiten um.

„Ja, Ihre Lippen bewegen sich pausenlos und Sie vermitteln den Eindruck, als würden Sie mit einer unsichtbaren dritten Person über das ganze Universum diskutieren."

Er lachte freundlich und trank einen Schluck Wasser.

„Ist mir das jetzt peinlich?", fragte ich und lachte ihn an, ohne mich bloßgestellt zu fühlen.

„Mit Sicherheit nicht, dazu wirken Sie viel zu selbstbewusst", sagte Martin und dann sahen wir einander wieder eine Weile schweigend an.

„Ja", sagte er nach einem langen Augenblick. „Das ist einer dieser Momente, an dem einem bewusst wird, dass der Beginn von 1001 gelben Steinwegen vor einem liegt – nicht wahr? Ich werde Ihnen jetzt meine Telefonnummer geben

und es in Ihre Hände legen, ob wir uns wiedersehen oder nicht. Ich würde es mir sehr wünschen.
Damit wir sehen, welcher Weg für uns vom Schicksal vorgegeben ist. Eine unverbindliche Plauderei. Eine Affäre im Hotelzimmer. Eine Freundschaft mit Gesprächen über Augustinus. Eine Familie mit drei Kindern. Oder eine Liebe, die nur uns beiden gehört …? Ist das nicht aufregend und unwahrscheinlich belebend? Vor einer Stunde haben wir noch nichts von einander gewusst … und jetzt ist alles möglich. Ich bin sehr neugierig, wohin unser Weg führen wird, Maria. Und jetzt lasse ich dich wieder in Ruhe. Für heute war es genug an Überraschungen. Das Paradies wird uns nicht davonlaufen, nicht wahr?!" Mit diesen Worten hatte er auf die Serviette, die neben meinem Pistazieneis lag, seine Telefonnummer geschrieben.

Er sah mich noch einmal an und nahm meine Hand. „Wie immer du dich entscheiden wirst … das Ergebnis kann uns niemand wegnehmen. Es gehört nur dir und mir."

Er löste seine Hand aus meiner Hand und ging zum Kellner und bezahlte. Dann drehte er sich um und wanderte zwischen den Menschen langsam davon. Als er an einer Straßenecke angekommen war, drehte er sich noch einmal um und winkte mir zu. Ich lächelte und hob meine Hand, dann war er um die Ecke gebogen und verschwunden.

Ich saß da und blickte auf die Telefonnummer. Unter die Ziffern hatte er einen Erdball gezeichnet, der zwei Flügel trug. Ich blickte lange auf das Papier …

Zufall

„Was ist Zufall?“, dachte ich, als ich wieder bei mir Zuhause angekommen war. Wie groß ist die Wahrscheinlichkeit, einem Menschen zu begegnen, der im selben Lebensmoment dasselbe Buch liest … dieselbe Fremdsprache studiert … dasselbe Computerprogramm eingegeben hat? Ich zog mich aus und ging in mein Bad. Ich stieg in die Badewanne und duschte lange. Erst sehr heiß und dann kurz und kalt. Ich wickelte mich in mein großes Lieblingsbadetuch und setzte mich auf die Terrasse. Die Serviette mit der Telefonnummer hatte ich in der Küche neben den Brotkorb gelegt. Ich wollte ausatmen und nachdenken …

Zwei Wochen später

Zwei Wochen später trat ich in den dunklen Raum, der hinter dem Tor der Entscheidung lag. Die Kerze brannte bereits und Kajowa stand in derselben Haltung vor mir, wie ich sie vor 14 Tagen das letzte Mal gesehen hatte.

„Da bist du ja wieder“, sagte sie erfreut und kam auf mich zu. Wir umarmten uns und dann sagte sie: „Es waren doch nur zwei kurze Wochen?“

„Nicht für mich“, entgegnete ich, „dieses Spiel der Entscheidung hat einen eigenartigen Nebeneffekt.“

„Ich höre?“

„Die Zeit wird gestreckt“, sagte ich und sah Kajowa an.

„Das hört sich spannend an.“

„Kann man so sagen. Ich habe mir deine Worte zu Herzen genommen und vor jedem Schritt die Frage gestellt, ob ich ihn tun möchte.“

„Und?“

„Und dadurch beseitigt man jede Form von Eile aus seinem Alltag. Ich bin am fünften Tag eine halbe Stunde vor einem

Obstgeschäft gestanden und habe überlegt, ob ich Äpfel kaufen will oder doch lieber Pfirsiche."

Kajowa lachte und sagte: „Ja, das kenne ich. Und ist es richtig, wenn ich dir sage, dass du begonnen hast, weniger zu essen?"

„Ja, das habe ich. Weil es nach einigen Tagen keine Hast mehr gegeben hat und keine zu kurzen Pausen, in denen ich hektisch einen Schokoriegel gegessen habe. Ich habe sehr ruhig zu leben begonnen und lange Spaziergänge gemacht und keinen Bissen mehr zu mir genommen, als mein Körper wirklich gebraucht hat. Ich habe kaum den Fernseher eingeschaltet, und wenn ich ein Buch nicht weiterlesen wollte, weil in die Ferne zu schauen meine Entscheidung war – dann habe ich es getan … Alles in allem habe ich zwei Wochen lang wie ein Rentner auf Valium gelebt."

Kajowa lachte aus vollem Hals und umarmte mich. „Ich wusste, was ich vermisst habe. Da ist er wieder: Marias Humor. Aber darf ich fragen, wie sich die Neu-Rentnerin jetzt fühlt?"

„So ausgeruht und tatendurstig wie noch nie zuvor!"

„Bravo. Du bist also nicht auf dieser Stufe hängen geblieben?"

„Nein."

„Aber du hattest kurz einmal Angst davor. Richtig?"

„Richtig. Und ich hatte Angst, mittellos betteln zu gehen und das hat die Frage aufkommen lassen, wie man dieser Falle entgeht?!"

„Und du hast dir gedacht: Das sage ich zu Kajowa, wenn wir uns wiedersehe!"

„Genau."

„Die Falle besteht nur in deiner Angst vor Veränderung. Wenn die Lebensenergie in dir tatsächlich für lange Zeit oder sogar für immer aus deinem gewohnten Leben Abschied nehmen will – warum nicht? Wenn du nur einen Zwischenraum brauchst von zwei Wochen oder zwei Monaten – warum nicht?

Die Angst vor der Mittellosigkeit hast du nur, solange du in Wirklichkeit doch dein Arbeitsleben nicht aufgeben willst. Wenn dich plötzlich eingetretene Ruhe und Gesundheit in deinen Entscheidungen nur darauf aufmerksam machen, dass du vielleicht ein völlig anderes Leben führen willst, ist das nur eine Möglichkeit, die sich dir zeigt. Und wenn du den Abschied von deinem bisherigen Leben wirklich vollziehen willst, dann wird es für dich nicht schrecklich sein. Es bedeutet nur eine Veränderung deiner Bedürfnisse. Dann genügt ein Zimmer, statt einer Wohnung. Eine Melone, anstatt einer Reise in die Südsee. Wenn die Bedürfnislosigkeit dich von deinen Pflichten erleichtert, warum solltest du sie nicht leben? Du hast dich dagegen entschieden. So weit – so gut. Weder der eine noch der andere Weg ist ein Zwang. Du hast die Freiheit, zu entscheiden und hast es getan."

„Ja und es fühlt sich gut an."

„Bravo. Was gibt es noch?"

Ich sah mich kurz um. „Müssen wir hier im Dunkeln bleiben? Es wird ein wenig kühl ..."

Kajowa lächelte mich an. „Du willst Wärme?!"

„Ja!"

„Dann komm mit ..."

Am Meer …

Sie nahm mich an der Hand und blies die Kerze aus. Im letzten Lichtschein der Flamme erschien eine kleine Türe aus Eisen. Sie öffnete sich einen Spalt breit, und helles Licht drang in unsere Dunkelheit. Wir gingen darauf zu und traten durch die Tür. Sie war in einen hohen Felsen eingelassen, der an einer kleinen Bucht lag. Vor dem Felsen erstreckte sich nach beiden Seiten weißer Sandstrand, der von Palmen gesäumt war. Vor uns lag ein hellblaues, glasklares Meer. Wir gingen zum Wasser und sahen kleine Fische und Krebse im seichten Ufer. Ein leichter Wind spielte mit den Palmblättern und hoch am Himmel zogen kleine, weiße Wolken …

„Wo sind wir denn jetzt?“, fragte ich Kajowa und sah ihr zu, wie sie zwei große weiße Handtücher auf den Strand rollte. Sie hatte sie aus einem Korb genommen, der am Ufer stand und zog in der Folge eine Thermoskanne, zwei Gläser und einen Glaskrug mit Melonenstücken heraus. Dann ging sie zu einer Palme und kam mit zwei grünen Kokosnüssen wieder. Sie nahm eine Machete aus dem Korb, hieb die Nüsse auf und reichte mir eine davon.

„Wir sind in der Wärme“, sagte Kajowa. „Da wolltest du doch hin?!“

„Ja, das wollte ich“, sagte ich und dann tranken wir die süße kühle Kokosmilch.

„Kann ich dieses Spiel nicht in die Wirklichkeit holen?", fragte ich, nachdem wir uns ausgezogen hatten und eine Weile im Meer geschwommen waren.

„Kannst du", sagte Kajowa. „Es liegt alles in deiner Entscheidung. Und in deinem Glauben daran, was möglich ist und was nicht. Wenn du daran glaubst, in deiner Stadt leben zu müssen, dann wird es so sein. Wenn du an diesem Strand leben willst, kannst du es genauso erleben. Es liegt in deiner Entscheidung."

„Dann müsste ich meine Wohnung aufgeben und meinen Beruf. Dann müsste ich mich hier um einen Job kümmern und die Sprache lernen."

„Wenn du das nicht willst, dann bleib einfach dort, wo du bist."

Sie rieb sich mit dem Handtuch trocken und aß ein Stück Melone.

„Bei dir hört sich alles so an wie ein Spiel", sagte ich und legte mich auf das Handtuch.

„Das Leben ist ein Spiel. Es kommt nur darauf an, ob du dir dessen bewusst bist."

„Das geht vielleicht noch bei mir. Ich bin eine allein lebende Frau ohne Mann und Kinder. Ich könnte sogar auswandern, aber was macht eine Mutter von zwei Kindern?"

Kajowa lachte. „Sie sollte sich nicht beschweren!"

„Wie bitte?!"

„Sie hat den Weg der Mutter von zwei Kindern gewählt. Vielleicht sogar eine Ehe. Sie hat den Weg der Verantwortung gewählt für zwei andere Schutzbedürftige Wesen. Das ist eine tolle Sache. Sie ist erwachsen und sie konnte sich entscheiden. Also gibt es keinen Grund, sich zu beschweren. Es sei denn, sie hat wie Millionen von Menschen einfach nur ein Programm abgespielt, dass die anderen ihr verordnet haben. Dann hat sie ein Problem. Aber auch dann wäre es falsch, sich zu beschweren. Sie ist immer noch erwachsen und kann ihr Leben in die eigene Hand nehmen." Sie legte sich entspannt in die Sonne und schloss die Augen.

Ich sah sie eine Weile schweigend an und sagte: „Kajowa, was ist los mit dir?"

„Was soll los sein?!"

„Du bist so radikal heute und so unversöhnlich?"

„Findest du?"

„Ja."

„Ich zeige dir meine Einstellung. Nach 10.000 Jahren Menschheitsgeschichte und der Hochzivilisation gibt es nicht die geringste Ausrede, denke ich. Sämtliche Denkwerkzeuge liegen seit tausenden von Jahren griffbereit vor uns. Wenn wir sie sehen, aber uns weigern, sie anzuwenden, dann ist das die freie Entscheidung der Faulenzer.

Mein Leben ist zu kurz und zu kostbar, um mich in falschem Mitleid zu betäuben.

Die Herkunft unserer Lebensmodelle haben wir besprochen. Wer danach immer noch glaubt, er sollte sich sehenden Auges gegen die Freiheit entscheiden, hat diesen Weg gewählt. Ich wähle die Freiheit und freue mich über diejenigen, denen ich auf diesem Weg begegne. Das ist nicht unversöhnlich. Es ist lediglich deutlich. Und ich kreuzige auch niemanden, der meinen Glauben an die Freiheit nicht teilt. Ich habe nämlich aus dem Hinweis, den er uns hinterlassen hat, gelernt."

„Welchen Hinweis? Von wem? Was meinst du?", sagte ich und stützte meinen Kopf in meine rechte Hand. Der Sand war warm und weich und ich lag unendlich gerne mit Kajowa in dieser Bucht und hörte ihr zu.

„Jesus. Seine Kreuzigung soll ja angeblich den Sinn haben, meine Sünden und die der restlichen Welt zu tilgen."

„Ja?"

„Irrtum. Erstens habe ich keine Sünden in mir, schon gar keine angeborenen. Und zweitens war das Ganze nur ein Hinweis von ihm, was die Welt mit denjenigen macht, die sich nicht gegen den Irrsinn der Mächtigen wehren.

Niemand ist auf dieser Welt in seiner Aggression zu stoppen, indem du ihm die zweite Backe hinhältst und dich zum Opferlamm machst. Das funktioniert nur in der Tierwelt. Wenn dort ein Wolf dem anderen Wolf seine Kehle hinhält, hört der damit auf, töten zu müssen. Es sei denn, er ist krank. Menschen kreuzigen, wenn du ihnen ungeschützt deine Seele und dein Herz und deine kindliche Wahrheit zeigst. Du musst das wissen und von ihnen fortgehen oder – wenn das nicht möglich ist, deine Haltung verteidigen. Andernfalls nageln sie dich an das höchste Kreuz. Das ist die wichtigste Botschaft im Gekreuzigten. Ich habe sie verstanden und interessiere mich nicht mehr für all diejenigen, die so tun, als wären wir nicht in jedem Atemzug für unser Dasein verantwortlich. In jeder noch so kleinen Entscheidung."

Kajowa drehte sich langsam um und legte ihren Kopf auf ihre Hände.

„Und … sonst noch was?!"

Ich musste lachen. „Ich ahne, dass du mich provozieren willst."

„Stimmt."

„Warum?"

„Damit du dir bewusst wirst, dass es in Wirklichkeit keine Ausrede dafür gibt, nicht dein Leben zu leben. Nicht wirklich. Und selbst wenn du Gott als Ausrede dafür einsetzt, dass du dich geißeln musst, dann ist es eben nur die ultimative Ausrede, weil du zu feige bist, zuzugeben, dass du ein Masochist bist."

Ich musste lachen. „Im Gegenteil."

„Aha … ich höre.“

„Ich habe einen Mann kennen gelernt und mich nicht aus Gewohnheit zu allen bekannten Üblichkeiten hinreißen lassen.“

„Das klingt spannend“, sagte Kajowa und sah mich an. „Ist dir das schon mal passiert?!“

„Nein und es ist mit Sicherheit ein Ergebnis dieser gesetzlosen Gespräche mit dir!“ Ich lachte und trank den letzten Rest aus meiner Kokosnuss.

„Wenn ich jetzt genau sein wollte, müsste ich jetzt sagen, dass ich nicht gesetzlos bin, sondern nur nach Gesetzen lebe, die dir jetzt noch neu sind. Das tue ich aber nicht, weil ich jetzt gerne das Thema aufgreife, das du da eben aufs Tablett gebracht hast.“

„Du meinst Martin.“

„Oh, er hat einen Namen – und was sonst noch für Besonderheiten?!“

„Er ist sehr freundlich, attraktiv, unüblich und trägt ein weißes Wollband am Handgelenk.“

„Oh. Am rechten oder am linken?“

„Am … rechten.“

„Interessant.“

„Hat das eine Bedeutung?!“

„Ich nehme es doch an. Und wir werden sie mit Sicherheit herausfinden.“

„Wie wollen wir das anstellen?!“ Kajowa lachte.

„Es scheint dir wirklich sehr wichtig zu sein. Und die Wahrheit ist, dass du mich dazu überhaupt nicht brauchst.“

„Glaubst du? Was dann?!“

„Du brauchst nichts anderes als dein tiefes Wissen, was du vom Leben und von einem Mann willst. Das ist alles.“

Ich dachte einen Moment lang nach und dann sagte ich: „Ich habe mir schon als kleines Mädchen einen lieben Mann gewünscht. Ich erinnere mich ganz genau.“

„Aha. Na siehst du, das ist doch ein Fortschritt. Du hast dir also keinen bösen Mann gewünscht?“

„Kajowa!“

„Nun es gibt Menschen, die der Meinung sind, ein lieber Mensch wäre langweilig, und deswegen wünschen sie sich Gefahr und Abgründe.“

„Dann werden sie früher oder später ein böses Erwachen erleben.“

„Du sagst es. Daher ist es sehr hilfreich, wenn du dir klar

bist, dass Schmerzen nicht mehr für dich in Frage kommen."

„Und Belanglosigkeit."

„Wie meinst du das?"

„Ich habe mit all den Männern in meinem Leben immer nur die eigenartigsten Sackgassen erlebt. Völlige Unbewusstheit in der Kindheit. Langeweile später und zur Abwechslung waren die Begegnungen belanglos."

„Warum war das so?"

„Weil ich an die falschen Männer geraten bin?"

„Nein, die Männer waren völlig in Ordnung. Für die Frauen, die zu ihnen passen. Das Problem war wie immer die Ungenauigkeit."

„Was hat ein Flirt mit Ungenauigkeit zu tun?"

Kajowa lachte. „Nicht das Geringste. Flirten kannst du auch mit einem Leguan. Wenn du sein kaltes Blut und die völlige Gefühllosigkeit für die Dauer von 10 Minuten interessant findest, ist das kein allzu großes Problem. Wenn du aber aus Sehnsucht und Angst vor dem Alleinsein mit einem Leguan in eine Wohnung ziehst – dann hast du ein Problem."

„Was ist also die Lösung? Wenn ich schon in den ersten 10 Minuten mit meiner Genauigkeit beginne, Regeln aufzustellen, was in meinem Leben geht und was nicht, dann vertreibe ich ja selbst den nettesten Mann."

„Nein.“

„Wie bitte?“

„Wenn du anfängst wie ein Mathematiklehrer, dann gebe ich dir Recht. Die Lösung liegt in deiner Vorbereitung.“

„Ich höre?“

„Was ich dir jetzt sage, ist ein Grundgesetz für Mann und Frau … heute und hier hörst nur du es … aber stell dir bitte vor, was geschehen würde, wenn ein Mann dieselben Worte hören würde …
Du musst dein Leben auf eine Weise führen, die dir hilft, zu dir zu kommen. Du musst damit beginnen, herauszufinden, welche Frau du wirklich bist. Wie du dich fühlst, wenn du deinen Alltag organisierst. Welche Kleider du gerne trägst. Welche Rituale dein Leben durchziehen. Wie dein Körper reagiert, wenn du ihn liebst.
Du musst beginnen, jeden Augenblick in deinem Leben zu einem Fest zu machen, das nur einen Sinn hat. Du musst dich wohlfühlen. Wenn das erreicht ist, wirst du ruhig, schnell und entspannt reagieren, wenn dich etwas stören sollte. Und zwar schon beim ersten Anschein einer Störung.
So wie du aufstehst und ein Fenster öffnest, wenn die Luft im Zimmer stickig wird. Du tust es rechtzeitig und entspannt, lange bevor du zu ersticken drohst. Das ist es, was ich meine. Die Vorbereitung dient dazu, dass du all deine Bewegungen leicht und fließend stattfinden lässt. Wenn du jetzt einem Mann begegnest, wirst du schnell erkennen, welche Energie er hat. Ist er kräftig, weich, zart oder ro-

bust? Hat er Entspanntheit in sich oder eine neurotische Ruppigkeit? Wenn du mit dir im Einklang lebst, wirst du nur Energien in dein Leben lassen, die harmonisch zu deinen Energien passen. Das erkennst du in Wahrheit schon in den ersten Augenblicken. Das Tier in dir erkennt, wer ihm gegenüber sitzt. Das Tier in dir sagt ja oder nein. Das Problem in unserer Welt besteht darin, dass wir nicht mit unserem Tier in Harmonie leben. Wir betäuben es oder wir füttern es mit Drogen. Wir überhören es oder wir peitschen seinen lebendigen Lauf zur Raserei. Dann allerdings gibt es keinen Kompass mehr in uns, der uns führt. Das einzige, was uns davor bewahrt, mit den für uns falschen Menschen in eine Beziehung zu treten, ist die Genauigkeit."

Ich dachte einen Moment lang nach. „Aber glaubst du nicht, dass man einem Menschen eine Chance geben sollte? Vielleicht hat der andere nur einen schlechten Tag oder eine schlechte Woche. Wenn er das falsche Hemd trägt an dem Tag unseres Kennenlernens, kann ich ihn doch nicht deswegen gleich verurteilen."

Kajowa lachte. „Kommt darauf an, welches Muster das Hemd hat. Du siehst, dein Humor färbt auf mich ab. Nein, im Ernst, du hast natürlich Recht. Jeder Mensch hat das Recht, von seiner Idealform abzuweichen und eine Zeit lang nicht rund zu laufen. Davon rede ich nicht. Ich glaube nur zu spüren, dass in dir eine typisch weibliche Farbe an der Macht bleiben will."

„Welche Farbe?"

„Die Retterin. Das ist eine unserer größten Achillesfersen.

Es gibt einen Teil in manchen Frauen, die aus einem üblen Gangster einen Sendboten der Heilsarmee machen wollen. Sie glauben, es läge in ihrer Macht, das verborgene Gute in dem armen Mann herauszuholen und widmen all ihre Energie diesem Thema. Oder wir haben es mit einem energielosen Feigling zu tun und glauben, wir könnten ihn zum Helden aufbauen. Wie auch immer. Sehr oft gehen wir Frauen in die Falle, auf der draufsteht: ‚Umerziehung'."

„Ich verstehe, was du meinst, aber warum ist das so?"

„Macht."

„Macht?"

„Ja, in dem Augenblick, in dem du glaubst, einen Menschen verbessern zu können, tust du nichts anderes als Macht auszuüben."

„Meinst du nicht, dass es Begegnungen gibt, in denen der eine für den anderen eine Inspiration darstellt, um zu einem besseren Leben zu finden? Du bist mir etwas zu streng, Kajowa. Es gibt doch auch Begegnungen, in denen der Mann sowie die Frau etwas voneinander lernen können. Es ist doch auch möglich, durch das Vorbild und die Hilfe des anderen störende, hemmende und behindernde Verhaltensweisen abzulegen. Wenn du sagst, dass du daran nicht glaubst, dann bin ich zum ersten Mal völlig anderer Meinung als du."

Kajowa sah mich freundlich an. „Ich hoffe und erwarte, dass du noch viel öfter anderer Meinung sein wirst als nur bei diesem Gedankenspiel. Ich aber gebe dir zu deiner Überraschung Recht."

„Wirklich?!"

Ich war einen Moment lang sprachlos. „Wieso?!" Ich setzte mich auf und sah Kajowa entgeistert an.

„Weil du nichts anderes getan hast, als einen Idealfall zu schildern. Das, was du da beschrieben hast, gibt es tatsächlich. Du hast das wunderschöne Bild einer Verbindung beschrieben, in der das gemeinsame Lernen eine tiefe Bedeutung hat. Das ist wunderbar und der Sinn jeder Partnerschaft. Niemand von uns kann in dieser Welt mit ihrer geisteskranken Vergangenheit ohne Belastung leben. Ohne die tausenden von Irrtümer, die unsere Vorfahren angehäuft haben. Was gibt es also Schöneres, als sich darauf zu besinnen, gemeinsam den Schutthaufen der Irrtümer abzutragen?!
Alles kann der eine vom anderen lernen. Auf seinen Körper zu achten. Auf seine Gedanken, seine Gefühle, seine Energien, seine Vorurteile, seinen Glauben von Gott und der Welt. Natürlich ist es geradezu zwingend notwendig, dass der andere Mensch, mit dem ich einen Weg zu gehen begonnen habe, mir zeigt, wo Fallstricke aus meiner Herkunft lauern. Der eine Schritt zur Befreiung liegt in der Konzentration von mir auf mich selbst. Der andere Schritt in Richtung Paradies liegt darin, dass ein liebender Mensch mir liebevoll zeigt, was ich selbst an mir nicht erkennen kann. Wir haben auf unserem Rücken vielleicht Flügel, aber keine Augen. Dafür brauchen wir die Begleitung eines anderen Menschen. In Liebe. Du hast also mit deiner Hoffnung völlig Recht.

Ich dagegen habe von den neurotischen Beziehungen gesprochen, in denen es nur so aussieht, als wäre liebevolles Helfen am Werk. Ich habe von den Vorstellungen gesprochen, in denen einer von den beiden seinen Defekt nur dazu benützt, um den anderen wie Sysiphos dazu zu bewegen, auf ewig den Stein der Neurose den Berg der Berechnung hinauf zu rollen. Der, der den Stein rollt, fühlt die Ohnmacht des Behinderten, und der andere fühlt sich mächtig und gebraucht. Heimlich aber läuft das Spiel spiegelverkehrt. Derjenige, der auf ewig zu schwach erscheint, um einen Ziegelstein hochzuheben, übt durch seine Ohnmacht Macht über denjenigen aus, der sich auf ewig verpflichtet fühlt, den Ziegelstein für den Schwachen hochzuheben. Verstehst du diesen Unterschied? Es ist wie mit so vielen Dingen in unserem Leben. Von außen betrachtet sehen sie sich sehr ähnlich. Erst, wenn man in das Innere blickt, erkennt man, ob zwei Menschen tatsächlich aus Liebe oder aus Macht einander helfen, einen Stein zu heben."

„Und du glaubst, dass man diesen Unterschied beim ersten Rendezvous erkennt?!"

„Ich erkenne in der Schwingung deiner Stimme, dass du das nicht glaubst." Kajowa stützte ihren Kopf auf ihre gefalteten Hände und sah mich eindringlich an.

Ich erwiderte ihren Blick und dachte lange nach. Dann sagte ich: „Ich ahne, was du meinst."

„Aha."

„Ich habe mich jetzt an ein paar sogenannte erste Begegnungen erinnert …“

„Ja, und?!“

„Ich erinnere mich, dass es immer einen Moment gegeben hat, in dem ich ein deutliches ‚Ja‘ oder ‚Nein‘ in meinem Bauch gefühlt habe.“

„Aha.“

„Und ich erinnere mich, dass schon im nächsten Moment mein Denken mich dazu gebracht hat, ein ‚Nein‘ zu ignorieren.“

„Warum hat dir dein Denken das geraten?“

„Zum einen wollte ich mich nicht spröde oder arrogant zeigen. Zum anderen war etwas in mir, das gesagt hat: ‚Du kannst doch nicht so schnell über einen Menschen urteilen. Wer bist du denn? Glaubst du, du bist etwas Besonderes?!‘ Der letzte Gedanke war, dass ich anderen Menschen eine Chance geben soll und muss, wenn ich nicht auf ewig in der Sackgasse meines hohen Anspruches einsam bleiben will.“

„Was will denn dein hoher Anspruch von dir? Stell dir einmal vor, er hätte alle Rechte dieser Welt. Was wünscht sich dein hoher Anspruch von einem Mann?!“

Wahrhaftigkeit

Ich überlegte lange, um nicht durch den Schwung unseres Gespräches vorschnell einige Klischees abzuspulen. Dann sagte ich: „Ich wünsche mir von einem Mann, dass er ehrlich ist. Zu sich selbst und zu mir. Wenn ich eine Grundsympathie spüre – du würdest wahrscheinlich sagen – wenn mein Tier zu ihm ‚ja' sagt ..."

Kajowa setzte sich bequem zurecht und hörte mir lächelnd zu. Dann sagte sie „Sprich weiter ..."

„... dann wünsche ich mir, dass er mich ohne Berechnung und ohne doppelten Boden wissen lässt, was unsere Begegnung für ihn bedeutet. Ich will kein Theater der Romantik, das nur dazu dienen soll, mich ins Bett zu kriegen und ich will keine Berührungen, die mich darüber hinwegtäuschen sollen, dass er nicht wirklich von mir angezogen ist.
Ich will die Wahrheit. Ich möchte offen und ehrlich von ihm hören, wie es ihm in meiner Nähe geht und ich wünsche mir, dass er mir genau zuhört, wenn ich ihm meine ersten Gefühle anvertraue. Ich will, dass wir gemeinsam entdecken, ob wir eine Affäre wollen oder eine Freundschaft oder ob wir uns den Beginn eines gemeinsamen Weges vorstellen können. Ich will nichts anderes als die Wahrheit."

„Klingt recht gut", sagte Kajowa und öffnete die Thermosflasche. Sie schenkte eine leicht trübe, helle Flüssigkeit in die zwei Gläser und reichte mir eines davon.

„Was ist das?“, fragte ich.

Kajowa antwortete: „Lycheesaft. Sehr kühl. Du wirst es lieben.“ Ich trank ein paar Schluck und der leicht süße fruchtige Lycheegeschmack erfrischte mich sehr.
„Weißt du auch, dass du für diese Art von Kommunikation mit einem anderen Menschen das größtmögliche Selbstbewusstsein brauchst?“

„Das ist mir klar“, sagte ich und füllte mein Glas erneut mit dem leichten, kühlen Saft.

„Das, was du dir da wünschst, ist eine der höchsten Stufen des menschlichen Lebens. Sie heißt ‚Wahrhaftigkeit‘. Wenn du auf ihr einmal angekommen bist, dann wird es dir für immer unmöglich sein, dich mit einer tieferen Stufe wirklich zufrieden zu geben. Es kann sein, dass du für einen kurzen Zeitraum bereit bist, deinen ‚hohen Anspruch‘ zu reduzieren. Aber du wirst niemals mehr in deinem ganzen Leben eine chemische Limonade wirklich gut finden können. Nicht nach diesem Lycheesaft.“

„Ich weiß, Kajowa“, sagte ich, „und ich habe auch darüber nachgedacht, was ich brauche, um auf dieser Stufe stehen zu können.“

„Ich höre?“

„Es handelt sich um mein 4. Tor. Es gibt etwas, das ich mir wünsche. Es soll ein Tor sein, das mir hilft, die Grundmauern zu legen für diese Wahrhaftigkeit.“

„Du wünschst dir das Wort für dein 4. Tor?!“ Kajowa beugte sich vor und sah mich erstaunt an. „Das ist etwas, das ich noch nicht erlebt habe. Das ist wunderbar. Vielleicht lernen wir etwas von deinem Wunsch. Bitte, sag ihn mir.“

Ich sah über das hellblaue Meer zum Horizont. Ich hörte, wie die Palmblätter hinter mir sanft im Wind rauschten. Ich sah zu einem Falken hoch, der weit über mir am Himmel seine Kreise zog.

„Du hast in den letzten Gesprächen so oft davon geredet, Kajowa, dass du unsere Herkunft als geisteskrank empfindest.“

„Ja.“

„Du hast mich darauf aufmerksam gemacht, dass große Teile der Traditionen, die wir ohne nachzudenken mitmachen, Teil einer Geschichte der menschenverachtenden Grausamkeit sind.“

„Ja.“

„Ich spüre, dass ich ein Teil dieser Geschichte der Menschen bin. Ob ich es will oder nicht. Wenn ich ohne zu fragen mitspiele, bin ich nur ein Tropfen im Ozean der Manipulation und auch wenn ich mich in Rebellion dagegen auflehne, bin ich von diesem Irrsinn unserer Herkunft beeinflusst. Mir ist klar, dass es niemals eine völlige Losgelöstheit geben kann von den letzten 10.000 Jahren unserer Geschichte.“

„Ja."

„Aber es gibt die Möglichkeit, sich bewusst zu machen, welcher unserer Schritte für unser Leben gesund ist und welcher Schritt nur immer weiter in das Gefängnis zurück führt."

„Richtig ..."

„Wenn die Genauigkeit der Betrachtung mir zeigt, dass die Wurzel als Irrsinn, als krank bezeichnet werden kann, dann kann ich mir nur eine einzige Sache wünschen. Es gibt nur einen einzigen Weg, den ich gehen kann, bevor ich weiß, wer ich wirklich bin und ob meine Wünsche tatsächlich meine Wünsche sind. Diesen Weg kann ich in einem Wort zusammenfassen und ich wünsche mir, dass dieses Wort auf meinem nächsten Tor steht."

„Halt." Kajowa hatte sich auf ihre Knie aufgerichtet. „Ich möchte ein kleines Spiel in unserem Spiel spielen, hast du Lust?"

„Wenn du meinst."

„Ich habe eine Ahnung, wie das Wort lautet, und ich möchte es auf einen Zettel schreiben, bevor du es ausprichst. Danach schauen wir, ob wir dasselbe Ergebnis unserer Gedanken erleben. Hast du Lust?"

Kajowa war Feuer und Flamme wie ein Kind, das ein neues Spielzeug geschenkt bekommen hatte. Ich war froh, sie in dieser Freude zu sehen und willigte ein.

Sie nahm einen Stift und schrieb ein Wort auf ihren Zettel. Dann faltete sie ihn und legte ihn zwischen uns auf den Sand.

„Dieses Wort“, sagte sie „dieses Woche steht auf dem 4.Tor. Ich habe es hier niedergeschrieben. Und jetzt bitte sag mir, was du dir wünschst.“

Ich holte tief Atem und schloss die Augen. Dann sagte ich: „Ich wünsche mir … Gesundheit.“

Es blieb eine Weile still. Das Wasser rauschte in sanften Wellen an den Strand und von weit her hörte ich das Rufen des Falken. Nach einer Weile öffnete ich die Augen. Kajowa kniete mir gegenüber und sah mich an.

„So“, sagte sie, „und jetzt bitte ich dich, diesen Zettel aufzumachen und zu lesen.“

Ich beugte mich vor und hob den Zettel auf. Ich faltete ihn auf und dann las ich ein Wort. Kajowa hatte es mitten auf das Papier geschrieben. In dicken, einzelnen Buchstaben. Da stand das Wort „Gesundheit“.

Ich sagte nichts und sah sie an. Sie beugte sich vor und nahm meine Hand. „Ist das nicht unglaublich?“, sagte sie nach einer Weile. „Es ist so zwingend, wie die Tatsache, dass Regen aus den Wolken auf die Erde fällt. Zu allem, was wir hier jetzt besprochen haben. Zu allen Gedanken, die wir uns über unsere Herkunft gemacht haben. Für all unsere heilige Wut und Hoffnung, für unsere Ungeduld und unsere Ahnung einer besseren Zukunft gibt es einen einzigen Schlüssel. Und dieser Schlüssel heißt ‚Gesundheit' ... du hast vorhin das Wort ‚Fundament' verwendet. Das hat mir sehr gut gefallen. Alles was uns wichtig ist, selbst das allerwichtigste, kann nur blühen und feste Säulen tragen, wenn das Fundament auf sicherem, festem Boden errichtet worden ist. Ich hatte einen Moment lang geglaubt, du würdest das Wort ‚Liebe' aussprechen. Das wäre nur allzu verständlich. Ohne Liebe ist alles im Leben nur Schall und Rauch. Aber auch dieses allumfassendste unsere Gefühle kann nur blühen und seine Kraft entfalten, wenn es in einem gesunden Wesen mit gesundem Geist und mit gesundem Körper zu Hause ist."

Ich hatte Kajowa aufmerksam zugehört. Ich wusste, dass wir an einem Punkt unserer Reise angekommen waren, der von großer Bedeutung war. All die Betrachtungen und Gedanken, die wir miteinander geteilt hatten und die unsere Herkunft beleuchtet hatten, waren wie das Vorbereiten eines Gartens gewesen. Ein Garten, in dem neue schöne Blüten und Früchte wachsen sollten. Mir kam es so vor, als hätten wir Unkraut aus der Erde unseres Daseins entfernt. Ich fühlte mich wach und bereit, den nächsten entscheidenden Schritt zu tun.

„Kann es sein, dass meine Erfahrung mit Shimen Tanaka schon eine erste Ahnung von dem war, was Gesundheit heißt?", fragte ich Kajowa.
Sie stand auf und zeigte auf den Strand. „Lass uns ein wenig spazieren, während wir plaudern", sagte sie und dann wanderten wir auf dem weichen, weißen Sand zum Horizont.

Das warme Wasser des Meeres spielte um meine Füße und in der Ferne sah ich auf dem Meer die weißen Linien der Schaumkronen auf den Gipfeln der Wellen.

„Du hast völlig Recht“, sagte Kajowa. „Diese Arbeit mit Shimen war ein erster wichtiger Schritt. Er hat deine Bereitschaft geweckt. Die Bereitschaft zu erkennen, dass es so etwas wie Gesundheit wirklich gibt.“

„Warum sagst du ‚wirklich‘?“, fragte ich Kajowa. „Das klingt seltsam für mich.“

„Ich sage deshalb ‚wirklich‘, weil in unserer Kultur die Frage existiert, ob wir uns erlauben dürfen, zwischen gesund und krank zu unterscheiden. Diese Frage betrifft nicht den Körper. Dort ist es keine Frage, dass Krebs und Herzanfall Krankheiten sind. Die Frage erstreckt sich in unserer Welt auf die Frage, was ein gesunder Geist ist. Wir haben durch die Perversion der Diktaturen, die unsere Welt vergewaltigt haben, eine große Scheu, das Bild eines strahlenden, gesunden Menschen als unser Vorbild anzusehen. Mit diesem Bild ist in der Zeit des Faschismus Missbrauch getrieben worden. Seit diesen Tagen, in denen die Erscheinung eines starken Körpers als Vorbild für eine menschenfeindliche Ideologie gedient hat, gibt es in den Wachen und Sensiblen in unserer Welt eine Aversion gegen das offensichtliche Idealbild der Gesundheit. Gesundheit ist ein absoluter Wert. Dieser Wert ist unschuldig. Wenn satanische Mächte ihn missbrauchen, ändert es deswegen nicht seine Wahrheit. Es ist an uns, herauszufinden, ob wir das Bild des starken, freien, strahlenden Menschen als Vorbild erkennen, weil es Teil unserer Befreiung ist. Oder ob wir uns an ihm orientieren sollen, um den Plänen einer Diktatur zu dienen. Ich schlage dir also vor, einen deutlichen Abstand zu allen Verkettungen der Vergangenheit zu machen und mir zu sagen, ob du dir vorstellen kannst, Gesundheit als etwas zu erleben, das befreit ist von jeder Art von Ideologie."

„Das kann ich, Kajowa." Ich ging neben ihr und sah sie an. Es war bemerkenswert, einer Frau wie ihr begegnet zu sein. In jedem Schritt unserer Gedankenreise machte sie mich auf sämtliche Möglichkeiten aufmerksam, die in eine Sackgasse führen könnten. Sie wirkte dabei niemals angestrengt. Im Gegenteil, ich hatte den Eindruck, dass die fortwährende Beschäftigung ihres Geistes mit den Fragen unseres Lebens ihr Freude bereiteten und ihr eine spielerische Leichtigkeit gaben. Sie nahm nichts als gegeben hin. Nichts, was Menschen jemals erdacht und gelebt hatten, war für sie ein unverrückbares Ereignis.

In allem, was ihr auf ihrem Weg begegnet war, hatte Kajowa nur die Frage gesehen, ob es eine Falle für ihre Lebendigkeit darstellte oder das Sprungbrett zur Befreiung ihres Lebens. Ich war glücklich, diese Freundin gefunden zu haben. Sie ließ mich spüren, dass unser Weg des Lernens für sie ein gemeinsamer Weg war. Obwohl sie es war, die mir bei jedem Schritt eine Möglichkeit zeigte, altbekannte Dinge mit neuem Blick zu betrachten, erschien sie mir nie als diese Art von Autorität, wie sie in unseren Schulen herrscht. Ich hatte viel mehr das Gefühl, in einem forschenden Dialog mit einem Menschen zu sein, der mit sagte und zeigte, wie er die Welt sah. Gleichzeitig aber war es so, dass Kajowa immer voll Neugier war, meine Sicht der Dinge zu erfahren. Ich fühlte mich wohl in ihrer Nähe und wollte, dass sie das wußte.

„Ich fühle mich so wohl mit dir Kajowa. Das möchte ich dir endlich einmal sagen. Diesen Weg mit dir zu gehen, ist das schönste Ereignis meines bisherigen Lebens und ich bin voller Neugier, wie es ist, wenn er uns ins Paradies geführt hat."

Sie blieb stehen und sah mich an. Dann kam sie auf mich zu und umarmte mich. „Danke", sagte sie. „Ich danke dir, dass du mir diese Gefühle zeigst. Sie sind der tiefste Schatz in deinem Herzen und ich werde sie achten und ehren."
Sie lachte und legte mit spielerischer Heiterkeit ihre Hand auf ihr Herz. Mir schien, dass sie im Lauf unserer Begegnung humorvoller und spielerischer geworden war. Offenbar machte es sie froh zu sehen, dass ich bereit war, ihr nicht nur zuzuhören, sondern meinen Teil des Weges selbstständig zu gehen.

„Weißt du", sagte Kajowa, als wir weitergingen, „es gibt auf dieser Welt nur zwei Wege. Den Weg der Liebe und den Weg der Macht.
Wenn wir das einmal akzeptiert haben, ist es eine Frage unserer Entscheidung, welchen Weg wir gehen wollen. Es ist ein Aberglaube, dass nur der Weg der Macht uns Wohlstand, Reichtum und Vergnügen bringen kann. Und der Weg der Liebe mit Armut, Ohnmacht und der Rolle des Opfers Hand in Hand geht.

All das sind Bilder der Vergangenheit, die uns in die Irre leiten sollten. Wenn du den Weg der Liebe gehst, bedeutet das nicht, dass du dein Haupt kahl scheren musst oder dich von den Mächtigen kreuzigen lassen sollst. Das sind Bilder, die die Mächtigen verbreitet haben, um uns schwach zu machen. Die Wahrheit ist, dass wir die Fähigkeit geschenkt bekommen haben, ja oder nein zu sagen zu allem, was uns in unserem Leben begegnet. Vergiss das nie, Maria – du kannst, du darfst, du sollst, du musst ja oder nein sagen. Zu allem, was dir begegnet. Und wenn du voll Liebe bist zu dir und deinem Nächsten und die Welt will dich dafür kreuzigen – dann darfst du nicht in die Falle der falschen Duldsamkeit gehen. Du musst vom Kreuz herunter steigen und den Mächtigen der Finsternis dein klares, lebendiges ‚Nein' entgegenhalten. Hier und jetzt in diesem deinem einmaligen Leben.

Die Phantasie, dass diese Welt nicht dafür geschaffen ist, ein Paradies zu sein und dass die endgültige Erlösung im Jenseits auf dich wartet, ist eine böse Lüge. Sie ist von denjenigen in die Welt gesetzt worden, die deinen Widerstand brechen wollen. Das Paradies ist keine Angelegenheit, die wir erleben dürfen, wenn wir tot sind. Das Paradies wartet hier und jetzt auf uns. Wir können es mit der Kraft unserer Entscheidung in jedem Augenblick betreten. Wir können unsere ganz eigene Farbe der Liebe, der Leichtigkeit, der Wahrhaftigkeit und der absoluten Freiheit unseres Geistes erleben. Es wartet darauf, ob wir die Kraft haben, die Schleier der Vergangenheit abzustreifen und ein Leben zu führen, das aus Liebe, Kraft und Gesundheit besteht. Aufrecht, selbstbewusst und ohne jede Angst.

Diese Frage führt uns zu deinem Wunsch zurück. Wenn du dir tatsächlich Gesundheit wünschst, dann musst du wissen, dass du gleichzeitig an deinem Körper und an deinem Geist arbeiten musst. Lass den Gedanken hinter dir, dass es keine absolute Gesundheit gibt. Es gibt sie. Man kann es sogar messen. Es gibt eindeutige, einfache Erlebnisse, an denen du feststellen kannst, ob dein Körper in den Bereich der Gesundheit eingetreten ist oder nicht.

Kannst du ruhig und tief schlafen? Wachst du erfrischt oder müde auf? Arbeitet deine Verdauung mühelos, oder brauchst du Unterstützung, um Schlacken loszuwerden? Ist dein Kreislauf stabil, ist dein Skelett in aufrechter Haltung, ist dein Körpergewicht deiner Körpergröße angemessen? Hast du einen straffen, elastischen Muskelapparat, der dich hält und stützt, ist deine Reaktionszeit deinem Alter entsprechend, ist dein Körper frei von Drogen, die dir eine falsche Wahrnehmung der Welt vorgaukeln?

All diese Fragen wollen beantwortet werden. Welche Gewohnheiten hast du dir angezogen, wie eine zweite Haut und glaubst du, dass du sie niemals ablegen kannst? Brauchst du Zigaretten, um dich wach oder konzentriert zu fühlen? Wenn du das glaubst, frag dich, warum du Gift brauchst, um dich angeblich besser zu fühlen. Die Liste all dieser Fragen ist lang, aber nicht endlos. Sie muss aber beantwortet werden, wenn du dich der Frage stellen willst: ‚Wo bitte geht's hier zum Paradies?'"

Kajowa lachte mich an und schlug mir leicht auf die Schulter.

„Mach dir keine Sorgen, das hier wird jetzt nicht mit einem Mal zur Ausbildung für Olympia-Sportler. Du musst nur wissen, dass dein Wunsch nach Gesundheit eine Basis in deinem Körper braucht. Mir ist schon klar, dass du in tiefster, letzter Konsequenz die seelische, die geistige Gesundheit meinst. Die aber erlebst du nur, wenn du das Gefäß, in dem deine Seele inkarniert ist, pflegst und liebst.

So wie dein Körper funktioniert, so erlebst du die Welt. Wenn du zwei Glas Wein zuviel trinkst, rebelliert deine Leber, weil sie das Übermaß an Gift abtransportieren muss. Diese Aktion deines Körpers hat zur Folge, dass du dich nach zuviel Alkohol am nächsten Tag deprimiert und schlecht gelaunt fühlst. Du hast Depressionen, Schweißausbrüche und schlechte Laune. Dir ist ‚etwas über die Leber gelaufen'. Folglich erlebst du die Welt nicht wach und klar und hell. Nun stell dir vor, dass du in diesem Zustand einem Reisenden von einem anderen Planeten die Schönheit unseres Daseins hier erzählen sollst. Er wird nicht gelingen, weil deine Wahrnehmung getrübt ist.

Jede Maßlosigkeit hat zur Folge, dass wir die Welt verzerrt sehen. Maßlose Drogensucht, maßlose Fastenrituale, maßlose Keuschheit, maßlose Einsamkeit, maßlose Humorlosigkeit, maßloses Zölibat, maßlose Lebensfeindlichkeit, maßlose Rituale, alles das führt zu einem verzerrten und folglich kranken Blick auf die Welt. Zu einem kranken Erleben der Welt. Und nun schau dir unsere sogenannten geistigen Vorbilder in dieser Welt an. Was siehst du? Einsam Lebende, ohne Umarmung und Sexualität Lebende, partnerlose, kinderlose, verantwortungslose uralte Männer, die beim Gehen gestützt werden müssen, geben uns die Richtlinien für unser seelisches und soziales Leben vor. Ist das nicht der blanke Wahnsinn? Die Frage lautet also: Warum erlauben wir ihnen das? Die Antwort lautet: Weil wir Angst haben. Weil sie uns schon als Babys Furcht und Schrecken eingeflößt haben und wir uns vor der Hölle fürchten, wenn wir Lebendigkeit erleben.

Das Sinnbild von Asexualität, Krankheit und durch soziale Isolation ausgelöste Egomanie sitzt in unserer Welt auf dem Thron. Von dort herab werden wir geführt. In die Hölle. Das ist die Wahrheit. Meine Frage lautet: Warum steht auf dem Balkon am Petersplatz nicht eine erotische Frau mit einem kräftigen, sexuell attraktiven Mann an ihrer Seite? Warum erleben die Pilger nach Mekka nicht die befreite Schönheit ihrer Frauen, die mit erotischen Männern gesunde Kinder auf die Welt gebracht haben? Warum sitzen in den schönen Tempeln Asiens nicht lachende Männer und Frauen und freuen sich über das Lachen und Spielen ihrer Söhne und Töchter? Warum erzählen uns die Männer und Frauen, die die gesündesten unserer Welt sind, nicht davon, wie man einander die höchste Lust bereitet? In einer erfüllten, energievollen, überwältigenden Sexualität?

Wieso erlebe ich nicht das Vorbild der pursten Schönheit und Gesundheit als Vorbilder unserer Religion? Warum knien wir vor geisteskranken, perversen Greisen und lassen sie zu Wort kommen? Warum hören wir beim Gottesdienst nicht einem jungen Mädchen und einem Jungen zu, die uns davon erzählen, wie kostbar das Erlebnis ihrer ersten Umarmung war? Warum lassen wir uns nicht inspirieren von den schönsten, warmherzigsten, stärksten, erotischsten, humorvollsten, liebevollsten Menschen, die es gibt? Warum haben wir nicht Kraft und Schönheit und Gesundheit als Vorbild, das uns ermuntert, an unserer Lebendigkeit

zu arbeiten? Warum dulden wir es, dass uns verwirrte, asoziale Psychopathen einreden, wir hätten Schuld? Schuld einfach nur dadurch, dass wir geboren worden sind? Die Antwort auf diese Fragen lautet: Weil wir nicht völlig gesund sind. Weil wir gewohnt sind, den Rattenkopf in der Suppe zu akzeptieren.
Dein Weg zu deiner Gesundheit, Maria, wird zur Folge haben, dass du dich und deine Gewohnheiten nicht wieder erkennst. Bist du dir dessen bewusst?“

„Ja, Kajowa.“

„Und du willst an diesen Punkt kommen, an dem dich deine Klarheit deutlich ‚ja‘ und ‚nein‘ sagen lässt. Zu jeder Frage auf der Welt? Und wenn sie auch von den höchsten Autoritäten der Hölle gestellt wird?“

„Ja, Kajowa. Ich habe begonnen, den Weg der Liebe zu gehen. Jetzt gibt es nur mehr eine Richtung. Dorthin, wo das Tor zum Paradies steht.“

Kajowa war stehen geblieben. Sie atmete tief ein und aus. Sie strich sich die Haare aus dem Gesicht und sagte: „Gut, ich erkenne, dass du es wirklich willst. Da drüben steht dein nächstes Tor. Wenn du hindurchgehst, wirst du die Reise zu deiner Gesundheit beginnen. Du hast dabei viele Geister zur Hilfe. Für jeden Bereich deines Daseins. Geh zu den ‚World Angels’ und frage dich, womit du beginnen willst.

Dann wird der Tag kommen, an dem du mich wieder sehen willst. Dann werde ich auf dich warten.“

Sie umarmte mich und zeigte zu den Palmen hinüber. Zwischen den hohen schlanken Stämmen stand das breite Tor mit dem Messingring auf seinen Flügeln. In klarer Schrift war aus leuchtenden Topasen das Wort ‚Gesundheit' eingelegt. Ich umarmte Kajowa und ging durch das Tor …

Gesundheit

Am nächsten Morgen stand ich eine Stunde früher auf als üblich. Ich zog meine Laufschuhe an und trat vor das Haus. Ein paar Minuten von meiner Wohnung entfernt lag ein großer Park. Ich lief langsam dorthin und begann dann, auf den Wegen, die weich durch die Wiesen führten, meine Runden zu ziehen. Ich hatte an dem Abend, an dem ich von dem Strand in der Wärme zurückgekehrt war, nach gedacht, wie ich mit meinem Weg der Gesundheit beginnen wollte. Ich war den ganzen Abend lang auf meiner Terrasse gesessen und hatte in mich hineingehört. Als ich schlafen ging, wusste ich, dass ich meinen Körper mit Ausdauer und Krafttraining wachküssen wollte.

Ich hatte in meinem Schrank Trainingsschuhe stehen und holte sie hervor und lief los. Die ersten 10 Minuten waren die purste Überwindung. Alles in mir wollte wohlig und faul im Bett liegen bleiben. Ich fand die Ausrede, dass ich ein Mädchen war und Sport eine Sache für die Jungs. Mein Schutzengel saß am Fußende meines Bettes und lachte lange und herzlich. „Das ist die zauberhafteste Ausrede, die ich jemals gehört habe“, sagte er schließlich „aber wenn ich dich auf etwas aufmerksam machen darf: Auch Jungs mögen es sehr, wenn der Körper ihres Mädchens ein wenig straff ist. Zumindest solange, bis sie den 97. Geburtstag erreicht hat.“

Er lachte noch einmal und unterstützte mich dann bei meiner Überwindung. Nach einer Viertelstunde begann mein Körper wie von selbst tiefer zu atmen. Meine Anspannung legte sich und nach einer halben Stunde lief ich warm und leicht schwitzend und frei atmend um den kleinen See. Auf dem Wasser schwammen ein paar Enten, die mir entspannt dabei zusahen, wie ich jeden Morgen von Montag bis Freitag fast eine dreiviertel Stunde lang durch den frischen klaren Morgen lief. Mit jeder Woche wurde das Aufstehen leichter und nach einem Monat freute ich mich am Sonntagabend darauf, dass am Montag der Tag wieder mit Laufen begann.

Ich hatte mir vorgenommen, das Wochenende der Rast zu weihen, damit mein Körper die Freude der Abwechslung erleben konnte.

Nach einem Monat fühlte ich, dass meine Beine und meine Bauch- und Rückenmuskeln stärker geworden waren und mit dieser Motivation unter den Flügeln kaufte ich mir einen Satz Hanteln. Es waren Scheibenhanteln, die von 1 Kilogramm bis 10 Kilogramm aufzurüsten waren. Ich hatte in einem Buch über Körpertraining gelesen, dass Muskeln Abwechslung und Pausen brauchen, also änderte ich jede Woche das Programm, mit dem ich jeden zweiten Tag meine Muskeln zu straffen begann. Ich hatte nicht im Mindesten vor, meine Kleidergröße von Medium auf Large auszudehnen. Ich trainierte eine halbe Stunde leichte Übungen mit dem Ergebnis, dass ich nach einem halben Jahr aufrechter, elastischer und entspannter über die Straßen ging.

Ich hatte mir kluge Bücher über Ernährung gekauft und

mit Shimen Tanaka lange über die Art beraten, welches Essen für mich das beste sei. Am Ende war es so, dass ich viel Gemüse und Fisch auf meinem Teller hatte und mit Obst und Joghurt mit Honig und Nüssen meinen Tag begann. Ich rauchte nicht und ein Glas Rotwein oder meinen Liebling Bianco di Custoza erlaubte ich mir am Freitag und Samstag. Beim Rotwein war übrigens ein italienischer Wein namens Amarone mein Favorit. Ich hatte meine Alkoholerlaubnis auf diese zwei Tage beschränkt, weil ich einerseits den Genuss nicht vermissen wollte und andererseits meinen Körper nicht jeden Tag mit dieser sanften Droge beschäftigen mochte.

Als ich eines Tages mit einem Glas Amarone auf meiner Terrasse saß, hatte ich die Serviette mit der Telefonnummer von Martin auf dem Tisch vor mir liegen. Ich blickte eine Weile auf die Schrift und fragte mich, was ich mir wünschte. Nach einer halben Stunde rief ich ihn an und verabredete mich mit ihm am Sonntag zum Frühstück. Wir trafen uns in meinem Park in der Nähe des Sees, um den ich jeden Morgen meine Runden drehte. Es gab am Ufer ein wunderschönes, altmodisches Kaffeehaus mit einer Terrasse, von der aus wir den Enten zusehen konnten.

Er war schon da, als ich um 11 Uhr über die Holztreppen zur Terrasse hochging, und dann saßen wir an einem der Tische ganz nahe beim Wasser. Ich hatte mir einen Capuccino bestellt und French Toast. Martin saß vor einer Portion Pan Cake mit Ahornsirup. „Danke, dass du solange Geduld gehabt hast“, sagte ich gleich zum Beginn unseres Gespräches, und er lächelte und antwortete: „Geduld ist die heiligste aller Leidenschaften …“

Ich sah ihn erstaunt an und er goss langsam noch etwas mehr Ahornsirup über seine Pan Cakes … „Ich habe begonnen, auf eine Reise zu gehen“, sagte ich, „und ich bin nicht sicher, wie lange sie dauern wird. Ich bin sehr überrascht über unsere Begegnung, und ich freue mich, mit dir hier jetzt so entspannt und selbstverständlich zu frühstücken. Es ist als hätten wir das immer schon so getan“, sagte ich und sah ihn an.

Er hatte ein heiteres Lächeln in seinen Augen und antwortete: „Wenn wir beide es mögen, wird es vielleicht auch immer wieder so sein. Ich habe mir sehr gewünscht, dass du anrufst. Und in dem Moment, in dem das Telefon geläutet hat, war es egal, wie lange das Warten gedauert hat. Darf ich dich fragen, wohin deine Reise geht?“

Bekenntnis

Er lehnte sich in seinem Stuhl zurück und sah mich neugierig an. Ich überlegte, wie ich antworten sollte und sagte dann: „Auch für den Fall, dass du jetzt lachen wirst, möchte ich die Wahrheit sagen. Diese Reise führt zu mir … ich bin auf dem Weg, mich kennenzulernen …
Ich habe in den letzten Zeiten begriffen, dass ich ein Leben gelebt habe, das nichts mit dem zu tun hat, was tief drinnen in mir darauf wartet, ans Licht zu kommen. Ich bin in einem Zustand, in dem ich begonnen habe, alles in Frage zu stellen. Alles. Meine Herkunft. Unsere Herkunft. Unsere Gedanken. Unsere Art und Weise, in einem Café zu sitzen und French Toast und Pan Cake zu essen …
Es mag für dich vielleicht seltsam klingen, aber ich bin dabei, die Grundmauern meines Lebens neu zu vermessen und zum Teil völlig neu zu verlegen. Das braucht viel Zeit und Geduld und ich bin mitten in dem Weg durch einen dichten Wald und ich weiß noch nicht, wann ich wieder herauskomme. Aber wenn ich eines Tages wieder auf eine Lichtung trete, dann wird es die Freiheit sein, die auf mich gewartet hat. Die mir gehört und die ein Teil meines Lebens sein wird, den ich selbst erschaffen habe."

Ich blickte auf den See und suchte nach den richtigen Worten für meine Gedanken … Martin saß ruhig neben mir und hatte keine Eile …
„Ich bin dabei, draufzukommen, dass jeder Gedanke in unserem Kopf, jeder Schritt, den wir tun, jede Handlung, die

wir setzen, das Ergebnis einer Beeinflussung durch Andere ist.
Diese Anderen haben unendlich lange Zeit unsere gesamte Welt mit ihrer Sicht der Dinge manipuliert. Ich bin eben erst dabei zu entdecken, wie viel von dem, was wir als selbstverständlich ansehen, überhaupt nicht so sein muss, wie es immer schon war. Und ich bin eben erst dabei zu entdecken, dass unendlich viele Dinge, Gedanken und Handlungen, die ich setze, überhaupt nicht meine Gedanken sind. Sie sind mir heimlich und unheimlich, offen und versteckt in die Muttermilch geschüttet worden …

Ich bin dabei, auf meiner Reise herauszufinden, wer ich wirklich bin. Wie ich die Maria sein kann, die eine freie, starke Person ist. Ohne Angst, ohne Schuldgefühle, ohne doppelten Boden, mit dem ich der Welt mein wahres Gesicht vorenthalte. Ich lerne. Ich lerne jeden Schritt neu zu setzen. Ich bin dabei, alle Gesetze, nach denen unsere Welt funktioniert, zu fragen, ob sie gut sind für mich oder nicht. Ich mache dabei keine Pause aus falschem Respekt. Ich bin dabei, die falschen Götter von ihrem Thron zu stoßen. Und ich halte Ausschau nach dem Bild von Gott, das für mich in Wirklichkeit die Kraft hat, um mein Leben glücklich zu machen. Ich möchte und werde diesen Weg gehen, bis ich eines Tages dort sein werde, wo ich gerne schon am Anfang meines Lebens gestanden wäre …
In einer Welt, in der ich von Menschen umgeben bin, die alle nur einen Weg und ein Ziel kennen. Dieses einmalige Leben zu einem Fest der Wahrhaftigkeit und der Liebe zu machen. Den Weg der Macht nicht zu beschreiten, sondern dem Weg der Liebe in Geduld und Hingabe Macht zu geben. Dann werde ich bei den Menschen angekommen sein,

mit denen ich den Rest meines Lebens verbringen möchte. Ja … das ist so ungefähr das, was ich zurzeit tue … und jetzt kannst du dir vielleicht vorstellen, dass das eine gewisse Aufmerksamkeit verlangt. Meine Konzentration und meine Geduld sind zurzeit fast völlig mit diesem Aufräumen in meinem Haus belegt. Ich habe eben erst den Keller ausgemistet und arbeite mich von der Küche ins Wohnzimmer vor. Ich schwitze dabei und die Haare hängen mir ins Gesicht und ich trage ausgebeulte Trainingshosen mit Ölflecken …"

Martin trank einen Schluck Kaffee und sah mich an. „Bitte erzähle weiter", sagte er dann.

Ich sah einer Möwe zu, die tief über dem Wasser flog und suchte ein Bild, mit dem ich Martin meine Gefühle beschreiben wollte.

„Ich habe kaum Zeit, um aus dem Fenster zu sehen, weil ich langsam erkenne, wie schön der Boden in meinem Haus eigentlich ist. Ich habe die alten festgeklebten verfilzten Teppiche rausgerissen und entdecke einen uralten, wunderschönen Holzboden, der elastisch schwingt, wenn ich auf ihm gehe.

So fühlt sich mein Leben zurzeit an. Das heißt aber auch, dass ich als Frau eben erst dabei bin herauszufinden, was ich wirklich will. Ich bin zum ersten Mal in meinem Leben dabei, mich selbst wirklich kennenzulernen.
Ich lerne, was meinem Körper gut tut. Und ich handle danach. Ich lerne zu spüren, wie viel Kraft und Lust auf Bewegung und Ruhe in ihm stecken. Ich übe, mich selbst lieb

zu haben, wenn ich an meine Grenzen stoße und ich schaue, wie weit diese Grenzen echte Grenzen sind.
Wann muss ich sie respektieren und wann kann und darf und muss ich sie ausdehnen, um zu wachsen.
Ich erfahre, dass mein Leben als Frau eingesponnen ist in Jahrtausende alte Bilder und Vorstellungen, wie mein Leben als Frau sein soll. Ich erlebe in meiner Umgebung, dass es Erwartungen gibt. Erwartungen, wie ich mein Leben als Frau zu leben habe ...

Es beginnt mit der Art, wie ich lächeln oder gehen und stehen soll, um weiblich zu wirken. Es führt zu den gegenteiligen Erwartungen der Menschen, die von mir möchten, dass ich nicht lächle und anmutig in einem leichten Kleid über den Platz vor dem Dom gehe, um das Bild der Frau in ein anderes Licht zu stellen.

Ich erfahre, dass es jahrtausendelang nur eine Aufgabe für die Frau gegeben hat. Weich zu sein und Kinder zu bekommen. Ich erlebe den Gegenstoß von suchenden Frauen, die jeder Form von Unterdrückung entgehen wollen und damit beginnen, nicht mehr zu lächeln und so hart zu sein wie der konventionelle Mann.

Ich frage mich, wo mein wirklicher Platz ist in diesem aufbrechenden Jahrtausend. Ich sehe, dass wir alle – Frauen wie Männer – verwirrt im Baukasten unserer Verhaltensweisen wühlen, weil die Steine, aus denen wir früher unsere Türme gebaut haben, keinen festen Halt mehr haben. Ich spüre, dass ich in eine Welt geboren bin, die zum ersten Mal seit Jahrtausenden damit beginnt, ihre Landkarten neu zu vermessen. Die Landkarten, auf denen die Wege zu finden sind, die zueinander führen. Vom Haus der Männer zum Haus der Frauen …

Ich fühle, dass es auf der einen Seite eine Bewegung gibt, die den Duft der Freiheit spürt. Gleichzeitig sehe ich, dass die Angst vor Veränderung den anderen Teil der Menschen anregt und sie noch härter und unterdrückender macht als je zuvor. In dieser Welt, die wie ein Schiff von einer Seite zur anderen schaukelt, versuche ich, den Mittelpunkt zu finden, der das Schiff meines eigenen Lebens ausbalanciert.

All das kostet viel Zeit.
Es kostet Zeit, sich in Geduld die alten Bücher anzusehen, in denen steht, dass das Weib dem Manne untertan sein soll.
Es kostet Zeit, den Mut zu finden, diese Bücher zu verbannen.
Es kostet Zeit, nicht in Wut zu verfallen über diesen Wahnsinn, der immer noch dafür verantwortlich ist, dass Frauen gesteinigt werden, wenn sie den Mann küssen, den sie lieben.
Es kostet Zeit, die Bewegung der Befreiung nicht explodieren zu lassen und dadurch neues Unrecht hervorzurufen.
Es kostet Zeit, den Staub der Jahrtausende abzuwaschen und in Mitgefühl und Heiterkeit und Liebe einzutreten.
Es kostet Zeit, die Kraft zu finden, den Feinden der Lebendigkeit zu verzeihen.
Es kostet Zeit und Geduld und Kraft, sie gleichzeitig wissen zu lassen, dass Güte und Mitgefühl kein Zeichen von Schwäche sind und dass in unserer neuen Zeit kein Platz mehr ist für Ohnmacht und Kreuzigung.
Es braucht Geduld und Ausdauer, den Mächten der Fins-

ternis zu zeigen, dass das Ziel ein Leben im Paradies ist. Voll Gelassenheit, Freiheit und Liebe. Und dass alle, die den Wahnsinn der Vergangenheit fortführen wollen, auf deutlichen, unbeugsamen Widerstand stoßen werden.

Die Zeit der Ohnmacht, des Erduldens und des Schweigens in falsch gelehrter Bescheidenheit ist vorbei. Jeder Mensch hat das Recht, seine Lebensgeschichte in Freiheit so zu schreiben, wie sein Herz es ihm rät. Diese Freiheit geht so weit wie sie nur will. Ohne die Freiheit des Menschen neben mir zu beschneiden. In dem Augenblick, in dem mir irgendein anderer Mensch vorschreiben will, wie meine Gedanken, meine Gefühle und mein Leben auszusehen haben, hat er in meinem Dasein nichts verloren.
Ich gebe Respekt und ich erwarte Respekt. Und nur wer bereit ist, sein Leben der Suche zu widmen nach der Freiheit, die ins Paradies führt, ist ein Begleiter auf meinem Weg, der das selbe Ziel in sich trägt … ja … und aus all diesen Gründe ist es so, dass ich zur Zeit sehr viel Zeit brauche, um diesen Kurs zu halten.
Er ist mir noch nicht zur gesunden Gewohnheit geworden. Ich übe. Ich übe jeden Tag und auch dieses Gespräch hier mit dir ist eine Übung. Ich möchte dir nämlich sagen, dass ich deine Nähe als sehr sehr angenehm empfinde. Du gefällst mir sehr und ich würde mich freuen, wenn du verstehen könntest, dass ich dich um Geduld bitte. Geduld für meinen Weg für meine Suche und meine Hoffnung. Ich würde dich gerne wieder sehen und zusehen, wie unser Kaffee kalt wird, weil ich so viel zu erzählen habe. Ich kann jetzt noch nicht sagen, wann und wie unsere Geschichte weitergehen wird, aber ich wünsche mir sehr, dir noch sehr oft dabei zuzusehen, wie du erstaunlich viel Maplesirup

auf deine Pan Cakes gießt … ja … das alles musste gesagt werden …“

Martin sah mich lächelnd an und sagte: „So in etwa habe ich mir gedacht, dass die Dinge liegen und im Übrigen – ich finde kalten Kaffee sehr erfrischend.“

Ich sah ihn überrascht an und fragte „Wieso hast du dir das gedacht, ich meine, dass ich auf diesem Weg bin?“

„Weil man es dir ansieht.“

„Ja?“

„Ja, du hast einen sehr wachen und suchenden und aufmerksamen Ausdruck in deinem Gesicht, deinem Körper und in deinem ganzen Wesen. Wenn ich dir dabei zuschaue, wie du vorhin die Treppen hochgestiegen bist, wie du da sitzt und deine Augen leuchten, wenn du erzählst, dann muss ich feststellen, dass du eine sehr attraktive Frau bist. Erstens durch das Geschenk der Natur – und das sollte jetzt ein Kompliment sein – und zweitens, was unendlich wichtiger ist, durch die Farben deiner Lebendigkeit. Wenn es dir Freude machen sollte, möchte ich dir sehr gerne diese Beobachtung mitteilen.“ Er lächelte und bestellte für uns beide einen frischen Kaffee.

„Weißt du dann auch, dass ich in der nächsten Zeit noch nicht sehr viel mehr Raum habe für unsere Begegnung als am Wochenende?“, fragte ich Martin.

Er sagte: „Das ist wohl eine Selbstverständlichkeit. Wenn

man einen Bergsteiger gerne hat, wartet man mit Freude, wenn er vom Gipfel wieder in die Hütte kommt, wo das Feuer brennt. Und wenn man ihn sehr gerne hat, dann freut man sich für ihn und die Zeit, die er mit seinem geliebten Berg verbringt … kurz gesagt: Auch ich habe weite Expeditionen in das Land der Seele hinter mir und vor mir und gerade jetzt bin ich offenbar auf seiner sehr schönen Spur … und damit meine ich uns Beide. Mach dir also bitte keine Sorgen der üblichen Art. Ich freue mich, wann auch immer wir beide Zeit für unsere nächste Begegnung finden."

Ich sah ihn lange an und sagte dann: „Ich freue mich sehr über deine Antwort."

Nach einer Weile, in der wir still nebeneinander saßen, sagte Martin: „Ich sehe, dass du offenbar damit begonnen hast, deinen Körper zu pflegen, gut zu ernähren und auch zu trainieren?!"

„Ja, das habe ich."

„Darf ich dir einen Vorschlag machen?"

„Gerne."

„Ich selbst habe diesen Hinweis von einer sehr guten Freundin auf einer Wanderschaft durch die Wüste bekommen. Er lautet: Der Körper lügt nicht!"

„Was soll das heißen?"

Ich lehnte mich entspannt in meinen Stuhl und hielt meine Tasse mit Capuccino in meinen Händen.

„Der Weg auf dem du bist, kann dich zu hunderten verschiedenen Abzweigungen führen, die alle in Sackgassen enden.“

„Ja?“

„Es gibt einen Weg, auf dem du diesen mühseligen Umwegen ausweichen kannst. Es ist keine Philosophie, keine Religion, kein Aberglaube. Es ist die Botschaft, die dein Körper für dich bereithält. In ihm ist alle Wahrheit enthalten, die du brauchst, um frei zu werden. Alle Belastungen deiner Kindheit, alle vergiftenden Gedanken und Nahrungen, alle Wirkungen jedes einzelnen Erlebnisses sind in ihm gespeichert. Er möchte dich beraten auf den Weg zur Freiheit und Gesundheit. Denn Gesundheit ist der erste und wichtigste aller Schlüssel, die das Tor zum Paradies öffnen …“

Ich sah ihn lange an. „Warum verwendest du dieses Wort?“, fragte ich ihn.

„Paradies?“

„Ja …“

„Nun, ist das nicht ein Wort, mit dem wir alle das Bild des höchsten Glücks verbinden? Ich habe es verwendet, um dir zu sagen, dass der Weg zum Glück über den Körper und nur über den Körper führt. Er ist das Gefäß, in dem unsere Seele, unser Herz und unser Wesen zu Hause sind. Und wer ihn nicht achtet und meint, Gedanken mögen der Schlüssel zum Paradies sein, erkennt nicht, dass alle unsere Gedanken nur Ergebnisse unserer Gefühle sind. Und die wiederum entstehen in unserem Körper. In einem vergifteten Körper entstehen negative, lebensfeindliche Gedanken. In einem befreiten, lebendigen, gesunden Körper entsteht das Bewusstsein, dass das Paradies eine Realität ist, die in uns liegt. Nur in uns."

„Und was rätst du mir jetzt?"

„Widme dich der Kinesiologie. Dort wirst du alle Antworten finden, auf alle deine Fragen. Das ist ein Weg, in dem dein Körper gefragt wird, wie er auf jede Art von Gedanken, Tönen, Nahrung und Menschen in deinem Leben reagiert. Und es gibt nur zwei Reaktionen. Er wird gestärkt oder geschwächt. So einfach ist das. Du nimmst eine Zigarette in die Hand und dein Körper reagiert mit Schwächung. Du denkst an Musik von Mozart und wirst stark. So einfach ist dieser Weg.

Jedes Erlebnis ist in dir gespeichert. Dein Körper und in ihm dein Unterbewusstes hat sich jede Sekunde deines Lebensweges gemerkt. Frage deinen Körper, ob er die Schmerzen loswerden will und frage ihn, was ihm gut tut. Er wird dir ohne Umwege und Berechnung die Wahrheit sagen. Er kann nicht diplomatisch sein oder dich betrügen. Hör ihm zu, vertrau ihm und lebe nach seinem Ratschlag.

Der letzte, gültige Schlüssel zu deiner Freiheit bist nur du. Und du bist dein Körper. Und er ist deine Welt der Gefühle. Und die geben dir die Richtung, die du gehen sollst. Zur Freiheit, zur Gesundheit, zur Fähigkeit zu lieben, und letzten Endes ins Paradies."

Ich hatte aufmerksam zugehört und fragte Martin: „Wo

finde ich Menschen, die mir dabei helfen?" Er lächelte mich an und sagte: „Du kennst die ‚World Angels' genauso wie ich. Auf dieser Seite in deinem Computer findest du alle Helfer dieser Welt und natürlich auch Frauen und Männer in dieser Stadt, in deiner Nähe, die Kinesiologie praktizieren."

Ich sah ihn lange an und dachte nach. Nach einer Weile sagte ich: „Wieso bist du der erste Mann in meinem Leben, mit dem ich über diese Dinge reden kann? Wieso bist du charmant, attraktiv und humorvoll und lässt mich spüren, dass du gerne mit mir zusammen bist? Wieso habe ich gleichzeitig nicht im Mindesten das Gefühl, dass du all deine Freundlichkeit nur als Mittel zum Zweck einsetzt, um mich ins Bett zu bekommen?
Ich sehe und fühle, dass du auch körperliches Interesse an mir hast und trotzdem respektierst du meinen Raum. Der Raum, in dem ich zurzeit lebe, ist sehr intim und kostbar und ich staune, dass ich hier überhaupt mit einem Mann sitzen und meine Zeit mit ihm verbringen kann. Mein Weg führt zurzeit sehr nach innen. Gleichzeitig freue ich mich wie ein Kind, dass du das erkennst und ganz einfach meine Begleitung bist. In einer Weise, wie ich sie noch nie erlebt habe!"

Martin lachte und atmete tief ein und aus. Er blickte über den See, und ich sah, dass es in seinem Inneren arbeitete.

„Ich weiß, was du meinst. Ich freue mich, dass mein Dasein so bei dir ankommt. Du bist für mich eine große Freude. Ich habe lange Wege hinter mir, auf denen ich aufmerksam nach links und rechts geschaut habe, aber eine Frau wie du ist mir so noch nicht begegnet. Das ist das eine. Das andere ist dass ich weiß, dass wir in einer Zeit leben, in der das, was wir hier erleben, der Beginn einer neuen Kultur sein kann. Einer Kultur, wie es sie bis heute noch nicht auf diesem Planeten gegeben hat. Die Kultur der gegenseitigen Achtung von Mann und Frau.

So einfach dieser Satz klingt, so unmöglich war es in den letzten Jahrtausenden, ihn zu einer gelebten Realität für alle Menschen zu machen. Lange Jahrtausende war das Verhältnis zwischen Mann und Frau nicht von Respekt, Vertrauen, Offenheit und Liebe getragen. Lange Jahrtausende waren die Rollen verteilt, so wie sie die Biologie scheinbar vorgeschrieben hat. Aus diesem urzeitlichen Zustand von jagen, Kinder auf die Welt bringen und kämpfen um Macht und Geld haben sich riesige Türme auf Traditionen aufgebaut. Diese starren Türme haben es verhindert, dass zwischen Mann und Frau eine lebendige, heilige, natürliche, liebende und vor allem bewusst gelebte Balance entstehen konnte. Es schmerzt mich unendlich, sagen zu müssen, dass der Hauptfehler bei den Männern gelegen hat. Dass Frauen in einer rauen Umwelt Schutz brauchen, um in Frieden die Kinder aufzuziehen, kann ich gerade noch verstehen. Aus der nur scheinbaren körperlichen Schwäche dieser Situation ein Gefängnis der Unterdrückung für Frauen zu machen, ist ein Unrecht.
Dieses Unrecht ist uns erst vor einigen wenigen Jahren in einigen wenigen Menschen bewusst geworden. Während wir hier sitzen und reden, wird soeben ein 12jähriges Mädchen im Osten an einen 70jährigen Mann verkauft. Dann wird sie verschleiert und weggesperrt. Und das im 21.Jahrhundert …

Wir aufgeklärten Zyniker im angeblich freien Westen sollten uns allerdings hüten, uns arrogant zurückzulehnen und mit dem Finger auf diese Milliarde von Menschen zu zeigen, die ihre Frauen unter schwarzen Tüchern versteckt. Fast die gleichen Regeln haben noch vor 100 Jahren in unseren Straßen gegolten.
Der einzige Unterschied besteht darin, dass wir vor ein paar Jahren damit begonnen haben, die sichtbarsten Äußerlichkeiten abzustreifen. In der Realität unserer Welt gibt es noch lange nicht eine tiefgehende alles umfassende Kultur der Gleichberechtigung. Der Freiheit. Und der Harmonie.
Keine der Religionen, an die von Milliarden von Menschen geglaubt wird, hat es vollbracht, Mann und Frau gleichwertig auf den Altar ihrer Anbietung zu setzen. Und dort – in den Tempeln, in denen unser Geist, unsere Phantasie und unser Glaube ihren Ausdruck finden, dort ist die Wurzel unseres Alltags.

Solange es in unserem Fernsehen keine Bilder gibt von einem Papst, der glücklich lachend mit seiner umwerfend erotischen Frau einen Strand entlang spaziert, um die aufgehende Sonne zu feiern, solange leben wir in der Finsternis unserer Seele. Vor mehr als 3000 Jahren hat es einmal den Versuch gegeben, dieses Bild zur Gottheit zu erklären. Echnaton und Nofretete haben ein Leben geführt, in dem ihre Verbundenheit und ihre Gleichberechtigung in den Bildern ihrer Tempel ewigen Ausdruck gefunden haben. Einmal hat es zwei Menschen gegeben, die diesen Gedanken zu ihrem Gott gemacht haben. Den Gedanken, dass Mann und Frau die zwei Teile eines Wesens sind. Dieses Wesen hat die schönste Kraft im Universum und seine Macht strahlt so hell wie die Sonne. Zwei Menschen, Maria, zwei!

In dreitausend Jahren. Und schon nach ihrem Tod haben die Priester der Macht und der Unterdrückung die Sonnentempel zerstört und die Unbarmherzigkeit wieder auf den Thron gesetzt.
Seit diesen Zeiten haben alle Religionen diesen Akt der Zerstörung der Liebe fortgesetzt. Selbst wenn sie von Liebe plappern, sind ihre Worte nur hohle Phrasen und kalte Lügen. Es kann keine Rede von Liebe sein in einer Geisteswelt, die die Hälfte der Menschheit vom Gottesdienst ausschließt. So einfach und unmissverständlich ist die Botschaft, die die Mächte der Finsternis seit Jahrtausenden verbreiten. Die Frau hat zu schweigen. In der Kirche. In der Liebe und letzten Endes in jedem Bereich des Lebens …
Wer diese Wahrheit unserer Herkunft betrachtet und nicht erkennt, dass unsere Welt ein Jahrtausende altes Irrenhaus ist, dem ist nicht zu helfen. All diese Gedanken machen mich aber nicht wütend oder mutlos. Und wenn sie mich doch wütend machen, dann ist es eine heilige Wut. Eine Wut, die ich verwandeln möchte in die Kraft, einen neuen Weg zu gehen. Einen Weg, den es noch nie gegeben hat. Den Weg der Harmonie zwischen Mann und Frau.

Ich kann zutiefst verstehen, wie tief beleidigt die Seele der Frau ist, die seit Jahrtausenden darauf wartet, ihren Platz einzunehmen. Ich kann zutiefst verstehen, dass die Seele der Frau in heiliger Empörung ihr Recht einfordert. Ich verstehe zutiefst, dass die Seele der Frau alle Welten in unserer Welt beleben und erleben muss und nicht nur die Welt des Kinderzimmers. Und weil ich all das verstehe, hoffe ich, dass es möglich sein wird, zum ersten Mal auf diesem Planeten Frieden zu erleben. Frieden, der Mann und Frau ein Paradies erschaffen lässt, das nur dadurch existiert, dass sein Dach von zwei gleichstarken Säulen getragen wird. Der Frau in ihrer ganzen Schönheit und Kraft und dem Mann mit seiner ganzen Schönheit und Kraft."

Martin lachte und trank seinen Kaffee aus. „So, und jetzt stell dir vor, das was ich soeben gesagt habe, wären die Worte des Imam beim Freitagsgebet in Mekka."

Martin stellte seine Tasse ab und lachte lange. Ich saß da und beugte mich zu ihm und nahm seine Hand. Er sah mir offen in die Augen.

„Bitte, Martin, hör nie auf, so zu denken und so zu reden. Ganz egal, was die Welt rund um dich dazu sagt. Ganz egal, ob du das Gefühl hast, mit deiner Sehnsucht allein zu sein. Ich denke und fühle seit einiger Zeit genauso und ich will, dass du weißt, was ich jetzt auch weiß. Wir sind nicht allein ..."

Er sah mich an und hielt meine Hand. „Ja, Maria, wir zwei wunderbar Verrückten sind nicht allein. Wir sind aus der Welt des alles durchdringenden Wahnsinns hinaus verrückt worden und auf dem Weg zu unserer Gesundheit. Und eines sollst du wissen: So wie du und ich denken, so denken schon Hunderttausende und es werden mit jedem Atemzug mehr. Und wer mir sagen will, dass es sinnlos ist, gegen die Macht der 10.000 Jahre alten Perversion aufzustehen, dem sage ich: ‚Widerstand ist so sinnlos, dass man ihn leisten muss.' Alle ‚ewigen' Reiche sind früher oder später durch die Macht der Lebendigkeit auf dem Müllhaufen der Geschichte gelandet. Genauso wird es eines Tages dem Kreuz, dem Tschador und der Lieblosigkeit ergehen. So wahr mir

Gott helfe." Martin ließ meine Hand wieder los und lachte noch einmal. Er sah aus wie ein glücklicher Junge, dem es gelungen ist, seinen Drachen am Ende des Tages doch noch steigen zu lassen.

„Gut", sagte ich, „als praktisch denkende Frau muss ich jetzt zu deinem Vorschlag zurückkommen, dass ich Kinesiologie anwenden soll, um mein System zu putzen – ja?!"

Martin sah mich an und seufzte tief und entspannt. „Maria", sagte er dann „mit dir ist es so lustig – weißt du das?"

„Heißt das, ich bringe dich zum Lachen und unsere Beziehung hat dadurch eine Chance?"

„Oh Gott – du denkst dasselbe wie ich", rief Martin und richtete sich auf."

„Ja? Was denn?"

„Ich kann es auch nie glauben, wenn ich in allen möglichen Medien diesen sagenhaften Standardsatz von Frauen lese, wenn sie nach dem Geheimnis ihrer Beziehung gefragt werden: ‚Er bringt mich zum Lachen!' Oh Gott! Was für ein Satz? ‚Er bringt mich zum Lachen!' Das tut Donald Duck auch.
Wann hast du schon einmal gelesen: ‚Ich liebe meinen Mann, weil er mir zuhört. Weil er mir die Wahrheit seiner Seele und seines Herzens zeigt. Weil seine Gedanken von Toleranz, Großzügigkeit und liebevoller Stärke sprechen. Weil die Welt durch unsere Gemeinsamkeit zu einem Paradies geworden ist und weil wir jeden Tag das Geschenk

der Wahrheit feiern. Und diese Wahrheit heißt: die Liebe ist die Sonne der Seele …‘
Wann, Maria, wann werden wir diese Sätze lesen?!“

„Wenn man uns einmal fragen wird …“

Martin wurde ernst und sah mich an. „Ja … wenn man uns einmal fragen wird …“

Wir saßen an unserem Tisch und atmeten tief und weich. Die Sonne begann langsam zu sinken und ihr Bild im See zu spiegeln …

Ich saß da und fühlte das Echo unserer Worte. Mir war als wäre Kajowa bei mir. Es war seltsam, mit Martin auf eine Weise zu reden, die ich bislang nur von meinen Wanderungen mit Kajowa kannte. Ich sah ihn an und freute mich, dass es ihn gab. Er saß entspannt zurückgelehnt in dem Korbstuhl neben mir. Er trug helle Hosen und ein helles Hemd und seine Haut war leicht von der Sommersonne gebräunt. Seine Haare hatten einen weichen Glanz und er sah aus, als wäre er gerade aus dem Bett gestiegen. Ich beugte mich vor und fasste sein Haar am Nacken und streichelte ihn kurz und sanft. „Ich mag dich …“, sagte ich, „… ich mag dich sehr …“

Er sah mich an und lächelte und sagte: „Ich dich auch …“
Dann schwiegen wir und blickten auf den See …

Nach einer halben Stunde sagte ich: „So … und jetzt muss ich langsam wieder zu mir nach Hause gehen … ich werde mir einen ruhigen Abend machen … auf meiner Terrasse sitzen und an uns denken … ist das in Ordnung?“

„Das ist in Ordnung, Maria … ich werde dasselbe tun, auch wenn ich keine Terrasse habe. Ich werde mir ein Glas ‚Bianco di Custoza' einschenken … eiskalt… und mich darüber freuen, dass unsere Wege sich getroffen haben … und ich werde mir wünschen, dass du bei den ‚World Angels' das findest, was du suchst!"

„Einen Hinweis auf Kinesiologie! …weil ich am Abend danach suchen werde!"

„Genau das habe ich gehofft."

Wir sahen uns an und dann zahlten wir und gingen. Am Ausgang des Parks umarmten wir uns und Martin sagte: „Also dann … Maria … bis gleich!"

Ich sah ihn an und sagte: „Bis gleich …" Dann gingen wir auseinander.

Nach ungefähr 100 Metern drehte ich mich noch einmal um … Martin hatte sich auch umgedreht … dann lachten wir und ich bog um die Ecke in meine Straße …

Weiter …

An diesem Abend schaltete ich meinen Computer ein und suchte auf der Seite der „World Angels“. Ich fand eine Kinesiologin, die in meinem Stadtteil lebte und arbeitete und eine Woche später saß ich in ihrer Praxis.

Sie hieß Brigitta und war eine sehr attraktive Frau von 55 Jahren. Sie hatte dunkelbraunes Haar und wache, heitere Augen. Mir fiel auf, dass sie am linken Handgelenk ein weißes Wollband trug und fragte sie, woher sie diesen Schmuck hatte. Sie lächelte und schwieg einen Moment lang. Dann sagte sie: „Dieses Band hat mir mein Mann geschenkt an dem Tag, der für uns beide sehr kostbar war …“

Ich fühlte, dass sie mir zu diesem Zeitpunkt nicht noch weitere Details erzählen wollte und beließ es dabei. Dann wandten wir uns meiner Lebensgeschichte zu.

Brigitta erklärte mir, dass es in meinem Wesen und in der Folge in meinem Körper Erinnerungen gibt. Erinnerungen an alles, was jemals gut oder nicht gut gewesen war. Sie machte mich darauf aufmerksam, dass wir in einem ständigen Dialog mit der Welt seien, die uns umgibt. Jeder Mensch, jede Pflanze, jede Musik sei für unser System von Bedeutung. Jede Begegnung frage uns, ob wir uns öffnen wollten oder nicht. Ob wir Energie erhalten sollen oder Energie verlieren. In der Kindheit hatten wir oftmals keine Möglichkeit der Wahl. Aus dieser Zeit stammten die tiefsten

Belastungen und Beschädigungen unseres Seelenkörpers. Dort können wir beginnen, unser Leben zu heilen. Dort ist der Anfang der Straße, auf der wir als Erwachsene gehen. Und dorthin mussten wir reisen.
Dorthin, in unsere Vergangenheit müssen wir tauchen, um sie zu heilen und unser Leben zum Guten zu verändern.

Ich hörte ihr zu und fühlte mich von der herzlichen und liebevollen Art, in der sie mit mir sprach, umarmt. Ich saß ihr gegenüber und hatte mit einem Mal das Bedürfnis, diesem Menschen von meinen tiefen Schmerzen der Vergangenheit zu erzählen.
Ich berichtete Brigitta von den verstörenden Streitereien meiner Eltern, deren wütende Stimmen ich niemals vergessen konnte ... ich erzählte ihr von dem Sohn, den ich verloren hatte, und ich sprach über meine Trauer, in meinem bisherigen Leben noch niemals mit einem Mann wirklich glücklich gewesen zu sein. Ich erzählte ihr auch von meinem Gespräch mit Martin und dass ich dabei zum ersten Mal eine Hoffnung in mir erlebt hatte. Dann, nach einer Stunde, in der ich geredet hatte und Brigitta meine Zuhörerin war, bat sie mich, auf einem schmalen hohen Bett auf dem Rücken zu liegen und die Augen zu schließen.

Sie erklärte mir, dass alle Erfahrungen und Gefühle im Moment der Erfahrung in unserem Gehirn abgespeichert werden wie in einem biologischen Computer. Wir werden durch das Wachrufen der Erinnerungen an den Schmerz von diesem Teil unseres Gehirns gesteuert und erleben ihn immer wieder und wieder. Diese Erinnerung ist in unseren Alltag übergegangen wie ein Tabakrauch in alte Kleider. Diesen üblichen Geruch können wir löschen.

Brigitta erklärte mir, dass die Stellung der Augen mit den Gefühlen synchronisiert ist, die in meinem Kopf gelagert sind. Wenn man in das traurige, schmerzende Gefühl eintauchte und dabei gleichzeitig kontrollierte Augenbewegungen vollführte, könnte man einen Impuls in das Gehirn schicken, um das traurige Gefühl aufzulösen.
Ich war sehr überrascht zu hören, wie einfach es zu sein schien, die Welt meiner Gefühle zu verwandeln und arbeitete mit Brigitta gemeinsam an dieser Erinnerung an meine Kindheit.

Im Anschluss an ihre Behandlung, die ungefähr eine Stunde dauerte, setzte ich mich wieder in meinen Stuhl und wir redeten über meine Gefühle. Ich fühlte den Beginn einer neuen Leichtigkeit, wenn ich ihr jetzt von meinen Eltern erzählte und sie sagte mir, dass wir diese Übung regelmäßig machen mussten, um eine tiefgreifende Verwandlung zu erzielen.

Ich saß vor Brigitta und sagte: „Ich möchte sehr gerne weiterhin zu dir kommen. Ich glaube eine erste Erleichterung zu spüren, die mich einen Duft von Freiheit atmen lässt. Es gefällt mir ganz besonders, dass diese Seelenarbeit mit dir nicht nur in Gesprächen und Gedankengängen besteht, sondern mit meinem Körper beginnt. Ich beginne zu vertrauen, dass es mir nur möglich sein wird, mit deiner Hilfe die Bleigewichte der Vergangenheit abzulegen."

Brigitta stand auf und umarmte mich. „Du hast aus deinem eigenen Willen heraus begonnen, den Weg der Gesundheit zu gehen. Wenn du diesen Weg weitergehst, wirst du eines Tages im Paradies ankommen. Das Paradies, das in dir darauf wartet, dass du seine Türe öffnest, du wirst es sehen."

Nach diesen Worten umarmten wir uns wie zwei Freundinnen, die einander nach langer Zeit wiedergefunden hatten. Dann ging ich nach Hause und begann, ein Tagebuch zu schreiben.

Ich saß den ganzen Abend auf der Terrasse und erzählte meinem Buch all die Überraschungen, denen ich in den letzten zwei Jahren begegnet war.

Ich hatte beim Schreiben das Gefühl, nicht alleine zu sein. Ich blickte von Zeit zu Zeit auf und ließ meinen Blick über meine Umgebung wandern. Auf dem Tisch, an dem ich saß, stand eine Kerze in einem Windglas und brannte ruhig und gleichmäßig.
Auf dem Dach, das meiner Wohnung gegenüber lag, saßen zwei Tauben und bereiteten sich auf die Nacht vor. Ein sanfter, warmer Wind strich von Zeit zu Zeit über mein Gesicht und die Blätter vor mir füllten sich langsam mit meinen Erinnerungen.

Dann hörte ich die Stimme meines Schutzengels. Er sagte mit ruhiger Stimme zu mir: „Es ist alles da … Alles, was du suchst. Es wartet. Du musst es dir nur erlauben …“
Ich lehnte mich zurück und hörte zu schreiben auf. „Wie soll ich das verstehen?“, fragte ich ihn. Als Antwort fühlte ich eine schwebende Heiterkeit. Es war als würde jemand sanft über meinen Kopf streichen. Ruhig und liebevoll. Mir war klar, dass sein Schweigen eine Aufforderung war. Eine Aufforderung, selbst zu finden, was es in mir suchte …
Ich stand auf und legte mein Tagebuch im Wohnzimmer auf meinen Esstisch. Dann bereitete ich mich für die Nacht vor und ging ins Bett.

Ein Traum …

Ich drehte das Licht ab und sah aus dem Fenster. Die Sterne hatten begonnen zu leuchten und ich atmete tief und ruhig. Ich dachte an die Gefühle, die ich bei Brigitta erlebt hatte. In meinem Herzen war sehr viel Schmerz zu finden und gleichzeitig war da die Möglichkeit, aus dem Gefängnis der Vergangenheit hinauszugehen. Ich fühlte, dass mein Leben von eisernen Fesseln festgehalten worden war. Diese Fesseln waren meine Sorgen der Kindheit, die Schmerzen der jungen Frau, die ihr Kind verloren hatte, die Enttäuschung eines Menschen, der Liebe gesucht hatte.

All diese Erfahrungen spielten eine langsame und wehmütige Melodie in meiner Seele. Gleichzeitig fühlte ich aber, dass ich von Menschen umgeben war, die mir die Hand reichten und mich ermunterten, den nächsten Schritt in meinem Leben als meine Befreiung zu erkennen. Es waren liebevolle Seelen, die meiner Seele die Ahnung gaben, dass das Leben ein Paradies sein kann.

Ich fühlte mich als wäre mein Dasein auf einer Waagschale angekommen. All die Erlebnisse mit Kajowa, Shimen, Brigitta und Martin, die Stunden mit meinen Kindern und die stille Nähe meines Schutzengels … all das vereinigte sich zu einer Welle, die mich sanft hochzuheben begann und mich von der Realität meines bisherigen Lebens forttrug …

Ich fühlte eine tiefe Entspannung und schlief ein.

In dieser Nacht hatte ich einen seltsamen Traum … Ich wachte auf und ging über eine unendlich weite Ebene. Sie war übersät mit zahllosen Ruinen. Trümmer von Gebäuden und riesigen Statuen waren über das endlose Feld verstreut. Es war still und dumpf. Über der Landschaft hing eine tiefe, bleierne Wolkendecke …
Ich ging zwischen riesigen Kratern, in denen schwarzes Wasser stand und verfallenen Tempeln zum Horizont. Kein Geräusch war zu hören. Alles schwieg dumpf und atemlos.

In der Ferne sah ich einen Berg. Ich ging auf ihn zu und bemerkte eine Treppe aus gelbem Sandstein. Ich begann, die Stufen hochzusteigen, und nach einiger Zeit kam ich an die Wolkendecke. Sie lag dicht und undurchdringlich über meinem Weg. Ich ging in sie hinein und war von grauem, dichtem Nebel umgeben.

Ich konnte nur mit Mühe die gelben Steinstufen erkennen und setzte automatisch einen Schritt vor den anderen. Ich hatte das Gefühl, von Millionen von Augenpaaren beobachtet zu werden. Millionen von flüsternden Stimmen drangen auf mich ein …

Ich konnte nicht verstehen, was sie sagten, ich fühlte nur, dass sie mich zur Umkehr zwingen wollten. Ich hörte nicht auf ihre Einflüsterungen und bemerkte, dass meine Angst vor ihnen mit jedem Schritt weniger wurde …

Dann fühlte ich plötzlich Berührungen. So, als würden hunderte von Händen, die in einem Zwischenreich lebten, meinen Körper anfassen wollen. Sie waren keine Phantasie, aber sie waren auch nicht völlig körperlich …

Die Hände schienen zu Wesen zu gehören, die mich festhalten wollten … wie träger, schwerer Schlamm legten sie sich über meine Beine und begannen, an mir hochzusteigen … Ich setzte all meine Kraft ein und zog meinen Körper aus diesem Morast und stieg schwer atmend weiter und höher …
Mit einem Mal schickten mir diese fremden, dunklen Wesen einen klagenden, heulenden Ton hinterher … diesser dumpfe, düstere Laut schien durch mich hindurchzudringen und meine Lebenskraft lähmen zu wollen … ich beugte meinen Kopf tief nach vorne und schob mich wie gegen einen heranbrechenden Sturm durch diesen bedrängenden Gesang, bis ich auch ihm entkommen war … dann kam ich durch eine Gegend, in der dünne, kalte Bänder aus unbekanntem Stoff mich umschlingen wollten … hier aber fühlte ich zum ersten Mal, dass ihre kalte Kraft ohnmächtig wurde … sie wollten mich halten und bändigen … sie schienen kaum hörbare Verwünschungen gegen mich zu flüstern … aber all ihre Versuche, mich aufzuhalten, scheiterten … Es fühlte sich an wie Spinnweben, die über das Gesicht streifen, wenn man durch einen dunklen, alten Keller geht. Ich wischte sie weg und ging unbeirrt weiter …

Ich fühlte, dass die Stimmen, die Blicke und die Hände keine wirkliche Macht hatten. Sie waren nicht imstande, mich aufzuhalten, solange ich entschlossen weiterging. Als ich einen kurzen Moment lang stehen blieb, um mich umzusehen, begannen sie sofort, mich zu umschlingen. Die Zuflüsterungen wurden intensiver, die Berührungen belastender. Ich hörte einen Augenblick lang zu und fühlte, dass in dieser grauen Einsamkeit eine große Angst darauf wartete, mich zur Umkehr zu bewegen …

Ich begann, weiterzugehen und fühlte, dass diese eigenartigen Mächte durch meine Entscheidung, ihre Kraft verloren. Als ich das erkannt hatte, begann ich entschlossen schneller zu gehen. Ich konnte fühlen, wie die Behinderung weniger wurde und in diesen dunklen Geistern ein Gefühl der dumpfen Ohnmacht um sich griff. Sie waren wütend darüber, dass sie mich nicht zur Umkehr ängstigen konnten und ich ging immer schneller und nach einigen letzten Schritten trat ich aus der Nebelbank heraus …

Mit dem letzten Schritt, der mich über dieses trübe Schattenreich führte, verschwanden die Stimmen und Blicke und die Spinnweben von einem Moment auf den anderen …

Ich atmete tief auf und sah, dass der Weg den Berg hinauf führte. Ich ging weiter durch hochblühende Blumenwiesen und als ich mich noch einmal kurz umdrehte, sah ich die schwarze Nebeldecke kraftlos in der Ferne weit unter mir …

Ich wendete mich wieder dem Gipfel zu und stieg weiter …

Der gelbe Steinweg begann, sich in einer weiten Spirale um den letzten Abschnitt des Berges zu legen und als ich oben angekommen war, sah ich einen breiten, roh behauenen Steinquader am höchsten Punkt. Er war ungefähr drei Meter lang und einen Meter hoch. Der gelbe Steinweg endete bei diesem großen Block und ich sah, dass zwei Menschen auf dem Stein saßen …

Ich ging näher und erkannte eine Frau und einen Mann. Sie saßen in einer innigen Ruhe nebeneinander und schwiegen …

Ich hatte das Gefühl sie zu kennen und ging näher. Sie saßen entspannt und wach nebeneinander und hatten ihre Hände ineinander gelegt. Ich hatte das Gefühl, dass sie zu meiner Familie gehörten, obwohl ich sie noch nie zuvor gesehen hatte …

Sie waren von mir abgewandt und als ich näher kam, dreht sich die Frau zu mir um und lächelte mich an … Ich blieb stehen und war zutiefst überrascht. Diese Frau war ich …

Sie sah mich an und sagte nichts und dann legte sie ihre Hand auf die Schulter des Mannes und dann sah auch er mich an … Ich drehte mich zur Seite und wachte auf …

Ich lag in der Nacht in meinem Bett und hatte das Echo dieses Traumes in mir. Ich war kurz davor gewesen zu erkennen, wer dieser Mann gewesen war. Ich fühlte, dass es einen Teil in meiner Seele gab, der ihn kannte und gleichzeitig war dieses Wissen nicht bis zu meinem bewussten Denken hochgestiegen. Ich fühlte, was dieser Traum mir erzählte und schlief in diese Erinnerung an unsere Wahrheit langsam wieder ein …

Am nächsten Morgen erwachte ich mit einem Gefühl der Ruhe und der Heiterkeit. Es war als wäre ein Schlussstein in den Bau eines Torbogens eingesetzt worden. Ich blieb eine Weile im Bett liegen und horchte in diesen Moment. Eine große, warme, lebendige Heiterkeit erfüllte meinen Körper, meinen Atem und begleitete mich als ich aufstand, mich auf den Tag vorbereitete und zu meinen Kindern fuhr.

Ich sah, dass sie mich mit lachenden Augen begrüßten, so als würde etwas in ihnen spüren, wie es mir ging. Ihre Lebendigkeit antwortete auf meine Ausstrahlung, und Georg umarmte mich doppelt so lange wie an den vergangenen Tagen.

Ich sah ihnen zu, wie sie ihre Stunden mit mir in Freude und Heiterkeit verbrachten. Es gab keine Streitereien und keine Tränen der Wut. Ich hatte das Gefühl, dass sie sich darüber freuten, dass ich glücklich war. Ich sah ihnen zu und wünschte mir, dass sie in ihren nächsten Jahren, in denen sie erwachsen wurden, von diesem Gefühl der Leichtigkeit und der Wärme und der Gesundheit begleitet würden. Sie waren wie junge Tiere, denen das Herz noch nicht gebrochen worden war. Ich sah jeden einzelnen von ihnen an und schickte mit meinen Gedanken eine Hülle aus Liebe und Freundlichkeit zu ihnen, die sie beschützen sollte.

Paradies

„Kajowa!“ Ich begann, schneller zu gehen. Als ich mich das nächste Mal auf den Weg gemacht hatte, um meine Freundin zu sehen, hatte ich in dem schwarzen Raum mit der Kerze einen Brief gefunden. Er lag in einer kleinen Holzkiste mit Messingverzierungen und es standen nur fünf Worte darauf: „Komm zur Bergwiese bitte … Kajowa!“ Als ich den Brief zurück in die Schatulle legte, öffnete sich eine hohe Türe in der Dunkelheit. Ich trat hinaus und fand mich in einer sonnigen Berglandschaft. Riesige Achttausender umstanden ein weites Tal, und ein schmaler Feldweg führte durch das hüfthohe Gras.

Ich ging den Weg entlang und sah links und rechts unzählige Schmetterlinge, die zwischen den blauen, gelben und roten Blumen umherfliegen. Nach einer kurzen Wanderung stieg der Weg an, führte durch einen lichten Tannenwald und mündete auf eine sanfte Bergwiese, die flach vor dem Wald lag.

Ein klarer Gebirgsbach rann an einer ihrer Seiten zum Tal und am Fuß des Berges saß Kajowa.

Ein alter umgestürzter Baumstamm diente ihr als Sitz, und als sie mich rufen hörte, stand sie auf und kam mir entgegen.
„Maria“, lachte sie „da bist du ja wieder!“ Wir umarmten uns und ich setzte mich neben sie.

„Neun Monate!“, sagte Kajowa lachend. „Was ist geschehen?!“

Ich atmete aus und blickte glücklich über das Tal. Es war so schön, wieder bei meiner Freundin zu sein. Es war so schön, ihre vertraute Nähe zu erleben und ihren heiteren, wachen Geist zu fühlen. Ich sah sie an und sagte: „Es hat seine Zeit gedauert … und es wollte gründlich getan werden … Gesundheit ist keine Sache von heute auf morgen!“

Dann erzählte ich ihr von meinen regelmäßigen Übungen, die ich meinem Körper und meinem Geist schenkte. Ich erzählte ihr davon, dass ich mit jedem Monat mehr und mehr zu fühlen begonnen hatte, wie mein Körper sein wollte. Frei und ohne jedes Hindernis im Strom seiner lebendigen Energie. Ich erzählte Kajowa, dass ich durch Brigitta begonnen hatte zu erfahren, dass jeder Gedanke in den Kreislauf meiner Lebendigkeit einfließt. Jeder Gedanke war eine Förderung oder Behinderung meines klaren Energieflusses, der so frei und leuchtend durch mich fließen wollte, wie der Gebirgsbach auf unserer Wiese.
Ich berichtete ihr davon, dass ich begonnen hatte, zu den körperlichen Übungen auch die Disziplin meiner Gedanken zu üben. Ich hatte gelernt, dass meine Gefühle meine Gedanken lenkten und hatte erfahren, dass es uns ebenso möglich ist, mit konzentrierten Gedanken unsere Gefühle zu bewegen.

Das hatte dazu geführt, dass ich meine Aufmerksamkeit auf das innere Bild der wachen, klaren, starken, heiteren und erotischen Frau richtete, als die ich vom Leben geplant war.

Ich erzählte Kaljowa davon, dass ich mir die Erlaubnis gegeben hatte, eine unbelastete, starke, heitere Frau zu werden. Die Frau, die ich sein sollte …

Kajowa saß die ganze Zeit neben mir und hörte mit großer Aufmerksamkeit zu. Ich sagte ihr, dass ich zu fühlen begonnen hatte, dass diese Arbeit auf mehreren Ebenen zu einem Ergebnis in meinem Herzen geführt hatte.

Ich fühlte, dass ich von vielen Seiten Hilfe bekommen hatte. Es waren die helfenden Hände von liebevollen Freunden, die sich wünschten, dass es mir gelingen würde, die Sandsäcke der Herkunft abzustreifen und zu fliegen.
Gleichzeitig mit dieser Hilfe von außen hatte ich erlebt, wie sehr es sich in mir wünschte, endlich frei zu sein.

Es gab etwas in meinem Herzen, das mitten in meinem Leben mit all seinen Erfahrungen und Geschichten ein neues Leben beginnen wollte. Und das Etwas war der tiefste Grund meines Herzens.

Es war meine Seele.

Ich erzählte Kajowa von meinen Gesprächen mit Martin, und dass ich das Gefühl der Hoffnung hatte, einem Mann begegnet zu sein, der mich und meinen Weg achtet und ehrt, weil es der Weg ist, den auch er zu gehen begonnen hat.

Der Weg, der für uns alle geebnet wird, wenn wir selbst beginnen, ihn aus eigenem Willen zu gehen.
Den Weg ins Paradies.

Kajowa saß da und schwieg lange. Sie blickte über das Tal und ich sagte nichts, um sie in ihren Gedanken nicht zu stören. Dann sah sie mich an und sagte: „Du willst also durch das Tor gehen, das zum Paradies führt?“

„Ja, Kajowa“, antwortete ich. „Das will ich.“

„Du erinnerst dich, dass ich dir gesagt habe, dass du in dir selbst das Bild finden musst, das mir erlaubt, dich durch dieses Tor zu begleiten?!“

„Ja.“

„Hast du es gefunden?“

Ich sah über die Wiese und in den Himmel. Hoch über uns flog der Falke und zog langsam seine Kreise. Ich begann, Kajowa von meinem Traumbild zu erzählen und davon, dass ich selbst es gewesen bin, die mir in diesem Traum in die Augen geblickt hatte.

„Das ist ein wunderbarer Traum, der ein großes Geschenk für dich ist. Hat er dir geholfen, dein Bild zu erfassen?!“

„Ja, Kajowa, das hat er. Aber dass ich mein Bild erfahren durfte, verdanke ich dir. Du hast mich damals voll Geduld zu begleiten begonnen. Du hast dir Zeit genommen, mir all das zu zeigen, von dem ich geglaubt habe, dass es unsere unveränderbare Wirklichkeit ist. Du hast mir die Augen geöffnet, damit ich sehen kann, dass nur ich es bin, die meine Wirklichkeit erschafft.

Du hast mir zu verstehen gegeben, dass ich dazu meine Herkunft kennen muss. Du hast mir bewusst gemacht, dass unser Leben unser Alltag ist und dass wir am letzten Glied einer Kette stehen, die vor tausenden von Jahren begonnen hat und die das Elend und die Verirrungen der Menschen nach sich gezogen hat.

Ich habe durch dich erkannt, dass alles was ich denke und fühle seinen Ursprung hat in den Vorbildern der Vergangenheit.
In dieser Vergangenheit ist das Urbild all unserer Bewegungen erschaffen worden und dieses Urbild war Gott.
In den buntesten Geschichten der Menschheit gibt es nur den einen Gott und dieser Gott ist das Bild eines Mannes. Ein Mann, der einsam, richtend, helfend und – wenn er will – verstörend unser Leben lenkt. Von diesem Bild ist alles gekommen, was unser Leben in seinen kleinsten Auswirkungen bestimmt.

Und dieses Urbild ist ein falsches Bild. Es gibt keinen einsamen Gott und es gibt keinen Gott, dessen Dasein im Bild eines einzigen Geschlechtes gemalt werden kann. Dieses Bild ist eine Sünde gegen die Wahrheit des Lebens. Es ist eine Lüge. Eine Lüge, der ich nicht mehr bereit bin, zu folgen.

Die Wahrheit meiner Seele, die keine Angst mehr kennt, sagt mir, dass dieses Bild verschwinden muss, um die Kraft zu ehren, die in Wahrheit das Licht und die Führung unseres Daseins als Mensch in sich trägt.

Es ist das Bild der Gottheit Mann und Frau. Und Frau und Mann.

Dieses Doppelbild des einen Wesens, das alles durchdringt, ist die größte aller Wahrheiten.
Es ist das weibliche und das männliche Prinzip.

Da ich ein Mensch bin, werde ich als Bild die Form einer gesunden, starken, heiteren, strahlenden, erotischen, sexuell lebendigen Frau errichten und an ihrer Seite das Bild eines Mannes, der sich in seiner Polarität mit ihr ergänzt. Dieses Bild ist das von mir, einem Menschen geschaffene Urbild der Wahrheit.

Diese Wahrheit durchdringt alle Ebenen unseres Kosmos. Die zwei Pole der ewigen Energie sind die bewegende Urkraft und Urwahrheit hinter allen Erscheinungen.

Mutter Erde und Vater Himmel sind nur eines der vielen Bilder, die du an diese Stelle setzen kannst.

Ich sehe das Bild von zwei schönen, gesunden, starken, liebevollen Menschen, die mir das Vorbild geben für meine besten Möglichkeiten.

Ich bekomme von diesem Bild die Wiedergutmachung der jahrtausendealten Vergewaltigung, die meine Seele als Frau erfahren hat.

Ich bekomme die Kraft und die Gewissheit geschenkt, dass eine neue Zeit anbricht, die eine neue Kultur erschaffen wird. Eine Kultur, deren Vorbild die Liebe zwischen Mann und Frau sein wird. Nur dieses Bild hat die magische, alles bestimmende Kraft, den Irrsinn unserer verirrten Herkunft zu heilen.

Nur das Bild der Gottheit, die in ihrem Wesen Frau und Mann vereint, kann die Verzeihung bringen. Die Heilung und den Neuanfang.

So wie es mir möglich war, in meinem Leben aus den Irrtümern meiner Vergangenheit auszubrechen, so ist es auch jedem Menschen auf diesem Planeten möglich. Wir sind an der Schwelle eines neuen Jahrtausends. An der Schwelle zur Wahrheit. An der Schwelle, vom Weg der Macht Abschied zu nehmen und uns in weiblich-männlicher Harmonie für den Weg der Liebe zu entscheiden. Das, Kajowa, das ist das Bild, das ich in mir gefunden habe."

Kajowa sah mich lange an …
Dann nahm sie meine Hand und sagte: „Dreh dich bitte um …"

Ich sah hinter mich. Am Fuß des Berges stand ein großes Tor. Sein Portal war aus hellem Sandstein gehauen und die zwei Flügel waren aus dickem, dunkelbraunem Holz. Auf dem linken und rechten Teil war jeweils ein wuchtiger, glänzender Halbkreis aus spiegelndem Messing eingelassen … seine Enden trafen sich in der Mitte zu einem mächtigen Kreis …

In seinem Zentrum war ein Wort zu lesen, dessen Buchstaben aus leuchtendem Gold gegossen waren …

Das Wort schien in all seiner Schönheit bis an das Ende der Welt zu strahlen …

PARADIES.

Ich sah Kajowa an und fragte: „Du hast gewusst, dass ich zu diesem Bild finden werde, nicht wahr?“ Sie stand auf und dann gingen wir langsam auf das Tor zu.

„Wenn du die Schleier der Ablenkung abstreifst. Wenn du auf keinen Ton mehr hörst, den dir die Anderen zuflüstern, wenn du in die Tiefe deiner gesunden Seele tauchst … dann ist es das einzige Bild, das du dort finden kannst.

Ja, ich habe gewusst, dass du dorthin finden wirst, wo all die Menschen sind, die sich auf die Suche nach dem Paradies gemacht haben. Und jetzt öffne deine Türe. Ich habe eine Landschaft gewählt, von der ich weiß, dass sie dir sehr viel bedeutet …“

Ich drückte gegen die Türflügel und sie öffneten sich mit weichem Schwung …

Ich trat über die Schwelle und stand an einem breiten Fluss. Schattige Gärten und Oleander und Hibiskus lagen an seinen Ufern und in der Ferne sah ich eine riesige, schneeweiße Pyramide. Auf ihrer Spitze glänzte es hell von Gold. Ein kleiner Kolibri flog dicht an uns vorbei, stand einen Augenblick lang vor mir und schwirrte dann davon. Hinüber zu den warm leuchtenden roten Blüten.

Ich ging einige Schritte auf den Fluss zu. Der Boden war weicher, warmer Sand und gab leicht unter meinen Füßen nach.

„Ich weiß, dass dich das Liebespaar, das vor tausenden von Jahren in diesem Land gelebt hat, sehr inspiriert. Das Bild, das sie hinterlassen haben, ist auch für viele andere Menschen eine Aufforderung. Die Aufforderung, den Weg der Liebe zu wählen. Darum erlebst du deinen ersten Tag in deinem Paradies in dieser Umgebung."

Langsam gingen wir ans Ufer. Der Fluss floss ruhig und breit dahin …

Als wir bei einigen Palmen angekommen waren, sah ich einen einfachen Holztisch und zwei Stühle. Auf dem Tisch stand eine Holzschatulle. Auf ihrem Deckel war ein ungefähr handtellergroßer Ring aus Bergkristall eingelassen. Er schimmerte hell und weiß im Sonnenlicht.
Ich setzte mich mit Kajowa an den Tisch und sie zog die Schatulle zu sich.

„Jeder Mensch, der auf die Suche gegangen ist nach dem Paradies hat auf dieser Suche die Prüfung der Angst zu bestehen. Die Angst davor, auf dieser Suche einsam zu werden.
Wenn du den ersten Schritt tust auf dem Weg zum Paradies, dann führt dich dieser Weg mit jedem Atemzug mehr aus deiner gewohnten Welt weg. Aus den Religionen, aus dem Glauben an die Macht und zum Schluss aus der Gemeinschaft der Menschen, die noch an die Vergangenheit glauben.

Du erinnerst dich, dass ich dir vor langer Zeit einmal gesagt habe, dass du dich ‚noch' einsam fühlst und der Tag kommen wird, an dem eine neue Verbindung zu neuen Welten, neuen Gedanken und neuen Menschen diese Angst auflösen wird. Heute ist dieser Tag. Du bist in deiner neuen Heimat angekommen. Du bist nicht mehr allein. Dafür sollst du ein Zeichen bekommen.

Zu allen Zeiten haben Menschen einander ein Zeichen gegeben, das ihnen die Gewissheit gegeben hat, mit ihrem Glauben nicht allein zu sein. Das Zeichen hatte den Sinn, anderen Menschen auf den ersten Blick zu sagen, woran du glaubst. Wo die Heimat deiner Gefühle ist. Und es hat dir selbst die Ruhe und die Bestätigung gegeben, wenn du mit dir allein warst. Es hat dich erinnert, dass du mit vielen anderen Menschen auf denselben Weg bist und dich von deiner Einsamkeit erlöst.

Wir haben uns gefragt, welches Bild in uns ans Licht kommen möchte, um unser Zeichen zu sein. Das Zeichen der Menschen, die an das Paradies glauben. Das Zeichen der Menschen, die so wie du zu dem Bild der Frau-Mann-Gottheit gefunden haben.

Wir haben gefühlt, dass dieses Bild keinen Anfang und kein Ende kennt. So wie ein ewiger Kreis. Wir haben gesehen, dass die Farbe seiner Kraft so hell ist wie das Licht der hellsten Sterne, die uns auf unserem Weg die Richtung zeigen. Am Ende unserer Suche haben wir das Bild eines weißen Kreises gefunden. Er zeigt uns, dass dieser Weg niemals zu Ende geht. Er zeigt uns den Frieden in seiner Form und seine Farbe ist die Summe aller Farben unsers Universums. Wir haben entschieden, unser Zeichen so einfach zu machen, dass jedes Kind es bei sich tragen kann. Wir wollen, dass seine Zartheit und seine Vergänglichkeit zu erkennen ist und wir wollen, dass jeder Mensch selbst dazu fähig ist, sein Zeichen wieder anzulegen, wenn es verlorengehen sollte. All diese Wünsche haben uns zu diesem Zeichen geführt."

Kajowa öffnete die Schatulle und nahm einen schlichten weißen Wollfaden heraus. Er war weich und ungefähr fünf Millimeter dick.

„Das ist unser Zeichen. So unscheinbar wie ein Spielzeug für ein Kind. Damit das Kind in dir niemals vergisst, dass es auf ewig leben darf ... möchtest du dieses Zeichen tragen?"

Sie legte den Wollfaden in meine Hand. Er war leicht wie das Lächeln eines Kindes. Ich betrachtete ihn und schwieg einen Moment. Ich fühlte eine tiefe Wärme in meiner Brust und eine Ruhe, wie ich sie noch nie zuvor erlebt hatte. Ich sah Kajowa an und sagte: „Ich würde sehr gerne dieses Zeichen tragen. Hilfst du mir, es anzulegen?"

Kajowa beugte sich zu mir und band den weißen Faden um mein rechtes Handgelenk. Ich fühlte ihn kaum. Es war als hätte ich immer schon mit ihm gelebt.
„Warum bindest du ihn um das rechte Handgelenk?", fragte ich Kajowa. „Ich erinnere mich, dass Martin denselben Kreis trägt und auch Brigitta und Shimen. Martin trägt ihn an der rechten Hand und Shimen und Brigitta tragen ihn links. Was soll ich daran erkennen?"
Kajowa lächelte. „Die Träger des Kreises sind Männer und Frauen. Manche von ihnen leben allein und ohne tiefe persönliche Verbindung zu einem Anderen. Diese Menschen tragen den Kreis an der rechten Seite. Andere, wie Shimen und Brigitta, haben ihr Herz für einen Menschen ihrer

Liebe geöffnet und sich mit diesem Menschen für einen Weg in tiefer Nähe entschieden. Diese Männer und Frauen tragen den Kreis an der linken Hand. So erhältst du eine Ebene von Offenheit und Deutlichkeit, die Vertrauen und Respekt in unser Leben bringt."

Ich sah auf meine Hand. Der weiße Kreis lag weich und warm auf meiner Haut. „Und gibt es auch einen Platz auf der Welt, wo wir uns treffen können, um uns zu sehen und miteinander zu reden, zu lachen und zu spüren, dass wir nicht alleine sind?", fragte ich Kajowa.

„Du meinst so etwas wie eine Kirche oder einen Tempel oder Rom und Mekka?" Sie sah mich lächelnd an.

„Ja."

„Dieses Spiel ist unser Ort. Es ist in jedem Moment deines Lebens offen. Es schließt niemals seine Tore. Die Kerze zu seinem Raum brennt zu jeder Stunde des Tages. Du musst keine Reise antreten, um uns zu begegnen. Wo immer du bist, kannst du zu uns kommen. Wir sind auf der ganzen Welt zu Hause und wir erkennen einander, wo immer wir uns finden.

In New York, in Lasha und in Bali. Auf jeder Insel, jedem Felsen und unter jedem Baum kannst du in den Tempel unserer ununterbrochenen Bereitschaft eintreten. Die Bereitschaft, zu lernen und zu lieben. Zu suchen, zu fragen und zu lachen. Dieses Spiel ist der Tempel unserer Welt. Er existiert im Bewusstsein all derjenigen, die die Türe zum Paradies geöffnet haben.

Diese ewig lebendige Bereitschaft beginnt, ein Feld zu erschaffen, das die Ablöse einleiten wird für unsere Herkunft und Irrtümer der Vergangenheit."

Ich sah Kajowa an und fragte: „Wie soll ich das verstehen?"

„Du hast erfahren, dass jeder Gedanke eine Kraft ist, die eine Wirkung nach sich zieht."

„Ja."

„Die Energie der Gedanken eines Menschen errichtet ein Feld um ihn herum. Dieses Feld formt sein Leben und das Leben der Menschen, die ihm begegnen. Jeder Satz, an den du glaubst, erschafft eine Energie, die dein Leben so sein lässt, wie es ist.

Je mehr Menschen an dieselben Sätze glauben, umso stärker wird dieses Feld der Energie. Wenn du daran glaubst, dass Frauen ihre Schönheit verbergen sollten, erzeugst du ein Feld, in dem eine Milliarde Menschen diesen Irrsinn als den Glauben an ihren Gott erleben.

Andere Gruppen von Menschen glauben an ihre Schuld und denken, dass Selbstbestrafung ihrer Seele helfen kann. Auch dieser Wahnsinn erzeugt ein Feld aus Energie. Möchtest du, dass diese Verirrungen noch einmal tausend Jahre unsere Seelen in der Hölle festnageln?" Kajowa sah mich so lachend an, wie ich es von ihr kannte.

„Ich denke, das möchte ich nicht!"

„Siehst du", sagte Kajowa. Mit diesem einfachen Satz hast du ein Feld des Bewusstseins geschaffen. Und du wirst nicht zu Feuer und Schwert greifen, um dein Wissen vom Paradies zu verbreiten. Du musst nur entscheiden, ‚nein' zu sagen zu jedem lebensfeindlichen Irrsinn. Und du musst deutlich erkennbar dein ‚Ja' leben. Dein ‚Ja' zur Freiheit der Seele jedes einzelnen Menschen. Dann erzeugst du ein allmächtiges Feld der Liebesenergie. Es wird sich verbinden mit all den Millionen, die an ihrer Hand den weißen Kreis tragen. Sie alle sind durch dieses Tor getreten.

Sie alle strahlen die Energie der Freiheit und der Harmonie zwischen Frau und Mann in die Welt unseres Geistes. Das, was daraufhin geschehen wird, braucht seine Zeit. Aber es wird geschehen, dass die Verbindung von Millionen in Freiheit lebender Seelen die Schatten der Vergangenheit ablösen wird.

Diese Ablöse ist ein Ereignis, das in unserer Zukunft auf uns wartet. Eine Zukunft, die so aussehen wird, wie wir sie mit unserer Liebeskraft erschaffen werden."

Kajowa lehnte sich zurück und sah mich an.

„Fühle ich mich deswegen so sicher, warm und geborgen?", fragte ich sie. „Seit ich diesen Ring trage, habe ich das Gefühl, nicht mehr allein zu sein. Ich hatte dieses Gefühl noch nie in meinem Leben."

„Ja, Maria. Du bist im Paradies angekommen und alle, die vor dir da waren, denken an dich und lassen dich fühlen, dass du willkommen bist. Und genauso fühlst du die Hoffnung der Suchenden, die eben jetzt zum ersten Mal an einem smaragdgrünen Bach sitzen und ihre Wanderschaft beginnen."

„Wie viele sind wir … jetzt … wo wir hier sitzen und reden?" Ich beugte mich vor und sah Kajowa neugierig an. Sie lächelte und sah nach oben in den Himmel. Ich folgte ihrem Blick. Hoch neben der Sonne zog der Falke seine ruhigen Kreise.

Mit einem Mal verwandelte sich das Bild und ein tiefblauer Nachthimmel erschien. Über das gesamte Firmament leuchteten Millionen von hellen Punkten. Wie Myriaden von strahlenden Sternen.

„Jeder einzelne von ihnen steht für einen unserer Freunde. Du kannst sie jederzeit erkennen, wenn du in unserem Spiel zu diesem Platz hier gehst und nach oben blickst. Wenn du sie kennerlernen willst, musst du nur deine Aufmerksamkeit auf einen dieser Punkte richten. Du wirst zu ihm fliegen und er wird zu einem Menschen werden, der so wie du den weißen Kreis an seiner Hand trägt.

Wir sind Millionen, Maria, und wir werden mit jedem Augenblick mehr."

Als sie redete, sah ich wie genau über mir zwei weitere Lichtpunkte zu strahlen begannen.

„Bin ich auch schon für sie zu erkennen?", fragte ich Kajowa.

Sie antwortete: „Du wirst dich wundern, wie viele Rufe du in den nächsten Zeiten erleben wirst … und du wirst entscheiden, wie du antworten willst."

Ich sah hinauf in den glänzenden blauen Himmel. Die unüberschaubare Zahl von strahlenden Sternen spannte sich wie ein flimmerndes Dach von Horizont zu Horizont …

„Ich würde sehr gerne Martin sehen", sagte ich.

„Wieso habe ich das gewusst?" Kajowa lachte mich an und zog einen silbernen Stab aus einer Tasche ihres Kleides. Er war ungefähr zehn Zentimeter lang und hatte am Ende eine kleine gläserne Spitze. Kajowa hielt die Spitze in den Himmel und einer der Sterne begann daraufhin, zu uns herabzusinken. Er hielt einige Meter von uns über dem Boden an und sein Strahlen wurde sanfter und durchsichtig. Als es völlig verschwunden war, erkannte ich Martin, der auf uns zukam.

„Hallo, Maria", rief er und umarmte mich. „Hallo, Kajowa." Er gab Kajowa die Hand und sie begrüßten einander wie alte Freunde. „Du hast mich gerufen?!" Martin setzte sich zu uns auf eine der Sanddünen, die neben unserem Tisch als Ausläufer der Wüste endeten.

„Warst du jetzt eben auch in diesem Spiel … oder spreche ich mit deinem virtuellen Bild?", fragte ich Martin und bemerkte, dass er genauso aussah, wie ich ihn nach unserem letzten Rendezvous verlassen hatte. Er lachte und sagte: „Nein, ich bin auch in diesem Spiel, jetzt in diesem Augenblick. Mein Körper sitzt in meinem Wohnzimmer, aber mein Geist und mein Bewusstsein hat auf dich gewartet und ist ganz bei dir."

„Wie lange bist du schon im Paradies?", fragte ich ihn und sah auf sein rechtes Handgelenk. Sein weißer Ring schimmerte hell auf seiner sonnenbraunen Haut und Kajowa sah uns heiter lächelnd bei unserem Gespräch zu.

„Ich bin vor ungefähr einem Jahr durch das Tor gegangen. Ich hatte einen Jungen als Begleiter, der aus Rom gekommen war. Er hieß Marcello und war 12 Jahre alt. Ich hatte mir diese Erscheinung für meine Reise gewünscht, weil ich mich so oft es nur geht an den Jungen erinnern wollte, der ich einmal gewesen war und der immer noch in mir lebt."

Ich sah Martin lange an und sagte nichts. Kajowa schwieg. Sie hörte uns zu und blickte in die Sterne. Ihr Gesicht leuchtete von dem heiteren Lächeln, das ich so oft bei ihr gesehen hatte. Dann beugte ich mich vor und sagte: „Martin, möchtest du dein weißes Band auf der linken Hand tragen? Ich möchte sehr gerne wissen, wer du bist und was es alles gibt, das in dir am Leben ist. Ich möchte mein Band sehr gerne auf die linke Hand wechseln, um der Welt zu zeigen, dass es einen Mann gibt, mit dem ich auf die Reise gegangen bin …"

Martin sah mich lange an, dann atmete er tief und langsam ein und aus …
Er stand auf und ging zu Kajowa. Er hielt ihr seine rechte Hand entgegen. Kajowa begann, sein weißes Band zu lösen. Ich stand auf und ging zu ihnen. Dann löste Kajowa auch mein Band von meinem Handgelenk. Sie legte unsere

beiden Bänder in ihre Hand und schloss für einen Moment die Augen …

Dann band sie Martins Ring um meine linke Hand, und mit meinem Kreis tat sie bei ihm dasselbe. Ich fühlte eine starke, sanfte Welle der Freude und umarmte zuerst Kajowa lange und fest und dann Martin.

Kajowa stand neben uns und sagte leise: „Ich wünsche euch Liebe, Geduld und Glück auf dem Weg zu euch selbst. Ihr wisst, wo ihr mich findet.“ Sie ging langsam den gelben Steinweg zurück. Dann drehte sie sich um und winkte noch einmal zu uns herüber …

Ich sah Martin an und sagte: „Das also ist unser Beginn …“

„Ja … was für ein schöner Ort für diesen ersten Schritt …“

Er hielt inne und sah in die Ferne. Ich folgte seinem Blick und sah ein Tor neben dem Fuß der riesigen, weiß schimmernden Pyramide stehen. Ich musste lachen und sah Martin an. Ich sah, dass er ebenso überrascht war wie ich. Wir nahmen uns an der Hand und gingen auf das Tor zu. Im weichen Wüstensand lagen breite, feste Steine, die einen Weg bildeten, der direkt vor dem Tor endete …

Als wir bei ihm angekommen waren, sahen wir den Messingring in seinem Holz und ein Wort, das aus hellem Rosenquarz in die Türflügel eingelassen war. Es hieß:

BEGINN.

Ich sah Martin an und freute mich über das Lachen, das er in seinen Augen hatte…

Dann öffneten wir das Tor und gingen über die Schwelle.

Ich danke meiner wunderbaren Frau,
ohne deren Begleitung und Liebe
diese Geschichte nicht entstanden wäre …

Es ist die Zeit der Rückschau, der Einordnung,
der Abrechnung – aus den Aufzeichnungen,
die ein alter Mann für seine Tochter niederschreibt, entsteht das
Bild eines dicht verflochtenen Bündels von Lebensläufen.
Schicht um Schicht wird frei gelegt, bis die Struktur sichtbar
wird, in deren Zentrum zwei Menschen stehen, Franz und Eva. Die
unterschiedliche Faszination, die von ihnen ausgeht, zieht die
anderen in ihren Bann – und ins Verderben.
FRANZ SPRICHT vom Leben, vom Schicksal,
vom Scheitern und von der Hoffnung.

Keine betuliche Anweisung, sondern eine Anstiftung, ein vergnügt und boshaft geschnürtes Bündel aus Themen und Geschichten, die Lust darauf machen, nicht allzu wichtig zu nehmen, was sich wichtig macht in unserem Leben, dem Irrglauben abzuschwören, dass alles jederzeit sofort zu geschehen hat. Alfred Komarek fordert aber auch noch spitzzüngig und zuweilen satirisch andere Spielarten des Innehaltens ein: den bedachtsamen Umgang miteinander, mit der Sprache, und, und …

„Es ist denkbar mühsam, die Zeit totzuschlagen, doch es bereitet sehr viel mehr Lust, sie im Augenblick der Schöpfung zu negieren. Solche Augenblicke fallen nicht wie reife Äpfel vom Baum, sie wollen erträumt, erspielt, erkämpft, erstohlen, ersehnt werden, immer wieder aufs Neue. Das Ergebnis: machtvolle Lust, reiche Lust, zeitlose Lust, neue alte Lust.“

IMPRESSUM

ISBN 978-3-222-13356-5

Lektorat: Reinhard Deutsch
Cover- und Buchgestaltung: Bruno Wegscheider
Coverfoto: saharastern.com

Druck: Druckerei Theiss GmbH,
St. Stefan im Lavanttal